丝路中国段文化样态研究丛书

当代西部诗潮论

—李震 著—

西安出版社

图书在版编目（CIP）数据

当代西部诗潮论/李震著. — 西安：西安出版社，2017.7
（2023.2重印）（丝路中国段文化样态研究丛书）
ISBN 978-7-5541-2433-8

Ⅰ.①西… Ⅱ.①李… Ⅲ.①诗歌研究 —中国—当代 Ⅳ.①I207.22

中国版本图书馆CIP数据核字(2017)第201162号

丝路中国段文化样态研究丛书
Silu Zhongguoduan Wenhuayangtaiyanjiu Congshu

当 代 西 部 诗 潮 论
Dangdai Xibu Shichaolun

著 者：	李 震
策划编辑：	史鹏钊
责任编辑：	张增兰　王玉民　宋丽娟
出版发行：	西安出版社
	（西安市曲江新区雁南五路1868号影视演艺大厦11层）
电 话：	（029）85253740
印 刷：	廊坊市印艺阁数字科技有限公司
开 本：	720mm×1020mm　1/16
印 张：	16.25
字 数：	248千
版 次：	2017年7月第1版
	2023年2月第2次印刷
书 号：	ISBN 978-7-5541-2433-8
定 价：	58.00元

△读者购书、书店添货或发现印装质量问题，请与本公司营销部联系、调换。
电话：（029）68206213　68206222（传真）

序一

张勃兴

（原中共陕西省委书记，中国西部发展研究中心主任）

著名文化学者肖云儒先生送来一套6册的《丝路中国段文化样态研究丛书》书稿，是关于中国西部文化研究方面的，我看后很是高兴。我在陕西、在西部工作了一辈子，对这块土地有很深的感情。竟然在30多年前陕西就有一批学者率先对中国西部文化艺术做了如此系统而有深度的研究，就已经出版了这么好的一套研究西部的书，真是难能可贵。

20世纪80年代中后期，这套书稿曾经由青海人民出版社陆续出版发行，在社会上引起了较大反响，其中《西部文学论》还获得了"中国图书奖"和"中国当代文学研究成果奖"。30多年过去，我国的西部大开发和"一带一路"倡议使西部发生了天翻地覆的变化，正在由后发地区逐步发展起来，西部已进入面向亚欧、面向国际的大开放大发展阶段，而这套珍贵的书在市场上已难以找见。现在西安曲江出版传媒股份有限公司将它重新出版，不能不说是一件喜事、盛事。这套丛书从文学、诗歌、舞蹈、美术、音乐、幽默等各方面，较为深入地对西部文学艺术做了分门别类的梳理描述和深入探讨，从各个方面观照了精神生活中的西部现象，是一套了解、认识和研究西部文化不可多得的著作。

近年来，我担任了中国西部发展研究中心主任的职务，一直十分关心动员和集中可利用的资源和人才，紧密联系西部地区经济和社会发展实际，研究如何加快中国西部发展。将理论研究、政策研究、资讯提供与西部发展的实际有机结合起来，为中国西部的改革开放和现代化建设贡献一点力量，也是我的夙愿。西部发展研究中心始终坚持理论与实践的结合，立足时代发展的新变化，发现新问题，研究新问题，提出新对策，正在成为陕西乃至西部社会经济发展重要的智囊团。

这些天，我翻阅了这几部书稿，对几位学者由各自的学术积累出发，注重从西部文艺现实的、历史的、民间的生动而鲜活的实践中去升华理论、构建体系这样一种研究方法，是高度赞同的。这几部书稿虽然是从不同角度出发，但对西部文化整体的认识和看法又是一致的。这不仅对发展西部文艺有很重要的作用，对西部经济、社会和文化的发展同样具有极其重要的意义。

习近平总书记"一带一路"倡议提出以来，为世界各国经济文化的融合创新构建了新渠道。千百年来，丝绸之路承载的和平合作、开放包容、互学互鉴、互利共赢精神薪火相传。"一带一路"倡议从历史深处走来，顺应和平、发展、合作、共赢的时代潮流，承载着沿途各国发展繁荣的梦想。丝绸之路中国段亦即中国西部，从文化内涵上来说，与中亚、中东地区各国是一脉相承、遥相呼应的。尤其是陕西西安，作为西部重镇、丝绸之路起点，依托古亚欧大陆桥，成为历史上亚欧合作交流最早的国际化大都市。当时罗马、波斯和西域各国的商人，以及日本、韩国的友人云集长安。今天，依托现代丝绸之路这一新亚欧大陆桥，陕西西安仍然可以建成亚欧合作交流的国际化大都市，建成丝绸之路经济带的新起点和丝绸之路中国段的中心城市。国家将西安定位为国际化大都市，定为欧亚经济论坛的永久会址，让其担负起亚欧合作交流的国际重任，恐怕正是基于西安在亚欧大陆桥经济带上的这种心脏地位吧。这些不但需要我们从经济社会发展的角度，更需要从文化角度来深入研究、建言献策。文化建设、文化研究、文艺创作对落实"一带一路"倡议具有极为重要的意义。

云儒先生给我送书稿时自谦说："在我国关于西部文化和文艺的研究中，这套书肯定不是最好的，但的确是最早的。"我相信这套书的出版会以文化和思想的力量，助力现代西部和现代丝路的发展；我也希望丛书的几位作者和更多的研究者继续深入研究丝路文化和西部文化，为丝路和西部的文化发展注入新的动力和活力。

2017 年 5 月 10 日

序二
地球之虹

肖云儒

（著名文化学者，"新丝路"文化传播大使，中国西部文艺研究会会长）

感谢西部大地，感谢西部文学艺术。感谢罗艺峰、王宁宇、权海帆、李震、董子竹和马桂花诸位先生。

整整30年过去了，6卷本《中国西部文艺研究丛书》又以《丝路中国段文化样态研究丛书》的样貌出现在了案头，不由得心生感慨。

那是1986年的夏天，一群刚过不惑之年的文友在一起闲聊，说到搞文艺评论不能总跟在作家的创作后面跑，要有前瞻性的远观，更要有理论性的俯瞰，才能对创作有更深的洞察和启示。而论家的理论视角既要有系统性，又要有个人性、独特性，每个论者最好有一个或几个属于自己的理论坐标和论说领域。

领域！自己的领域！

这次聊天在我心里久久地回旋。我突然发现在自己的生命深处早就有一种寻找领域、归认领域的渴望。我生于南国，从小因战乱而营养不良，矮小而猥琐，但我渴望阳刚之气、铮铮铁骨。自小便不爱江南的灵秀细腻，而向往着莽原巨川、雪山荒漠；不爱家乡的薄胎细瓷，而倾心于天然之石，在粗粝刚硬的石质中寻找力感和质感；不爱精确的工笔画，而心仪恢宏的大写意；不善入微的记忆，而喜轮廓性的宏观思考。我知道，这是我精神上的一种自我平衡、自我修复、自我营养。

所幸走出少年时代之后，来到了北方，又安身立命于西部。我与西部一见钟情，这块土地有钙质与血性，它以"生冷蹭倔"校正我的柔弱。而我的职业又恰好是凝聚西部之美的文艺报道与评论，几十年中广泛接触了三秦大地的刚美文艺和刚美性格。踏破铁鞋无觅处，原来领域就在这里，就在我的西部，就在西部文艺、西部精神、西部美和西部生存状态之中！于是，从44岁开始，我的研究和我的生命开始真正进入了中国西部。

记得1984年，我刚由陕西日报社调到省文联，干的第一个大活就是组织中国首届西部文艺研讨会。研讨会由陕西文联发起，联合西北五省区文联共同举办，会址选在西部之西的极点城市——新疆的伊宁市，全国各地来了不少人。那时筹备会议的经验不足，到了乌鲁木齐，大家才感到研讨会需要有一个主题发言，或曰引言，引出论题，引导大家围绕几个关节点来谈。由于其时我已经发表了几篇关于西部文艺的文章，像《美哉，西部》之类，又是会议的倡议者，便公推我担起此任。在乌市只停留一天，便要集体坐车西行伊宁。那时还不知电脑、手机为何物的我，为了排除干扰，带着纸笔躲在红山公园的一个僻静处，坐地行笔四小时，写了主旨发言提纲，直白地冠上《关于中国西部文艺的若干问题》，便去了伊宁。会后，这个发言整理成文，在多种报刊发表，应该说小有影响。

到了1985年，去秦岭山中参加陕西文联的创作研究班，我拉上整整一箱子书籍、资料，在山溪和水月之间，开笔写《中国西部文学论稿》，一月之内得其小半，下山后又挤工余时间在1987年完成了另一半，交青海人民出版社。责编李燃先生读后来信曰：文稿较成熟，书名可去掉最后的"稿"字，就叫《中国西部文学论》为好。恭敬不如从命，书便这样在1988年面世了。

可能因为这是第一部将中国西部作为一种独立的文化现象、美学现象和文学现象来论述的书吧，第二年便获得了中国图书奖。也可能因为这是第一部这方面的专著，青海人民出版社提议我拓展这个论题，主编一套"中国西部文艺研究丛书"。这样我便请来长安城里几位大儒，他们是西安音乐学院原副院长、音乐文化学者罗艺峰教授，西安美术学院王宁宇教授，学者型作家权海帆先生，陕西师范大学传媒学院院长李震教授，著名学者、国学家董子竹先生和资深歌舞编导马桂花女士，诸位先生在一两年的时间内陆续撰著了《中国西部音乐论》《中国西部民间美术论》《中国西部幽默论》《中国当代西部诗潮论》《中国西部歌舞论》等五部专著，加上原来的《中国西部文学论》共六册，组成一套《中国西部文艺研究丛书》。其中《中国西部幽默论》一书因出稿稍迟，装帧版式稍有变化。

这几部专著，作者均系国内相关领域的资深专家，学问底子厚，资料切实，研究深入，质量已不是我最早写的那本所能比，在学界均引发了较大反响。虽因理论著作难以引起轰动效应，却也被人称赞为"也许不是最好的，确乎是最早的"。的确，这套丛书是国内最早研究西部文化艺术的著作，有的至今仍具有唯一性，以至时任陕西省委书记、今已九十高寿的张勃兴先生惊喜地说："我主政三秦，竟不知道二三十年前就有这么一批学人在切切实实致力于西部文化的研究。"他热心支持这次丛书的重版，并亲自写了序言。

本来还策划了一部《中国西部电影论》，因西部电影的丰硕成果和社会影响冠盖其他文艺门类，拟作为重头推出。期之过切，却反而因作者诸事繁多，最终未能成稿。后几年由我与时任西影厂厂长、知名电影艺术家延艺云先生策划，陕西电影家协会主席、西北大学广播影视系主任张阿利教授与陕西影协秘书长皇甫馥华女士主编，出版了一本《大话西部电影》。这本书采访了大量西部电影的代表人物，如黄建新、顾长卫、芦苇、冯小宁、杨争光、杨亚洲等等，搜集了许多珍贵的第一手资料。时过境迁，越发显出了它的文献价值。

20世纪90年代之后，西部文学艺术一度消沉，渐渐少了开始的热度。其实它并没有消失和中断，而是经历了从碎片化到重新组合、转型、创新的浴火重生的过程。拿西部电影来说，因为一开始它便致力于将新的电影观念和西部生存融冶一炉，拥有一种动态的、开放的结构，伴随着时代社会的发展，它不断吸纳融合，不断分化演变，逐渐作为一种西部文化元素和艺术元素渗透到各种影片类型中，迸发出顽强的生命力。

我们看到，最初的中国西部电影，由《人生》《老井》《黄土地》等经典西部片通过真实展示西部人的生存状态，而致力于对传统文化的深度反思，到《美丽的大脚》，大约这二三十年中，西部片起码有五六种探索演变方式，如：西部史诗片《东归英雄传》《嘎达梅林》《成吉思汗》；西部现实关怀片《秋菊打官司》《一个都不能少》；西部武打片《双旗镇刀客》，成功地将西部片的文化感与武侠片的好看融合在一起，开辟了文化意识输入武术片的新路；西部异域题材片《红河谷》《黄河绝恋》（冯小宁），我们可以苛责他还没有从更深的文化层面上将西部和世界融通起来，但是他起码已经开始从情节、结构与人物命运上，将西部人的命运跟世界眼光中的异域风情糅到了一起，给西部片打造了一个很大的平台；还有西部楷模片《孔繁森》《索南达杰》《一棵树》，使西部片由纯粹的文化片、精英片进入了主旋律影片；西部魔幻片《大话西游》，用现代的、荒诞的、魔幻的色彩来重构《西游记》，片中很多对白都变成现代年轻人的口语，西部片能拍成这样，不但走出了西部，也走进了现代和青春；还有西部都市片，如黄建新在"都市三部曲"中的探索。

总之，西部片不满足于只在文化片的单行道上踯躅，大家都在努力地、急切地探索，在不减弱它的文化感的同时，力图在开放的动态的思维中追求一种多向多维色彩。

进入新世纪之后，改革开放深度发展，由沿海开放（珠江三角洲）到沿江开放（长江三角洲），再到沿路开放（丝路经济带）、沿都开放（沿首都环渤海湾区），尤其是习近平代表党中央提出的"一带一路"倡议，迅速在国内外引发巨大反响，并很快付诸实施。中国西部，作为丝绸之路中国段，不仅在国内，而且在国外再度成为热词。随着"一带一路"的"五通三同"——政策沟通、设施联通、贸易畅通、资金融通、民心相通和利益共同体、责任共同体、命运共同体的响亮提出和快速实施，中国西部文化和西部文艺也组合、融通进新丝路文化艺术的蓬勃实践之中，获得了新时代赋予的新使命和新生活赋予的新生命，重又振兴崛起而被全社会广泛关注。中国西部文艺的发展，随着中国西部的发展也进入了一个全新的历史时期。

就在全民实施"一带一路"的这三四年，我恰好遇到一个机遇，参与了由国家新闻出版总局主办的"丝绸之路影视桥"工程，由丝路卫视联盟和陕西卫视承办，在2014、2016、2017年三次坐汽车在丝路沿线跑了45000公里、32个国家，为时7个多月，途中著文130余篇30余万字，分三次出版。以七十六七岁高龄，而能坐汽车三次跑丝路，自然引发了媒体的关注。一时间，不但丝路文化，连我这个很早就研究丝路文化的人也被媒体发掘出来，放到了聚光灯下。

其实，我更看重的是自己在三次重走丝路中感受的变化和深化。2014年第一次走丝路，"一带一路"才提出不到半年，我已经感受到了"三热"：丝路在国外很热乎，丝路人对中国人很热情，丝路经济开始热销。最近这次跑丝路，感受有了变化，深感各国、各地、各方对"一带一路"的认知都有了科学的深化，"一带一路"正在政府、商界与民间落地生根，共建共享正在走向成熟，可以说是"三心"吧：政府很上心，企业很热心，百姓很关心。丝路经济带现在已经由最初筚路蓝缕地激情开道，发展、提升为各国牵手深耕、科学共建这样一种新的态势。这种"新常态"，是"一带一路"可持续发展的基石，是"一带一路"最为坚实的成果。

也就是在这样的大背景下，西安曲江出版传媒股份有限公司和西安出版社的编辑同仁找到我，热心地要再版这套二三十年前的《中国西部文艺研究丛书》。他们的热心感动了我，更是这件事情的意义策动了我，经与各位作者商定，在保持原作原貌的前提下，再版这套丛书，以给历史留下一份记录，让世人知道，远在近30年前就有这么几个热心人在关注着、研究着、开掘着西部文化、西部文艺。——"也许不是最好的，确乎是最早的。"

现在看来，这套丛书在当时尽可能搜罗了西部文艺相关几个门类的主要资料，做了科学梳理，做了综述和分述，同时从创作现象出发，提出了不少有见地的分析。除了各本书对文艺门类的专业性论述，还从不同角度涉及西部文化的结构、内涵、意义等方面的一些总体性观点，尤其是西部与现代深层的感应方面的一些观点，至今仍具有新意和启示。西部热与现代潮在哪些方面存在着深层感应呢？概括起来，大体是：

西部文化内在构成的多维向心交汇与世界新大陆文化多维离心交汇的感应。

西部历史文化的动态多维组合与当代世界文化综合发展趋势的感应。

西部人多民族杂居状态与现代人跨社区生活状态的感应。

西部人因杂居带来的心态杂音与现代人文化心理的杂色的感应。

西部人在村落和部落自然经济基础上的流动生存状态以及反映这一生存状态的动态生存观，与现代人在现代宏观商品经济基础上的流动生存状态以及反映这一生存状态的动态生存观的感应。

西部随处可见的前文化自然景观、人文景观、心灵景观，与现代某种超越文化、排拒文化的社会情绪、社会心理、社会思潮的感应；西部人原始生存与艰难发展的悲怆感、忧患感和现代人超高速发展的焦虑感、忧患感的感应。

西部人由于空间疏离造成的孤独、人在自然包围中的孤独，与现代人由于心灵疏离造成的孤独、人在"物化人"包围中的孤独的感应。

西部人文山川的阳刚之气和它的人格化与现代竞争社会所要求的强者精神和它的人格化的感应。

…………

换一个角度来理解上述西部与现代的这些感应，你会发现它们恰好构成了西部在现代发展中极为丰厚的文化心理资源。因而这次重版，时间虽然过去了二三十年，对当下的现实却依然有着新鲜的意义。

我是一个被西部重新铸造了灵魂的东部人。我在西部第二次诞生。我爱西部如爱我的母亲。我总感到，西部不应该永远是太阳落下去的地方、光明消失的地方，总有一天它会光明永驻，也总有一天这里会升起新的太阳，那便是精神的重振和经济的腾飞。我愿意为此而劳作。我吁请更多的人为此而劳作。

再次感谢张勃兴老书记，感谢西安曲江出版传媒股份有限公司的编辑团队，感谢丛书的各位作者：罗艺峰、王宁宇、权海帆、李震、董子竹和马桂花诸位同道。

2017 年 11 月 15 日

原版序

谢冕

在中国新诗潮的涌动中，西部诗的出现及发展引起了人们的广泛注意。对它的成绩和品质的探讨也是理论界感到兴味的话题。《中国当代西部诗潮论》便是一本在这些年实践、探讨基础上出现的，力图在新的理论高度上全面论评八十年代以来中国西部诗潮的专著。西部诗潮是中国现代诗史中第一个以大的地域命名的文化诗潮。它不仅在当代诗歌格局中作为一种不可或缺的动态平衡力而获得意义，而且它的出现在诗歌写作自身的实践上，在诗与文化、诗与自然、诗与传统、诗与时代的关兼等诸多方面也为诗史提供了新的经验和范式。因此，本书对该诗潮所作的批判性总结的价值，也许较之本书命题本身更具启示性。

作者李震，本身就是西部人，且坚持从事诗歌符号学研究和先锋诗歌批评有年，因而，他对西部诗潮的论评，不仅具备某些切身的体验，而且显示了与以往西部诗歌批评不同的特点。他不像以往西部诗评中那样满足于跟踪式的描述，而是以一种新的理论视野，对此作批判性总结，并由此就西部诗潮的缘发、高涨与消长的必然性提出了独到的看法。他没有停留在社会——历史和一般意义上的时代精神的框架内体认西部诗潮，他对西部诗及其诗评所呈现的文化本体观提出了批评。作者站立在自然·生命·语言一体化的诗歌本体观的立场，并以此出发来评判西部诗潮的得失，这对于西部诗歌批评来说无疑具有让人耳目一新的理论意义。《中国当代西部诗潮论》勾划出了从北起阿尔泰山，南抵喜玛拉雅山，西自帕米尔高原，东迄黄土高原的辽阔的诗歌版图，呈现出一种恢宏的气势，它在新诗史和当代诗潮的描述、在诗歌内部和诗歌外部的关系、以及在诗潮、流派、个人、技巧、阅读等方面的意义上，从起因到结果都作出了综合的评析。

　　李震这本书展示了青年学者特有的理论敏感力，其中不少观点对西部诗歌批评来说具有推进和深化的意义。他用"主体性神话的胜利"概括了作为客体存在的西部精神，这对西部文学，乃至西部文化都是一种高度的抽象和归结，显然具有较大的包容性多他用"父性文化象征系列"和"母性文化象征系列"归纳出西部文化的两种基本形态，并找到了作为这两种基本的文化形态的诗歌代码，即"太阳"、"荒原"、"马"和"土地"、"月亮"、"河流"两大意象群，进而在对这两大意象群的破译和象征解析中，有效地指出了西部诗艺术构成的基本方式：文化意象的象征操作。再如他从本体批评的角度，批判了西部诗呈现出的文化本体观。他指出西部诗潮的动意出于一种文化意图，而穷究某种文化的原委并非诗的天职，这便是西部诗很快模式化、雷同化，进而沉寂的真正根源。基于对西部诗的文化本体观的批判，李震提出寻找以一体化的自然·生命·语言为本体的新的永久性的西部诗。这些观点不仅对进入沉寂期的西部诗，而且对整个当代诗的发展都无疑具有启发意义。

　　在更高的理论层次上对西部诗歌经验的总结，对当代中国诗歌的发展来说是一项具有长远意义的工作。李震这本书仅仅是从"诗潮"的角度着眼的一种宏观性理论总结。我们当然有理由期待更为深入的总结。

1992 年 5 月 10 日于北京大学

目　录

导　论　西部，一起诗歌事件 / 001
导论一　地域·人·文化——西部概念的内涵与外延 / 004
导论二　自然·生命·诗的双重同构——作为诗歌地理的西部 / 010
导论三　冲破地平线的"野马群"——当代西部诗歌的潮起潮落 / 014

第一章　当代诗歌部落中的西部家族 / 029
第一节　当代诗歌——一个多向选择的动态整体 / 031
第二节　多向选择中的西部诗潮 / 035
第三节　作为一种整体动态平衡力的西部诗潮 / 043

第二章　当代西部诗潮谱系（一） / 049
第一节　西部诗潮——多声部、多色彩的交响 / 051
第二节　新边塞诗系 / 057

第三章 当代西部诗潮谱系（二） /069
第一节 黄土地诗系 /071
第二节 雪野诗系 /081
第三节 西部诗歌的理论批评 /090

第四章 当代西部诗潮谱系（三） /099
第一节 昌耀现象——孤独的生命之旅 /101
第二节 老乡现象——浪漫的阿凡提精神 /110

第五章 当代西部诗潮谱系（四） /121
第一节 西部女性诗系 /123
第二节 校园西部诗系 /131
第三节 西部实验诗系 /140

第六章 西部精神与西部意识：构成西部诗的多重合力 /151
第一节 西部精神——永恒而神秘的客体存在与主体性神话的胜利 /153
第二节 回顾与评述——揭开西部意识之谜 /158
第三节 西部意识——动态展开的西部诗主体精神 /163

第七章　西部诗歌中心意象破译与象征解析 / 173

第一节　西部诗歌——意象的蘑菇云 / 175

第二节　太阳·荒原·马意象群——父性文化象征系列 / 179

第三节　土地·月亮·河流意象群——母性文化象征系列 / 186

第八章　悖论：艺术与文化——西部诗本体观批判 / 193

第一节　诗文化与文化诗——诗歌的三种基本文化模态 / 195

第二节　构成西部诗歌本体的文化冲突 / 200

第三节　文化本体观批判 / 206

第九章　默默穿越的季节 / 211

第一节　困境——走向死亡的成熟 / 213

第二节　再度展开的西部：语言与生命——以西部生命与西部语言命名的西部诗歌之遥望 / 219

附　录　骚动的诗心——西部诗人、诗评家调查报告 / 225

导 论

西部，一起诗歌事件

在中国，北起阿尔泰山、南抵喜马拉雅山、西至帕米尔高原、东达黄土高原—秦巴山区—横断山脉的这块土地，叫作西部。

在中国，高原、戈壁、沙漠、冰峰、雪野、草原、黄土地、江河之源、山峰之巅以及那一眼眼明晃晃的咸水湖组合起来的概念，叫作西部。

在中国，苍凉古朴、高大辽远、古老原始、雄浑剽悍、艰险奇峻、苦难悲楚、闭塞贫困、金戈铁马、开拓奋进的那种感觉和印象，叫作西部。

在中国，丝绸之路、沙漠驼旅、游牧部落、敦煌石窟、楼兰遗址、布达拉宫、传奇历险、"花儿"、"少年"、"信天游"、腰鼓舞所标志的意义，叫作西部……

在中国，一起辉煌的诗歌事件，叫作西部！

导论一

地域·人·文化
——西部概念的内涵与外延

西部，习惯性地充当着一个参参差差的地理概念，充当着一个多色调的文化概念和一个浪漫而强悍的人种概念，而且正在为一个古老的大国提出一个严峻的经济概念。而在 20 世纪 80 年代，在时代风尚、民族意识和社会心理所构成的空间关系中，西部已被人们无法拒绝地接受为一个精神概念、美学概念、诗学概念！在今天，西部业已完整地成为某种审美性格，一起重大艺术事件、诗歌事件的准确代号。

一、西部的地理特征

在这个 960 万平方公里的辽阔版图上，西部占了将近 500 万平方公里，约占总面积的 52%，相当于近二分之一个欧洲大陆。这块处于地球上最大内陆区的中心位置的土地，向世界展示了这样一些特征：

1. 高

西部总体上是由高原和山脉结构起来的，青藏高原、黄土高原、内蒙古高原、云贵高原和阿尔泰山、天山、秦巴山系等平均海拔都在 3000 米以上，在我国大陆架—平原—高原三阶梯地形中属最高一级，而且青藏高原素有"世界屋脊"之称,最高的珠穆朗玛峰海拔竟达8844.43米,像地球这颗头颅上一个高高翘起的鼻尖儿。据地质学家考察,西部最早于3亿年前升起于一片恣肆的汪洋中,杨牧在长诗《西海运动》中将天山、昆仑山和阿尔泰山阐释为地母"一胎三骄子横空出世",而地母的一对"慈乳"将"三骄子"哺育为英俊三少年之后却塌陷成了塔里木盆地和准噶尔盆地。诗人在借题寄寓生命浮沉、人世沧桑、人情天伦的同时,也使我们活脱脱地感受到了西部之高耸。

2. 奇与险

西部地形峭拔而奇峻,北部绵延万里的沙漠、戈壁,南部参差错落的高原、雪山、冰峰,对世界各地的猎奇探险者历来都有着巨大的诱惑。罗布泊穿越、珠穆朗玛峰攀登已成为世界挑战者们攀比的方式。无数冰峰的高耸入云、冰川的季节性消融、塔里木河的隐隐现现以及天山、贡嘎山、汗腾格里峰、乔戈里峰的一山多季多色等当属世界奇观。"横断山,路难行","蜀道难,难于上青天",昆仑山"飞起玉龙三百万,搅得周天寒彻"……孔夫子登泰山而小天下,那是因为他在东部,他老人家要来西部恐怕只会是"这山望见那山高"了。

3. 杂

在这张公鸡状的中国地形图上,处于尾、翅位置的西部可谓色彩斑驳,令人眼花缭乱:黄色、绿色、灰色、铅色、蓝色、橘红色等,它们代表了黄土丘陵、平原、沙漠、盆地、高原、山脉、冰山、咸水湖等,加上北部的草原、戈壁滩、绿洲和南部那一片片葱茏的次生林带,大概地球上所有的地貌类型几乎全部浓缩在这里了。

二、西部的文化特征

西部作为一个地理概念本身便呈现着某种独特的性格,而正是这种地域特性决定了西部作为人种概念、文化概念、经济概念乃至精神概念、美学概念的独立性。

我们曾经为了突出人的作用和价值、突出人类意识形态的能动性而批驳过"地理因素决定论",但试问人又是由什么决定的呢?为什么赤道人是黑色的和棕色的,亚洲人是黄色的,欧美人是白色的呢?为什么在生产方式与生存过程中有农耕、游牧、渔猎之分呢?为什么两河流域的先民与尼罗河流域、黄河流域的先民有那么多明显的差异呢?又为什么地球人与我们正在寻找的外星人将是两种不同的生物呢?一切都归因于地理因素的不同,是地理因素决定了人,决定了人的品类和性能,并为人的生存和文化构建提供了所有的条件和可能性。

西部,正是由于它的地理特征才诞生出独有的人种和独立的文化形态。高、险、奇的特征决定了在这块土地上人与自然的关系始终是西部社会的主要矛盾。生存,始终是摆在西部人面前的最大难题。在西部,最容易使人进入极限体验,生存与死亡可以不通过任何中介因素和升华而直接地呈现出来,人始终处在大限的边缘。这使西部人拥有了罕见的生存能力和豁达的心胸。试想当一个人的生存面临威胁的时候,或者他已经触摸到死亡的时候,恩恩怨怨算得了什么?儿女情长算得了什么?功名利禄又算得了什么?因此西部人是博大的、强悍的、勇武的。这种特别的质地和西部地形的奇峻又使西部人在生存过程中显得乐观、浪漫、独立、坚忍、自足,内在的苦难与坚忍常常表现为外在的乐观和浪漫。同时人与自然的矛盾持久激化使人与人的关系变得亲近、友善,因而西部是一块流溢着情义的土地,在西部人的粗暴、冷酷后面往往隐藏着强烈的温情和爱恋。

总之,因土地之贫瘠蛮荒而贴近自然,因地形之险恶而有生命力之强大,因生存之艰难而有精神之忧患,因生命极限之体验而有豁达与浪漫,因人与自然之直接对峙而有人情民风之淳厚质朴,因群峰之起伏而有性情之刚烈,因大河之滔滔而有慈情侠义之浩荡……这便是栖居在这块土地上的四十几个民族的共同禀赋。

地形之"杂"与自然之"险"直接决定了西部人的文化形态。或者说,西部作为一个文化概念直接体现出了西部的地域特征;再或者说,西部复杂浓重的文化形态与西部"杂"而"险"的地域特征构成了某种同构效应。西部文化正像西部地域一样呈现出多层次、多色调相互交会的特征。

西部文化形态的层次之多、色调之杂使我们不得不通过多种角度来描述它。

首先，我们从直接由地理因素决定的、在人与自然长期相处中形成的文化形态来看，西部文化可分为游牧文化、农耕文化、半农半牧文化、工商业文化和军事文化五种形态。这五种形态既各自保持着自身的历史沿革，又在西部同时存在、相互融合。

游牧文化是西部各少数民族最久远的传统，至今分布在青藏高原、北疆、甘南等地的一些草原覆盖区，并在这些地区的藏族、维吾尔族、哈萨克族、蒙古族、乌孜别克族等民族的生活、生产中旺盛地延续着，而且根深蒂固地塑造着这些民族的形象。

农耕文化主要分布在黄土高原（包括陕北、宁夏、陇东等地区）以及宁夏平原、汉中平原和黄（河）湟（水）谷地等。农耕文化在西部不算源远流长，其分布面积最大的黄土高原地区，据史料记载也曾经多以发展林牧业为主；新疆的军垦区则更为年轻，而且主要分布在汉族地区。少数民族从事农耕的只有东乡族、裕固族、撒拉族、土族等几个少数民族。生产条件的困难和生产工具的原始简陋，导致了其生产力的低下和许多原始特征，不少地方保留有石制工具，利用畜力和简单的手工劳动仍然占主导地位。因而，西部农耕文化与东部、中部、南部自然环境优越、生产方式较先进的农耕文化带给人们的精神影响并不相同。

自黄土高原往西的河西走廊一线是农耕文化的黄褐色向游牧文化的草绿色的过渡带，这一带便是半农半牧文化的主要分布区。这里的人们既有游牧文化留给他们的一些遗风遗俗、个性气质，并小规模地、分季节地从事畜牧业，同时又从事农耕生产，并沿袭了农耕文化的一些风习。这种双重文化塑造使这一带人们的形象显得较为复杂。

工商业文化在西部也有着悠久的历史。毛纺、皮革一直是西部工业的优势。近现代以来各种工业都有较快的发展，尤其是石油开采业。同时，西部有着辉煌的商业、贸易史，古老的丝绸之路是第一条东西方商品流通的大动脉，而且各地都有一些职业的商人，如陕北的"货郎担""赶牲灵走西口"。这些商人在那个封闭的社会里不仅仅充当着商品交流的桥梁，而且成为整个文化交流和传播的一个重要途径。

军事文化是西部特有的一种特殊而重要的文化类型。在历史上，西部的战火似乎很少有熄灭的时候，边塞就意味着沙场，就世世代代有重兵把守，因而在西部军旅生涯形成了久远的传统，正像作为这一传统之象征的万里长城那样蜿蜒曲折，像古代边塞军旅诗那样慷慨悲壮。进入当代，西部军事文化出现了全新的内容，尤其在新疆、青海、西藏，解放军已成为一支主要的建设力量和一个重要的社会阶层，他们扮演了与古代将士相同的国家保卫者和文化传播者的角色。军事文化还与农耕文化相结合产生了规模浩大的"军垦"现象，与工业文化相结合形成了军事工业基地，而且当代西部军事文化已形成了一支独立的军事文化艺术力量，这些都是作为西部文化概念所不可或缺的因素。

其次，我们从这些文化形态基础上形成的西部精神文化——宗教文化来看，西部文化由佛教文化、伊斯兰教文化、基督教文化、喇嘛教文化、儒教文化和道教文化组成。

佛教于东汉初期由印度传入新疆的塔里木盆地一带，而后深入到中原腹地，与中国传统的儒、道两种思想发生一定程度上的融合，及至唐朝文成公主进藏，又将汉化了的佛教传入西藏，同时佛教也从印度传入西藏。佛教用了200多年的时间与吐蕃本教由对抗走向了融合，形成了喇嘛教，成为一个独立的佛教教派。宋元以降，喇嘛教的势力逐步扩大，除再度传入中原腹地外，还传向印度、尼泊尔等国家，并成为西部地区的裕固族、蒙古族、柯尔克孜族、锡伯族等10多个民族的宗教。

伊斯兰教约于唐代由阿拉伯人传入中国西部，随着回鹘西迁和唐王朝向西域的扩张，蒙古文化、汉族中原文化与由中亚传入的伊斯兰教发生交融，逐步形成了中国特有的儒化了的伊斯兰教，并为西部回族、蒙古族和汉族部分成员所信仰，16世纪以来又传入维吾尔族，且成为其主要宗教。

基督教亦于唐代由波斯、西域传入中国西部，旋即进入腹地，后又遭到唐代统治者的排斥，遂再次流入西部蒙古族居住区扎根，至今为部分蒙古人和汉人所信仰。

我国传统的儒家思想与道家思想由中原经丝绸之路、唐蕃古道等向西部各地区辐射，并逐渐渗透到西部各大宗教之中，程度不等地为西部各族人民所接受。

总体而言，西部宗教是东、西、南方各路来的外来宗教与各民族本教的大融合，有的民族连续辗转于几种宗教之间，如蒙古族、维吾尔族等。上帝、释迦牟尼、真主、太上老君、孔夫子等各路偶像联合统治着中国西部的意识形态。

再次，我们从当代史的背景下所形成的现时态的西部文化来看，西部文化主要是传统文化与现代文化之间的相互对抗和相互认同的形态，西部传统文化是上述自然文化、宗教文化及在这二者基础上形成的各民族民间风俗习惯的总集合。这一综合了巨大的时间和空间而形成的文化板结，已成为西部人世世代代遵循的思想、行为和生存理想的准则和依据，并且有某种意义上的合理性和稳定性。西部现代文化要素主要包括半个多世纪以来的科学与民主观念、新兴的工商业、电器、书报刊组成的大众传播媒介、飞速发展的城市文化和一批批迁入西部的与西部自己培养的知识分子、拓荒者、建设者等。这些因素在当代西部已成为人们瞩目的中心，并与强大的西部传统文化展开了激烈的对抗—交锋—认同—融合，构成了西部文化的当代风貌和基调。

正是这些地域，正是这些民族，正是这些文化，使西部成为一方生长艺术的沃土，成为一个特殊的美学概念，终于在20世纪80年代爆发了一起重大的诗歌事件。

导论二

自然·生命·诗的双重同构
——作为诗歌地理的西部

一、西部与诗歌精神的契合

在谈论这起诗歌事件和这个坐落在西部土地上的诗人群落之前，我们首先意识到的是能否找到这块土地和栖息其上的人类及这些人类所建构的文化与我们所崇尚的诗歌精神的内在一致性。

如果把我们所崇尚的诗歌精神与既已出现的西部诗歌混淆起来谈的话，那么我们认为：

诗歌是一种高级精神文化现象，是人类生命最真实的呈现过程的同构性隐喻。我们之所以把它当作一种"文化"现象，是因为它只能以文化的方式存在，并最终加入某种文化流程，但诗歌的终极目的与初始动因以及构成方式却都不是文化的。诗歌和一切艺术一样，其最高旨归是接近自然，即用最切合某种生命状态的语言去同构最切合宇宙自然的生命，从而实现自然·生命·语言的双重隐喻的同构体。诗歌的整个精神便是走向这个三层同构的整体世界，在那里，人的本真的天性和作为这种天性的存在方式的天籁语言与大自然的运动进入至高的和谐；在那里，人类理性与非理性进入最佳临界状态。因而，诗歌精神本质上是一种神话精神，诗歌是神话的真正后裔，它的精神最终指向人类赖以出发的精神家园——神话。

二、更为具体的表现

基于对诗歌精神的这种理解，我们认为西部与我们所崇尚的诗歌精神具有内在的一致性，这种一致性至少表现在这样几个方面：

① 在西部，由于地理环境的险恶，人与自然的矛盾仍是社会的主要矛盾，人更大限度地贴近自然，甚至保留着人与自然关系的初始状态，这便使西部与诗歌趋近自然、返回家园的精神意向保持着天然的一致。

西部这种原始的人与自然的关系使它在很大程度上保留着神话和原始宗教的"万物有灵"的思维方式和发生机制，神的观念仍然统治着西部人的意识形态，频繁的宗教行为、辉煌的英雄史诗和西部人性格的"两极震荡"（肖云儒语），证明了西部人保留着人类早期的神话思维与"神话制作意识"（卡西尔语），这正是诗歌发生的思维的与心理的土壤。尤其是在人类文明的总体进程发展到今天这种地步的时候，这一土壤显得十分的珍贵和重要，正是这一原因潜在地规定了西部作为一起诗歌事件的总爆发，就像拉美的土地孕育了聂鲁达的诗歌和魔幻现实主义小说一样，西部养育了它自己的歌声。

② 自然环境之险恶，使"生存"与"命运"等生命意识显得异常醒目、真切，这种矿物质似的生命意识为诗歌这种专注于内在生命的真实表达的艺术形式提供了天然的原料。

在西部，自然环境的险恶孕育了西部人生命力和生存能力的强大，物质生活的贫困孕育了西部精神文化的发达，因而诗歌这种高级精神文化形式在西部具有辽阔的回响。西部人的生命随时经受着大自然严峻的冶炼，这使它更加纯粹地呈现为它的本真状态，任何虚伪的外在于生命现实的因素，都将在强大的自然力面前受到惩罚，因而西部生命是趋于自然状态的或与自然同构的，因而它是诗性的。

③ 自然力的强大、人烟的稀少决定着西部精神文化之发达，使西部更大程

度地接近于诗。

人在强大的自然力面前显得弱小,加之西部人口之少与居住之分散,人与人之间保留着一种特殊的亲密关系,从而形成了维系这种关系的两条基本准则:情与义。这一点与东部、中部、南部有着极明显的不同,文明进程中所形成的伦理道德与金钱、物质关系在西部远远低于情与义的力量。西部,整个是一片情山义海,在这样一个天地,如果不产生发达的诗歌和艺术才是一件真正的怪事。

此外,人烟的稀少、社区的分散也养成了西部人的孤独感、荒原感和独立精神,这恰恰与当代西部诗人的精神状态构成某种一致,成为诗人们表现现代荒原感、现代孤独感和现代理性批判精神的原型形式。这一点我们在昌耀、林染、张子选的诗歌中看得非常清楚。

④ 西部既已形成的文化艺术传统中潜伏着巨大的诗歌因素。

西部许多少数民族有自己的创世史诗和英雄史诗,如维吾尔族的《英雄沙迪尔的歌》、蒙古族的《乌古斯可汗传》、柯尔克孜族的《玛纳斯》,尤其是藏族的《格萨尔王传》是世界上最庞大的史诗,其长度不仅超过了希腊史诗《伊利亚特》和《奥德赛》的总和,也超过了印度史诗《罗摩衍那》和《摩诃婆罗多》的总和。此外各民族也有自己的抒情诗传统,如藏族达赖六世仓央嘉措的《情歌集》,维吾尔族的《热碧亚—赛丁》和《莱丽与麦吉侬》,回族、汉族的民歌《花儿与少年》,蒙古族、汉族的民歌《爬山调》和"信天游"以及西部各民族的民歌等等。这些史诗和抒情诗歌不仅在文体上与西部诗保持着直接的关系,而且在它们所借助的神话思维和"神话制作意识"方面、原始英雄主义精神方面与诗歌保持着更内在的联系。另外,西部的宗教文学、民间舞蹈、民间剪纸、绘画、阿凡提等机智人物故事中也潜藏着某些诗性的因素。

⑤ 西部剧烈起伏、开阔宏大的地域特征及绵延波动、聚合迁徙、烽火连绵的历史在美学上也与诗歌精神相互对应。

从古代的边塞军旅诗到当代的西部诗,我们都可以找到这种西部地域特征与历史特征的投影。从某种意义上说,西部诗所呈现的雄性精神、深沉浑厚的崇高美在很大程度上得力于这种地域与历史特征的塑造。

由此我们说，西部成为一起诗歌事件绝非偶然，亦非某一单方面因素造成的，甚至也不是诗人个人的努力使然，而是由于西部与诗歌精神的天然联系和一致性，由于西部的地域、民族、文化、历史中所潜藏的诗性特质，由于这些联系和特质与一批天才诗人在一个历史瞬间的碰撞、轰鸣。

因而，在西部辽远的地平线上总有诗人高贵的头颅在昂起，从传说时代、《诗经》时代到唐代、宋代，再到元明清、近现代，形成了源远流长的"边塞诗"传统，它像一条永不干涸的、奔流不息的河流孕育了当代西部诗潮的隆隆涛声。

导论三

冲破地平线的"野马群"
——当代西部诗歌的潮起潮落

> 兀立荒原／任漠风吹散长鬃／引颈怅望远方天地之交／那永远不可企及的地平线／三五成群／以空旷天地间的鼎足之势／组成一幅相依为命的画面……
>
> （周涛：《野马群》）

这便是在 20 世纪 80 年代的地平线刚刚延伸的时候，矗立在西部荒原的诗人群像。他们成群结队地走来，带着这土地一样的肤色，带着那天空一般湛蓝、明亮、空旷的气韵，带着西部边塞偃息千年的金戈铁马之声，带着被黄土覆盖千年的回肠荡气，与这个时代相遇了，诗意地相遇了！他们走来，以潮水的势力、以漠风的强劲、以山的浑厚与稳健、以火的迅猛与热烈淤积在西部的潜在的诗歌精神，因了时代的契机、一批天才诗人的孕育和其自身的长期酝酿而于短短几年中事态化，以文化的名义爆发为一起巨大的诗歌事件，并以其质地、数量、特性成为中国新诗史上第一个以地域文化命名的诗潮，成为中外诗歌史上最庞大的地域文化诗潮。其规模超过了中外文人诗歌史上任何一个地域性诗派和诗潮，无论是唐代的"边塞派"、宋代的"西崑派"与"江西诗派"，还是俄罗斯的西伯利亚诗歌、美国的西部诗，都未能产生如此庞大的诗人阵容、如此集中的作品数量以及如此鲜明的一致性。

站在这次诗歌事件高潮渐已平息的今天来总体回顾它的潮起潮落,便可清晰地看到西部诗潮经历了这样几个时期:一是感性自发期;二是理性自觉期;三是感性自觉期。第一个时期是西部诗潮的总爆发和事态化阶段,这一时期大约是1980—1983年;第二个时期是西部诗潮的高潮期,大约从1983年"新边塞诗"旗帜树起、1984年"西部"概念提出到1986年底;第三个时期是西部诗的落潮期,约从1987年至1980年代末,在这一时期内西部诗潮的声浪日渐平息,但西部概念和西部意识却在进一步深化和转换,诗人在平静中重新审度、体悟西部的诗性意味,从而转入新的西部诗创作的轨道,所以这个落潮期同时也是当代诗歌中下一次西部事件爆发的酝酿期。现在我们来追述这一诗潮的轮廓。

一、感性自发:西部诗歌的事态化

20世纪80年代初,正当人们像迎曙光一样欢呼失踪20多年的诗坛宿将们归来的时候,正当人们像看"西洋景"一样围观一批新兴诗人"表现自我"的时候,正当"朦胧"笼罩诗坛、大部分诗民忍受"朦胧"折磨的时候,正当中国诗歌在"古典加民歌"与"欧化"、"自我表现"与"社会责任感"、"形象思维"与"思想性"之间犹豫不决的时候,一支潜伏了很久的"西路军"横刀立马地杀将出来,以其健壮、英勇、真挚引起了诗坛的兴奋,吸引了正在窘困中的注意力,他们是在西部这个冷酷的熔炉里冶炼多年的几代浪迹的诗魂:杨牧、周涛、昌耀、林染、章德益、李老乡、唐祈、郭维东、高平、李瑜、何来、杨树、白渔、高炯浩、肖川、石河、匡文留、洋雨、姚学礼、东虹、汪玉良、克里木·霍加、王辽生、杨眉、孙涛、陈有胜、伊丹才让、李云鹏、师日新、格桑多杰、田奇、沙陵、赵之洵、唐光玉、刘惠生、梅绍静、闻频、叶延滨、晓蕾、子页、秦克温、秦中吟、屈文焜、陈默以及诗评家孙克恒、周政保、浩明等等。他们分布于西部各个地域版图上,以各自独特的声音开始了他们的多声部合唱。此期西部诗潮的特征是:

1. 西部诗人自我意识的初步觉醒，初步即表现为感性自我的觉醒

他们经历了长期的精神与肉体的困扰与分离，经历了精神炼狱中痛苦的磨难与煅冶，重新获得了自由歌唱的权力，重新证实了自己灵魂的存在及价值，因而与东部的朦胧诗人们一样，他们在西部树起了自我的旗帜。自我的觉醒为西部诗人带来了重新审视自身、审视西部、审视时代、审视社会、审视历史和民族的机会和勇气，带来了激情、爱、悲哀、希望和开拓的热情，带来了或雄浑或深沉或激越或粗放或哀婉的歌喉，并以此重新切入了西部。于是昌耀的《慈航》《山旅》《划呀，划呀，父亲们》，杨牧的《我是青年》《夕阳和我》《野玫瑰》《绿色的星》《复活的海》《塔格莱丽》，周涛的《野马群》《牧人》《野马渡的黄昏》《神山》，章德益的《我和大漠》《我应该是一角大西北的土地》《人生需要这么一个空间》，李老乡的《春魂》，叶延滨的《干妈》，梅绍静的《唢呐声声》《我的心儿在高原》，唐祈的《大西北十四行组诗》，林染的《遥远的西天山》《敦煌的月光》等力作相继面世，引起了诗坛瞩目，其中不少作品先后获全国性诗歌奖。

这些作品以其崭新的时代气息、真切的西部感受和久经压抑后喷发而出的饱满激情以及全新的艺术方式确立了西部诗人的自我形象。这种形象普遍地贯注着西部自然所赋予的灵性和诗人在西部的人生经验、感受，同时又区别于历代写西部的诗歌中那些纯地域纯政治的社会历史的主体形象。但这一时期西部诗人对自我的内涵尚缺乏自觉的理性认识，他们更多的或是对西部地域、自然景观与时代气息的直观感触；或是表现出对新的意识空间的拓展感到盲目的惊喜与振奋；或是表现为极度的自我膨胀，如以新疆、甘肃诗人为主的作品；或是对西部做纯情感的体验而缺少必要的理性观照，如梅绍静、叶延滨、肖川、姚学礼、谷溪等的塞上黄土地诗歌。直到1982、1983年，新疆、甘肃的一些诗人才开始试图有意识地去寻找自我的真实含义，发出创立"开拓者文学"、"新边塞诗"和"敦煌文艺流派"的呼声。

2. 此期西部诗歌内部在总体精神的一致性之下呈现出美学姿态的初步分野

以杨牧、周涛、章德益、李瑜等为代表的新疆"新边塞诗群"主呈崇高、宏大、粗放的雄性美；以唐祈、林染、匡文留、何来等为代表的甘肃"新边塞诗群"则主呈优雅、隽永、和谐的优美；以梅绍静、叶延滨、肖川、姚学礼等为代表的塞上"黄土地诗群"又主呈婉转、细腻、回肠荡气的阴柔之美；而昌耀、王辽生则主呈智慧、奇谲的静态之美，李老乡又主呈机智与怪诞的戏剧性效果。在各个审美主调之下，各个代表性诗人又在呈现这种主调的方式与趣味上表现出明显的差异。比如以"豪放"为主调的新疆新边塞诗群中，"杨牧之雄，章德益之奇，周涛之逸，李瑜之婉……如春兰秋菊，卢橘哀梨，殊态异姿，各揽色味。若以水譬喻，杨牧是海，章德益是瀑，周涛是潮，李瑜是涧……如以禽比拟，杨牧是鹏，章德益是鹤，周涛是鹰，李瑜是莺……"①。诗人曹剑在指出林染迥异于新疆边塞诗阳刚之气的淡泊、宁静、纯然的内在之美时有这样一段生动的叙述：

杨牧、周涛、章德益是三匹雄性的野马。尽管一个是秃顶的假买买提，睿智地骑着毛驴，胸前别着一支野玫瑰把西北周游；尽管一个是戍卒，冷峻而深沉地踏着铁蹄耕耘大西北的历史；尽管还有一个觑着维吾尔老人的女儿，微醉于地球赐给他这一角荒原；可是阔大沉雄、气势磅礴、跌宕粗犷的雄性风格还是不自觉地共同显示出来。这也难怪，三匹马都是天山牧场的嘛！"②

这些描述虽不一定具有多高的准确性，但至少说明了这一时期的西部诗在艺术风范上鲜明的个性化特征，诗人们正是以各自不同的姿态走到了同一面旗帜之下的。

---

① 浩明：《边塞诗苑游踪》，上海文艺出版社，1990年版，第77页。
② 载《当代文艺思潮》1985年第6期，第77页。

3. 此期的西部诗歌具有明显的过渡性特征

这种过渡性特征产生于诗人们确立西部意识、进一步抵达并穷尽西部精神进而寻找独特的西部诗歌艺术方式的过程之中。作为西部诗潮主体意识的西部意识，是一个复合的动态的精神实体，西部精神这种神秘而永恒的存在只有在全方位的动态的精神观照下才可能完整地呈现出来，才能显露出它与诗歌精神的潜在联系，因而才可能升华为一种独特的艺术方式。这一点，我们在西部诗潮已经平息的今天看得极为清楚。由此，我们发现这种过渡性特征具体表现为：

第一，这一时期西部诗主体意识（西部意识）的单一化倾向。

它大致上沿袭了李季、闻捷、田间、张志民、郭小川、贺敬之20世纪五六十年代开创的以某种政治视角为核心的社会历史审美意识。这一时期最明确的主体意识——开拓精神带有明显的社会变革或着意去适应社会变革的意味。诗人们刚刚觉醒的自我大致上也是社会历史主人的形象，其激情、价值标准和对西部精神的认识方式也正是由特定社会历史时空给定的。进一步说，这一时期西部诗之所以能在全社会获得广泛的反响也正是由于它的这种主体意识触及了较普遍的社会历史心态。即使昌耀这样具有一定内在独立精神的诗人，这个时期也表现出了较强的社会历史意识，如《山旅》《划呀，划呀，父亲们》等诗作。这种社会历史审美意识加上地域意识，基本上能够概括此时西部诗的主体意识。我们无意于否认社会历史审美在某一特定社会历史诗潮中的重要性，但拘泥于社会历史审美则会限制诗人们做进一步的精神探索，从而真正面对西部精神。

第二，与这种激情式的单一化的社会历史审美意识相适应，西部诗此时的艺术方式基本上是浪漫抒情式的。

这种浪漫抒情式的艺术方式根源于此时西部诗人与西部的基本关系：情感联系，或具体地说是社会性情感联系。如开拓激情，热爱和眷恋之情，对西部人的感激与忏悔、赞美等等，这些情感作为此时西部诗的原初动因，在作品中被衍化为各种各样的变体，如自豪感、忧患感、悲哀感、奉献精神、崇拜心态、喜悦与憧憬等等。把握西部的这种情感方式是诗人们感性自我觉醒的主要结果，同时诗人们又深受感性自我空间的局限，不能以理性批判的态度去面对西部，这在某种程度上阻隔了西部诗与当代意识的真正契合，从而掩盖了诗人与西部的真实关系。适应诗人们把握西部精神的社会性情感方式，西部诗在这一阶段多直抒胸臆、引吭高歌，而少有艺术上对度、对距离、对情态的适度控制和精神上必要的深刻与尖锐，如新疆大部分诗人的作品中那种过分率直、奔放的浪漫情调和黄土地诗人叶延滨、梅绍静等对黄土地感激、忏悔到讴歌悲哀的程度等。这种缺乏克制的浪漫抒情使此时西部诗不能大量改进艺术方式，更多地吸收现代技巧，在语言上显得比较粗糙。

这些过渡性特征内在地要求着西部诗人理性自我的再度觉醒，树立进一步开掘西部精神的自觉意识。

二、理性自觉：西部诗的高潮期

西部诗进入理性自觉期的标志是1983、1984两年内"新边塞诗派"与"西部诗歌"的正式提出。

"新边塞诗派"的旗号大约于1981年就已在一些诗人的通信与言谈中开始酝酿，而正式在诗坛公开亮相，一般以余开伟发表在《当代文艺思潮》1983年第1期上的《试谈"新边塞诗派"的形成及其特征》为标志，虽在此前后也有人在一些报刊议论过此话题，但以余文影响最大。此文较系统地讨论了"新边塞诗"的远近传统渊源、定义和特征，但将"新边塞诗"紧缩在新疆范围内，且对其特征的把握也较表面化。

"西部诗歌"的立言者当为孙克恒、唐祈、高平，原出于他们发表在《当代文艺思潮》1984年第6期的《西部诗歌：拱起的山脊》一文。这里，我们有必要纠正一起悬案，就是在20世纪80年代西部热的浪潮中"西部"概念的提出问题。习惯上，人们一般认为："在我国，文艺上的'西部'概念首先由影评界宿耆钟惦棐于1984年提出。"[1]如果我们不被认为是有意挑刺的话，这

---

[1] 见余斌：《论中国西部文学》，载《当代文艺思潮》1984年第5期。

应该是一个误解，至少可以说在钟先生提出自己的构想时，诗界已经在构想着"西部"了。钟先生的构想最早是通过肖云儒先生发表于1984年3月14日《陕西日报》上的专访《要打自己的牌——访钟惦棐》披露出来的，正式提出则是在《大众电影》（1984年7月号）发表的《为中国〈西部片〉答〈大众电影〉记者问》一文中。而孙克恒、唐祈、高平的《西部诗歌：拱起的山脊》一文的写作时间也是1984年3月份[①]。尽管该文发于双月刊《当代文艺思潮》1984年第6期，但我们无法想象这篇由三位学风、诗风一贯严谨、纯正的中老年诗人、诗评家撰写于3月份的专论是在延续钟先生3月披露的构想。它的真正源头和基础是1982年甘肃酒泉《阳关》杂志倡导的关于创建"敦煌文艺流派"的讨论、"高原诗派"的讨论以及1983年新疆、甘肃等地的"新边塞诗派"的讨论，尤其是开始于20世纪70年代末80年代初的新边塞诗人们的创作。在这里笔者绝不是在考究专利权问题，一个概念的提出孰先孰后也不是一个学术问题或艺术问题。

而问题在于我们从对"西部"概念的提出的探究中发现了两个有一定意味的事实：其一，在整个"西部热"中，就像所有的文学发展历程一样，诗歌再次充当了先驱者的形象，无论创作还是理论，诗的敏感力最强，新边塞诗不仅是西部诗的先声，而且是整个西部文艺的先行者，后来的西部电影、小说、歌曲都是在沿袭这种诗歌的内在精神，直到电影《红高粱》。在理论上，当"西部"这个概念还在沉睡的时候，实际上具有西部意味的"新边塞诗"的雄鸡早已报晓了。而且从某种意义上说，一切艺术与西部的联系都是一种诗性的联系，一切西部艺术都是在西部开掘诗的矿藏。其二，认为中国西部文学是当代文艺思潮中少有的理论先行、作品后至的一个思潮仍然是一种谣言。至少对诗歌来说不是如此，西部诗人写作有西部感的诗大都是与20世纪80年代同时起步的，而直到1983、1984年，这些分布在天山脚下、青藏高原、河西走廊、黄土高原的诗人的一致性才得到整体的理论认识。

---

① 孙克恒选编：《中国当代西部新诗选》代前言，甘肃人民出版社，1983年版。

孙克恒此前已经在《阳关》1984年第4期著文《大有作为的西北新诗》指出了西部诗歌的"延安精神""骆驼精神""黄河精神""丝路精神""坎儿井精神"。此后他又与高平、唐祈合作，于《六盘山》1985年第1期发表了《飞腾吧，西部诗歌》的专论。从孙克恒先生等的论述看，西部诗歌的主体意识（西部意识）被确立为"开拓"、"进取"与"热情献身精神"。同时公刘先生在1983年"绿风诗会"的发言中和1984年《天山诗丛》的总序中又力主"开拓"万岁！他认为："一个边塞，一个开拓，二者之积而不是二者之和，大致就可以概括西部诗歌的基本特点、基本优势和基本趋向了。"① 于是"开拓精神"便成为当代西部诗一以贯之的主调。

而真正的西部诗高潮到来的标志则是西部诗主体意识（西部意识）中"当代意识"与"文化意识"的全面确立。

在对西部诗的批评中，力主当代意识的是著名诗评家谢冕先生与青年评论家周政保先生。谢先生不仅导引了新诗潮的航向，而且对"新边塞诗"讨论、"西部诗"讨论倾注了很大的热情和心血，先后在《阳关》《绿风》《中国西部文学》《飞天》等刊物发表系列文章和专论。他走出了西部诗表面的地域性和题材意义，强调自然、民族精神与社会生活发展的特定阶段特有的当代性内涵的统一，这正是"边塞诗"冠之以"新"的缘故。他认为，不是诗人在中国西部找到了诗，而是一种再造民族精神的内心吁求找到了中国西部。这是当代中国人发现的精神世界的新大陆。西部创造者们的最大贡献在于创造性地把中国当代人的思考溶解于西部特有的自然景观之中。周政保并不承认西部文学这一提法②，但却对西部诗潮的推进起了重大的推波助澜作用，他的有关西部诗、西部文学的文章撒满了西部各文学刊物，乃至国内外一些重要文学阵地。除了对一些具体诗人诗作的评论外，周先生在西部诗的总体精神上力主当代意识。在他最重要的西部诗批评文章《新边塞诗的

---

① 载《绿风》1986年5期。
② 载《当代文艺思潮》1985年第3期。

审美特色与当代性》[①]中,他指出新边塞诗是"一种当代人抒写当代边塞的诗,那是一种犷悍而悲慨、激越而雄浑、传统而富有时代色彩的现实主义艺术"。

主倡文化意识的是林染、余斌、管卫中、任民凯,当然他们受益于像魏晋谈"玄"一样谈"文化"的那个时代和某种诗性的领悟。林染在《当代文艺思潮》先后著文《骆驼队仍在神秘、悲壮地跋涉——谈西部意识》《西部诗论——从高昌壁的黄昏开始》,反对以"开拓精神"概括西部意识,提出用神秘、孤独、悲凉感来表达西部意识。文章虽没有严格推理,而且不着"文化"一字,但实则是从自然与文化的角度感悟西部的。他终于在《林染抒情诗选》编后记里亮出了这个谜底:"超越自我,超越同自我对应的宇宙客体,以中国西部的自然地域和人文地域为诗情触发点,物我化一又物我互现地高视点、广角度透视东方民族的文化心理及当代意识,悲壮地表现东方民族顽强的反命运力量。"余斌先生在其长篇专论《论中国西部文学》[②]中对西部各地区的远、近文化传统做了轮廓的勾画,并在其对西部文学的分析中剖析了从忧患意识到现代意识的西部文化心理的嬗递。管卫中先生在其《西部文学:在西部文化的土壤上》[③]中明确将西部当作一个文化范畴来讨论西部文学。任民凯先生在《西部精神与西部文学》[④]中指出"西部精神是西部文化与原始人性相结合所体现出的价值总和",将西部文学的价值参照设置在"文化"的版图内。

当代意识与文化意识的确立与既有的开拓进取精神一起完成了西部诗主体意识的初步建构,使更多诗人的自我形象由感性伸展到理性自我的空间之中,由感性自发上升到理性自觉,于是高潮骤然而起,到1985、1986年西部诗乃至整个西部文学进入了最辉煌的时期,以至有人称之为"西部年"。这里我们

---

① 载《文学评论》1985年第5期。
② 载《当代文艺思潮》1986年第5期。
③ 载《当代文艺思潮》1985年第5期。
④ 载《当代文艺思潮》1985年第1期。

仅用不完全统计的新闻形式来记载这两年西部诗的庆典：

诗人阵容空前庞大，除了前述的几十匹"野马"外，西部诗的牧场上又驰入了一群群年轻的黑马、白马、枣红马……组成了老中青壮观的"马阵"。首先是西部校园诗人的加入：张子选、韩霞、李剑虹、封新成、王建民、杜爱民、崔桓、任民凯、许天喜、菲可等等；同时西部诗中起步稍晚的青藏高原上的诗人群在此时显露才力：魏志远、马丽华、洋滔、陆高、唐燎原、马学功、刘宏亮；陕西一批青年诗人开始大批量西部诗创作：刁永泉、渭水、杨争光、杨绍武、商子秦、刘亚丽、尚飞鹏、耿翔、路漫等等。此外，曲近、王小未、时星原、边夫、尹平、贺海涛、屈直、张小平、秦安江、王景韩、汪文勤、李述等一大批诗人进入了西部诗行列。

一批域外诗人纷纷云游西部。继李季、闻捷、郭小川、艾青之后又出现了一批来自域外的西部行吟诗人，如公刘、邵燕祥、梁南、傅天琳以及青年诗人张小波、吕新等等，创作了一批新时代的西部行吟诗。

新疆人民出版社编辑出版《天山诗丛》，推出杨牧、周涛、章德益、石河、杨树、克里木·霍加、洋雨、李瑜、郭基南、郭维东、安定一、孙涛、杨眉等13位新疆西部诗人的西部诗集。

《新疆文学》改刊为《中国西部文学》。

《电影新时代》改刊为《西部电影》；《西安美术学院院刊》改刊为《西部美术》。

《绿洲》杂志冠以"中国西部开发文学"。

西部唯一的诗刊《绿风》辟"西部坐标系"和"第二梯队"栏专发西部诗，并制定了"以西部诗为坐标，以气质相近的外地诗为辐射，以第三诗国为近友，以确有特点的各类诗为映衬"的编辑方针，形成了国内最大的西部诗基地。

一向以发诗闻名的《飞天》先后以"塞风""西部之声"等栏目专发西部诗，并在"大学生诗苑"中开始培植西部校园诗人。

当时在全国三足鼎立的文艺理论刊物之一的《当代文艺思潮》在"西北文

艺现状的考察与研究""西部文艺研究""西北当代文艺的考察与研究""民族文化与地域文学"等栏目展开关于西部文艺的对话、讨论。

《中国西部文学》《绿洲》《西藏文学》《青海湖》《朔方》《阳关》《伊犁河》《延安文学》《六盘山》等西部综合性文学刊物均设专栏刊发西部诗和西部诗理论批评文章。

新疆青年出版社推出《中国西部文学丛书》。

全国各地的报刊爆炸性地刊发西部诗歌及其研究文章,如《诗刊》《上海文学》《文学评论》等。

1985年7月在新疆伊宁市召开了首届西部文艺研究会。

1985年9月在甘肃天水再次召开西部文艺研讨会。

1986年由中国社会科学院文学研究所主持召开的"中国新时期文学十年"学术讨论会将"西部文学"列为四大专题之一。

从1983年至1987年,全国各地出版社大约出版了近200部西部诗歌或近似西部诗集。

《人民日报》(海外版)、《中国日报》、《人民中国》、香港《大公报》、《明报》、《商报》以及《中国文学》(英文版)等十多家报刊向世界传播西部文学崛起的声音。

三、感性自觉:来自低谷的回声

高潮,意味着成熟,意味着收获的愉快,也意味着低谷的来临。在西部诗以潮水般的势力漫溢中国诗坛并开始冲向海外的同时,其内部也因时代气息的变幻和诗坛发展新格局的出现,尤其是西部意识的流变和深化而发生着一种内在疲软,西部诗的既有期待开始迁移。于是被人们接受了的西部诗潮急速转入低谷,同时,西部诗潮曾经潜伏的、鲜为认可的因素开始发育成一种潜在的走向。

这是1987年。西部诗、西部文学与整个当代文学一起向低谷滑去——1987年西部诗开始了痛苦的分割,开始在沉默中潜行。

其原因来自艺术内外、文坛上下。

1. 从外部原因看，首先是经济重心的大转移使西部失去社会心理的关注

西部意识的觉醒和"西部热"的涌起与国家在经济上重点开发西部的决策有很大关系。1983年8月，胡耀邦总书记在视察青海期间指出："20世纪末和下世纪初，我国经济开拓的重点势必要转移到大西北来。"而到1987年，国家经济开发的重心显然已经放在了东南沿海的工商业经济上，深圳、珠海以及后来的海南等地一时成了全国瞩目的经济"圣地"，而西部地区事实上只是被作为"扶贫对象"来看待，而且相比之下，西部成了人们听起来便毛骨悚然的"中世纪荒原"。人们以探索、探险的心态对西部加以关注，几年之后西部便不再新鲜了。其次，1987年的中国政治文化生活使社会心理发生了一些变化，也有伤于西部诗人、批评家们的创造元气。因而此时西部文学、西部诗的创作和讨论只是以一种惯性的冲力在延续。

2. 从内部原因来看

首先，各种文学新潮的蜂起严重冲击了西部文学的发展，尤其是诗歌界。1986年由《诗歌报》《深圳青年报》联合举办的"中国现代诗群体大展"和由《诗刊》社、《当代文艺思潮》编辑部发起，在兰州召开的"全国诗歌理论研讨会"使潜伏了几年的中国"第二诗界"（或曰"民间诗歌"）开始一窝蜂地涌入"第一诗界"，于是中国诗歌史上掀起了空前的"实验诗潮"，数百种流派、五花八门的宣言和旗号、几百号诗人鱼贯而出。"实验诗人"的共同宣言是"反理性、反文化、沉迷于无意识生命体验和语言实验"，这些全新的追求再度引起了整个文艺界的关注和骚乱，兴奋者有之，诅咒者有之，而大部分诗人明显感觉受到挑战，有些人感到诗真不知该怎样写、从何写起。这个嘈杂的"实验诗潮"除了为数不多的诗歌集团外，大部分却像放烟幕弹一样一哄而起之后又烟消云散了，因而在极度的"繁荣"之后，中国当代诗歌反而被迫进入了一个沉寂时代。而由1986年制造的这一恶果，却从1987年开始被充分"享受"。1987年西部诗歌的沉默正是这些恶果中重要的一例。实验带来的"繁荣"使大部分西部诗人面临无从写起的困惑，并由此丧失自信；原有的西部诗意识（西部意识）受到新的诗歌精神追求的挑战；"实验诗潮"几乎从各派、各代诗人和批评家，以及读者中夺去了对"西部诗潮"的注意力，甚至在"大展"亮出的几百名诗人的作品中几乎没有什么真正意义上的西部诗。更有甚者，一些"实验诗人"出于自己"反理性"的需要或别的什么需要而丧失尊严地直接谩骂西部诗："当今中国诗坛狼烟四起，西部诗闹得最凶，那些东西还不如我们好好放个屁！"①谩骂并不能说明问题，但"西部诗潮"确实被折腾进一段缄默的流程。

其次，到1987年，西部诗自身暴露出一些致命的局限，如诗歌本体观中文化意识的喧宾夺主、主体意识钝化、人的放逐、创作与审美中的模式化及单纯的雄性、崇高和悲剧心态的同义反复等等。这些迹象表明，西部诗既已开辟的空间已经穷尽。模式的形成，意味着一个创作阶段的结束，意味着新的选择的开始，意味着发自自身的困顿，意味着"玩儿熟了手中的鸟儿"（舒婷语）——低谷的到来。

然而1987年以来，在西部诗潮的低谷里，我们听到了重新涌动的隆隆涛声……那些原有的西部诗中潜在的模式外的因素在发育、生长，一批曾经搏击在西部诗潮的风口浪尖上的诗人开始换季，他们是：昌耀、杨牧、周涛、林染、章德益、魏志远、李老乡、肖川、匡文留、何来、李瑜、孙涛、陈友胜、马丽华……同时，一些大部分由校园诗人转化而来的被称为"第二梯队"的西部青年诗人和他们的前辈们一起开始了西部实验，他们是：张子选、曲近、马学功、桑子、阿信、杨争光、杨绍武、路漫、屈塬、葛根图娅（韩霞）、贺海涛、王小未、汪文勤、肖黛、阳飏、牛八、秦安江、洋滔、班果、杨子、张小平、李新晨、张侠、刘亮程、谷润以及兼为诗歌批评家的唐燎原等等。他们的实验一方面在努力走出已有的西部诗的精神模式和写作模式，一方面又在努力寻求与以四川、北京、华东为主要基地的实验诗的不同质地。他们力图使人的概念从作为"文化玩偶"的意义上剥离出来，从理性的役使中解脱出来，还原

---

① 载香港《大姆指》报1987年。

为现实的、感性的、静默的生命存在，进而在独特的西部语言形式中确立这种西部生命的存在方式和价值体系，为困顿中的西部诗开启一条可供延伸的道路。

时抵1988年8月，新疆的《博格达诗报》隆重推出《现代西部诗大展》，新老西部诗人们各以崭新的面目重新亮相，这是西部诗再次潮动的起点标记，是来自低谷的回声。笔者在该报上评述这次大展时指出："现代西部诗大展告诉我们：西部诗正在默默地穿越一个季节……西部诗以生命和语言所昭示的成熟恰恰预言了西部诗再次作为文化诗潮出现的不可能，未来的西部诗只能以生命和语言的独特性来命名。"

第一章

当代诗歌部落中的西部家族

第一节 当代诗歌——一个多向选择的动态整体

艺术现象之历史的和当代的意义，普遍地会以一种链条的方式呈现出来。

链条的生命在于它的连续性。艺术链条的纵向连续构成了艺术史，横向连续构成了某一时空中的当代艺术。每一种艺术现象都是这个纵横连续的立体链条中的一个环节，而且都是不可或缺的，否则便会发生断裂，便会失去链条的意义。

这里，我们将要谈论的正是西部诗潮这一环节在新时期诗歌艺术链条中所呈现出的历史的与当代的意义和功能。

正像郑伯奇先生在总结五四文学十年时指出的那样："中国文学，在这短短十年中走完了欧美文学近200年的历史，尽管走得杂乱、匆忙……"①新时期十年的中国文学，尤其是诗歌，又不期而遇地显现出这种历史的共象，而且更加清晰。中国新诗浪潮在经历了近20年的枯滞期之后，以支系庞杂、汹涌澎湃的态势爆发性地进入了新时期流程，在短短十年之中，连续冲决了几道堤岸，高密度、高速度、多层次地向前流去。在这段诗史所呈现出的众多特征中，

---

① 郑伯奇：《中国新文学大系（小说三集）·导言》，上海良友图书印刷公司，1935年版。

我们拣出这样两个方面来支撑本文的意图。

其一，意识空间、艺术观念、主体精神等方面的多向选择性。这种多向选择性一方面构成了新时期不同的精神层次和多样的美学形态，一方面又在不同选择的相互竞争、相互影响和渗透、相互补充和平衡中构成了当代诗歌的整体性，并推动其向纵深处拓进。因而多向选择性实质上是这段诗史的灵魂。

其二，动态整体性。这段诗史不仅在共时态下的多向选择中获得了平衡，形成了一个统一的整体，而且在历时态下向纵深演进实现了当代诗歌的整体格局。十多年来的诗歌主潮以惊人的速度一次次打破旧有的平衡，又迅速地获得新的平衡，其运行轨迹就像地球绕着太阳做圆周运动一样，在离心力与向心力的相互作用和抵消中得以平衡，得以运转。常识告诉我们，地球在宇宙中的平衡甚至存在，只有在连续的动态中才是可能的。这也正是这段诗史发展的基本规则，因而动态整体性便是这段诗史存在的基本方式。

当代诗歌进入新时期能够形成这种多向选择的动态整体，是由多种因素决定的，如果我们参照"五四"文学来观察，则可看出形成这类文学局面的共同原因有这样几个方面：

1. 长期禁锢之后的突发性思想解放

发生在20世纪70年代后半期的那次社会大变革，使中国思想文化乃至整个意识形态领域从现代宗教中走出来，进入了生机盎然的春季。真理标准的大讨论、改革开放政策的推行、心理科学及思维科学的复兴、哲学、经济观念的极度变革、中西比较文化和文化寻根热的兴起，迅速拓宽了国人的视野和意识空间，刺激了整个民族的创造力和探索热情，加速了民族心理的变构，民族思维结构逐渐由线性向空间转化，这种局面投影在诗歌艺术中便呈现出向各个未知领域掘进的多向选择趋势和日新月异的探索进程。因而突发性的思想解放运动便成为当代诗歌形成多向选择的动态整体的直接原因。

这与"五四"文学繁盛的奥秘惊人的相似。"五四"新文学运动正是缘于对封建文化禁锢的猛烈摧毁，缘于新文化建设的百废待兴之机，这种关头常常是思想文化复兴的绝妙契机，同时也往往是衍生逆反心态与过激心理的土壤，而且必然产生思想文化界与整个民族文化心理的大幅度游离的现象，但这同样是历史的必然。

2. 从人文主义到现代观念带来的自我意识和个体生命的觉醒

思想解放运动的最初实绩便是人文主义的复兴，新时期初期所谓的"伤痕文学""朦胧诗"的灵魂便是人文主义的，它有西方文艺复兴时期与中国"五四"时期的文学艺术精神，在那里，理性自我与感性自我、情感与理智同时惊醒，"德先生""赛先生"同时重返中国故土，延续着他们在"五四"时期创立的现代观念，这一时期以"反思"命名的中国文学，实质上正是用这种现代观念重新审度中国社会、历史、文化、民族心理结构和个体生命的过程。而自我意识与个体生命正是选择的必备前提，也是探索的出发点。它们既构成了多向选择的可能性，也成为这段诗史迅速发展的动态过程的原动力。事实上，新时期诗歌正是在不断的多向选择中的一个寻找自我、表现自我、超越自我直抵生命自然的动态过程。

3. 改革开放带来的中西艺术传统的大融合

不同文化艺术传统的相互撞击、比较、融合是刺激文化艺术迅猛发展并形成繁盛景观的绝好机会。汉魏、南北朝、唐代等历史时期内汉文化与佛教文化、西域文化及北方与南方文化的融合直接带来了当时文学艺术的昌盛。"五四"文化与新时期文学的兴盛都导因于中西文化艺术传统的交流，而且都经历了一条相同的轨迹：反对本土传统、全盘西化到融合西方传统、回归本土传统。就诗歌而言，五四早期的白话诗，除了仍然是用汉语写作外几乎割断了与古典诗词的一切联系，采用自由随意的欧化句式，这可以说是鲁迅介绍西方浪漫主义诗歌[①]，郭沫若引进歌德、惠特曼、印度英语诗人泰戈尔，以及胡适、宗白

[①] 鲁迅：《摩罗诗力说》，原载《河南》1908年2、3期。见《鲁迅全集》第1卷，人民文学出版社，1980年版。

华、康白情、朱自清、周作人、冰心等早期白话诗人学习西方诗歌的直接后果；而到了谙熟英美诗歌的新月派诗人那里，新诗又逐渐回归本土传统，将中国古典诗词所特有的音乐美、建筑美、色彩美等传统延续到新诗领域。新时期诗歌同样经历了从朦胧诗的反传统、自由句式到现代史诗、西部诗的回归中国历史文化与地域文化，再到实验诗对汉语写作的探索这一过程。这两段重演的历史表明：中西艺术传统的融合，扩大了艺术视野和选择空间；从不同艺术传统找到了反差，因而直接刺激了本土文化艺术的发展；沟通不同传统间共同艺术领域和精神体验的经验积累，从而使其得以向纵深发展；使人们更加认清并领会了本土传统，并使人们更加自觉地加入传统，发展传统。因此我们说，中西艺术传统的又一次交会，是当代诗歌进入多向选择的动态整体格局的又一重要根源。

第二节 多向选择中的西部诗潮

面对这段高密度、超速度、多层次、多流派、错综复杂、近乎畸形发展的诗史，我们已很难从某个单一的角度对其做出描述，因而不得不择取几个较本质的角度粗线条地叙述一下这段诗史在各个向度、各个层面上的不同选择，并以此确立西部诗潮的当代史意义。

角度一：不同意识空间的选择

当我们领受了庞德的"诗人是一个种族的触角"的教诲之后，不禁要询问：在西部诗潮所处的这段诗史中，这一"触角"深入这个种族到底有多深？

如果我们略去某些细微的个体差异不论，便会发现，这一"触角"渐次伸入到三个不同层次的空间：社会历史空间、文化空间和超文化的生命空间，并以各自所占有的空间的不同，形成了三个大的诗歌浪潮：社会诗潮、文化诗潮和实验诗潮。

这三个诗潮所处的时间长短、先后和因果关系错综复杂，或共时态存在，或历时态存在，或交叉时态存在。它们既有相互补充的一面，也有前后沿袭的一面，又有相互竞争的一面。

社会诗潮集中爆发于20世纪70年代下半期到80年代初的中国社会大变革时期，其影响面几乎覆盖了整个诗坛和社会。代表诗人由三大诗人群落组成：

一是"归来"的诗人，这是一批被迫停止歌唱的中老年歌手，其中有三四十年代起步、50年代被打入右派和"胡风反革命集团"行列的艾青、绿原、牛汉、曾卓、唐湜、唐祈、罗洛、穆旦、吕剑、陈敬容、蔡其矫、郑敏等等，还有起步于50年代的右派诗人公刘、流沙河、邵燕祥、白桦、昌耀、孙敬轩、胡昭、林希、周良沛、梁南、高平等等。

二是"朦胧"诗人，这批诗人大多是在"隆冬"和"早春"的余寒之中开始歌唱的，他们是北岛、舒婷、顾城、江河、王小妮、梁小斌、徐敬亚等。

三是与"朦胧"诗人几乎同时开始歌唱的"半朦胧"诗人，包括：杨牧、傅天琳、李钢、叶文福、雷抒雁、章德益、周涛、曲有源、熊启政、骆耕野、张学梦、刁永泉、边国政等。

这三个群落的诗人们以各自不同的艺术方式、政治态度、社会身份和人生经历同时开始对社会、历史的思考、参与和对抗。尽管他们在美学思想和艺术追求上存在着重大分歧，并展开过激烈的论争，但在其艺术"触角"所指向的空间上都取得了同一，他们同时携带着那个时代赋予他们的创伤、智慧、悲愤和激情开始对站在他们身后的那个时代提出挑战。他们或以深沉的歌喉吟咏寒冷、黑暗和疼痛，呼唤温暖、光明和爱，或以真善美的笔锋直戳昭然若揭的社会脓疮。即使当时被指责为"象牙塔"的"自我"，在今天看来，也不过是一种地道的"社会性自我"。概言之，这一时期的诗歌总体上是以社会性反思和理性批判精神为其共有特征的，他们在个人的和集团的不同美学追求的相互竞争和补充中，在价值取向和社会思考的一致性基础上汇聚为一股社会性诗歌浪潮。

文化思潮是在整个思想文化界由社会反思转向文化反思的总体过程中逐渐形成的。中西文化的比较和融合、民族文化随着经济体制的变更而产生的大裂变、文学艺术界的"寻根热"等，成为文化诗潮出现的参考背景。文化诗潮主要由两股支流汇聚而成：一是所谓"现代史诗"；二便是我们正在谈论的"西部诗潮"。

以杨炼、江河、岛子为代表的"现代史诗"力图以现代理性精神去追寻民族文化之根，他们得力于东方古典文化的直接启悟，企图通过对文化象征符号的重构来直接回答人与世界的某些太初与终极问题，因而"现代史诗"除了在对古代的东方文化做纵向审度时表现出的宏大的历史感之外，还以其显著的哲学态度著称；而"西部诗潮"则以鲜明的当代意识对中华民族文化发祥地和东西方文化交叉地带的西部地域做"断面"的展示，它立足于古朴、原始、险峻的地域和文化原色与现代文明和当代意识的强大反差，力图将全民族性的文化大裂变、大迁徙的悲喜剧浓缩在西部舞台上，因而除了地域感与历史感外，还以鲜明的现世生存感和时代感著称。这些恰恰与"现代史诗"一起展现出了文化诗潮所应有的完整的内涵。

实验诗潮是在文化诗潮的中晚期和社会诗潮的衰落期兴起的，它是中国诗人自我意识由社会性自我到族类性自我、再到个体生命意义上的自我的一步步醒悟的结果。

实验诗潮的出现宣告了作为前两个诗潮精髓的理性精神的幻灭与文化意识的困境，将其艺术"触角"伸向了潜藏在社会与文化秩序背后的生命空间，这使社会诗潮与文化诗潮发生了严重的失重、倾颓，使大批诗人的诗歌观念和创作陷入了混乱、无所适从或粗制滥造，同时也导致了不少人的诗歌宗教一定程度上的破灭。但实验诗潮的出现确实创造了西部乃至整个社会诗潮和文化诗潮的一种新的平衡力产生的可能，使业已走入模式化并且负重累累的中国当代诗歌获得了新的转机。

实验诗潮的代表诗人群落是有"第三代诗人"、"后新诗潮"诗人、"后朦胧诗人"、"第二诗界"、"民间诗人"等等称谓的青年诗人们，主要包括以四川为中心，以华东、北京为旁翼的诗人群，如"非非"诗人群、"整体主义"诗人群、"他们"诗人群、"海上诗群"、"莽汉诗人"、"幸存者"诗人群、以"黑夜意识"为标记的"自白"女诗人群，以及专注于汉语实验的岛子、柏桦、张枣和从"朦胧诗人"过渡过来的王家新、王小妮等等。他们力图逃离人类面临的文化困境，专注于对生命本体的表达，但却陷入了表达的困境，他们深深感觉到了人类舌头的呆笨和生命宇宙的神秘、深远，因而语言革命便成了实验诗潮的真正目的和意义。"诗到语言为止"成了这个诗潮的共同纲领，他们坚信人类语言便是包括生命现象在内的宇宙万物的唯一存在方式。实验诗人们正是以对汉语的诗歌潜能和诗性本质的开掘构成了对社会—文化诗潮的实质性挑战和启迪。

对西部诗潮来说，实验诗潮尽管不由分说地夺走了它的轰动效应和外界对它的注意力，以至迫使以文化和时代精神命名的西部诗潮宣告终结，但实验诗潮的兴起却给早已精疲力尽的西部诗潮出示了可供选择的新的生命绿洲，以张子选作品为代表的西部实验诗的悄然而至，不正是西部诗潮新生的一个吉兆吗？

角度二：不同艺术方式的选择

如果我们着眼于艺术方式的角度，便可发现：西部诗潮所处的诗歌背景是由浪漫主义—象征主义诗潮、新古典主义—现代主义诗潮、现代主义—后现代主义诗潮等几种大的艺术方式和态度所构成。

从浪漫主义到象征主义是朦胧诗艺术发展的基本轨迹，也是朦胧诗艺术成熟的过程。从具体的艺术构成方式来看，它经历了从浪漫抒情到意象象征再到总体象征几个阶段，其中意象经营是传统浪漫主义与象征主义的共同方式，我们不难发现舒婷的艺术方式基本上是浪漫抒情式的，北岛、江河、顾城的早期作品也是如此。而北岛、顾城、梁小斌等诗人的中期创作则是以意象象征为主要手段的；他们的后期作品所做的超现实主义试验的基本艺术方式实质上可以说是一种总体象征，这一层次是连接"朦胧诗"和所谓"后朦胧诗"的中间地带。由此我们似乎能够同意有人把"朦胧诗"称作"新象征主义"诗歌这样的说法。

新古典主义与现代主义的"两结合"方式是"现代史诗"与"西部诗"共同的艺术原则。尽管这两种诗歌在早期也程度不等地与朦胧诗早期的作品在艺术方式上保持过某种一致性，但它们的基本艺术精神使它们无法回避地选择了新古典主义—现代主义的"两结合"方式。它们至少在这样五个方面与这种"两结合"方式相契合：

① "西部诗"与"现代史诗"都展示出了宏大的文化空间和由远古文化、地域文化与现代文化背景的悲剧性冲突创造出的崇高的具有悲剧色彩的美学效果，崇高与悲剧正是古典主义与新古典主义的共同美学基调，而这种基调在当代中国诗坛的复现正是得力于现代文化与现代意识的。

② "西部诗"与"现代史诗"传达出了西部地域和远古文化的古朴和原始力的律动，本身散发着浓烈的古典气息，而这种古典气息的美学价值也只能发生于现代背景之中。

③ "西部诗"与"现代史诗"都是以强烈的理性精神观照民族文化、地域文化的，这种理性精神恰恰使它们与西方古典主义、新古典主义崇尚理性的精神形态取得某种连贯性和一致性，而它们的这种理性精神却又与西方古典主义—新古典主义有着本质的不同，它是由现代文化、现代社会赋予的，称之为现代理性精神。

④ "西部诗"与"现代史诗"都以意象经营为基本艺术方法，这使它们与中国古典诗词的意象传统保持了连续性，并使传统的意象经营方式在现代艺术手段中获得了发展。

⑤ 它们以硕大的静穆感和辉煌感承袭了东方艺术静态审美传统和西方古典主义的宫廷气息，并在与现代文化的躁动感与分裂感的强烈反差中获得了全新的美学信息。

因而我们说，"西部诗"与"现代史诗"又在艺术方式上汇聚了中国当代诗歌中的新古典主义—现代主义诗潮。

现代主义—后现代主义是实验诗人们的艺术方式。个体生命的觉醒使他们不再相信生命空间之外的一切文化秩序和物理时空，不再相信"从一而终"的世界整体，不再相信崇高、理性、优美和外在的真实，不再相信意象和象征的神秘，开始从旧有的文化、艺术秩序走向新的艺术秩序，呈现出诸多的反抒情、反古典主义的艺术方式。他们缘起于朦胧诗中所暗示的现代主义倾向，但

更多地受到来自尚且遥远的后工业社会中产生的后现代主义的蛊惑,他们在下列方面响应着这种蛊惑:

① 由反崇高、反抒情、反优美、反意象到反文化、反价值,主张随意性、口语化、"无深度",其真正根源在于工业—后工业社会的风雨欲来之时,敏感的诗人们对既有文化与价值秩序的彻底怀疑与破坏。

② 用幽默、荒诞和反讽印证了新旧秩序交替时代的怪异、荒谬和矛盾心态以及方向感、时空感和价值观念的倒错。这些正是后现代主义艺术的重要特征。

③ 用零散化、不和谐组合证实了辉煌、静穆的整体化世界的结束和分裂的、喧嚣的、快节奏的现代—后现代社会的到来。"非非"诗人蓝马冲着维特根斯坦的名言("在不能言说的地方应当保持沉默")说:"在所有应当沉默的地方,坚持一片喧嚷。"而大量打破完整结构的"活页文本"的出现,使这种喧响呈现为零散的、不和谐的状态。实验诗人们正是以这些不同常规的语言态势同构其生命形式及其内在真实的。这种以个体生命的觉醒为核心形成的一系列艺术方式经历了从文化对抗(包括反异化)到超越文化的精神过程,恰如其分地走出了现代主义—后现代主义在中国诗坛的基本轨迹。

角度三:主体精神的不同选择

根据主体精神走向的分野,我们可以将西部诗潮所处的诗歌背景切割为人道主义诗潮、理性主义诗潮和非理性主义诗潮。这是三个以不同的"人的观念"为轴心展开的诗歌主体精神走向。

起于宗教背景的朦胧诗与"归来者"的诗成为人道主义诗潮的代表。在他们那里,人的概念作为神与非人的反义词而存在,他们渴望成为非神的、非非人的、非英雄的有血有肉的人。于是他们呼唤爱、情感、人性,然而特定时空决定了他们的"人"的概念同时又是类、族、代意义上的人,他们呼唤的爱、情感、人性也是在观念中发生的。存在主义与弗洛伊德学说的入侵更使这种观念的人和概念化的人性进入了怀疑主义和乌托邦式的玄想。发生在20世纪七八十年代之交的人道主义思潮和伤痕文学与发生在中世纪之后的西方人文主义和五四时代的启蒙运动并无二致，其核心仍然是科学与民主，它们都是以极理性的方式来强调人的非理性因素，朦胧诗如此，"归来者"的诗亦如此。

人道主义诗潮引发了其后的两种"人的观念"，一种由类、族、代等群体意义上的"人"导向了超人般的历史英雄主义和纯理性的人，进而导入了无人的文化象征网络；一种由群体的人走向了个体的人、本真的人，走入了非理性的生命世界。前者形成了以文化为目的的理性主义诗歌潮流，后者则膨胀为非理性主义诗歌潮流。

理性主义诗潮主要是以文化诗为主干。文化诗人们或以时代精神、历史感来描述、呈现某种文化渊源、流程和裂变，或以一套严格的文化象征符号来穷尽宇宙的终极本体，或以超人般的历史英雄主义的形象来充当创世者，而唯独疏离了普通人的世界，人仅仅被作为某种文化代码进入他们的象征网络。他们恪守了艾略特的"非个人化"原则，代人类立言，作"历史性幻想"（艾略特语）。我们所谈论的西部诗大部分当属此类，而"现代史诗"则是更突出的代表。

在笔者看来，所谓理性，与文化实属同一概念，其实质都是人类将世界编码化的结果和运演方式。尽管它们带来了人类文明，但这却是以个体主体性的丧失和个体生命的概括化为代价的。在文化和理性的视野内，一切都被约定性符号、公式、概念、逻辑统治着。这正是西部诗与现代史诗最终覆灭于模式化的必然依据。

非理性主义诗潮是由声言生命体验和语言实验的诗人们组成的。"人"在他们那里不再以概念、文化代码、英雄、创世者的面目出现，而是以一堆感觉、一场梦幻、一种冲动和焦虑的实体来出现。他们很少关注人的时代的、社会历史的、文化的、哲学的和族类的意义，而更多地专注于人的生命本质：生、爱、性、死亡及其与宇宙自然的微妙关系，他们通过对语言的超常组合来剥离淤积其中的文化意义与价值判断，他们从生存到艺术都与现世文化和既定规程格格不入。他们宁愿纯粹地活着，宁愿躺在理性的废墟上做白日梦。而艺术、诗是他们真正存在的唯一空间。

然而我们说，丧失理性进入纯粹的非理性和丧失非理性进入纯粹的理性一样，无益于艺术的真正创造，这根源于他们各自对人的观念的误解。单纯理性的人和单纯非理性的人都不是真正完整的人。人是理性与非理性的组合体，而杰出的艺术正是生长在人类理性与非理性的最高统一和最佳临界状态之中的，譬如神话这种具有"永久魅力"的"高不可及的范本"（马克思语），正是产生于人类解释世界（世界是什么）这一最高理性与冲破一切时空、语言维度的想象力的完美契合。

因而，其主体精神选择中的失误决定了理性主义诗潮与非理性主义诗潮都将作为过渡性的诗歌现象进入诗史。

西部诗潮在多向选择的当代诗歌格局中始终与整个诗坛保持正向或反向的联系，以其鲜明的文化意识和独特的文化内涵、新古典主义—现代主义的艺术方式和现代理性精神昭示着当代诗歌的一个不可缺失的走向，并以此构成与整个诗坛相互竞争、相互促动的统一整体。

第三节 作为一种整体动态平衡力的西部诗潮

我已经把当代诗歌的发展比作一个动力场，其中各个动力的大小与方向的选择决定着整体的平衡和运动。那么在这里我将说明的是西部诗潮在几个关键性向度上与整个当代诗歌的整体平衡情况。

一、西部诗潮在当代诗潮中的纵向平衡力——西部诗潮与新诗潮在"传统"与"现代"问题上的平衡关系

"新诗潮"是诗坛上自"朦胧诗"以来带有现代主义倾向的诗歌运动，包括"朦胧诗"、"半朦胧诗"、"现代史诗"以及被称为"后新诗潮"的"实验诗"等。西部诗人有不少可以同时看作"半朦胧诗人"（此概念由一位德国人对傅天琳的称谓而来），如昌耀、杨牧、周涛、林染、章德益、王辽生、刁永泉等。但西部诗独立的意识空间、主体精神、艺术方式和美学价值使其成为与新诗潮并存的一股诗歌势力。西部诗的勃兴正处于诗潮的鼎盛时期，它与新诗潮以及作为这两个诗潮背景的、由远近传统形成的新旧传统诗歌一起组成了当时繁盛的诗坛整体格局，这三种诗歌势力的相互消长保持了这段诗史的平衡与发展。其中扭结着这三种诗歌势力的一个焦点便是对传统与现代的态度问题。

西部诗潮在传统和现代问题上与新诗潮和传统诗歌形成一种交叉状态的平衡关系，与后二者既有同向相长的一面，也有逆向互补的一面，从而使它在传统诗歌与新诗潮之间、传统与现代之间充当了一种纵向平衡力。

当谢冕、孙绍振、徐敬亚代新诗潮立言的"三个崛起"的抛出引起传统诗歌与新诗潮之间激烈的"传统与现代"的论争时，刚刚兴起的被普遍称为"新边塞诗"的西部诗则以自己独立而稳健的态度矫正着双方的偏失，它既没有以某种逆反心态过分偏激地去抵制传统的延续，也没有以守旧的眼光去拒绝新诗潮与"三个崛起"强烈的现代观念和崭新的现代技法的影响，而是既立足于这块淤积着深厚文化艺术传统的土地，又以巨大的热情迎接现代艺术与现代观念的诱惑和洗礼。新兴的现代西部诗人昌耀、杨牧、周涛、章德益、林染、李老乡、叶延滨、梅绍静等正是以现代人的心态去重新审视这块土地、延续这块土地之上的艺术传统的。以杨牧、周涛、章德益、李瑜等为代表的"新边塞诗人"将现代人的自我意识和艺术方式与沿袭千百年的中国边塞雄风和西部文化、历史、地域浑然一体地呈现出来；昌耀、林染诗中鲜明的现代感与对西部历史、文化的忧患意识和对历史巨变的热切心情融合一体；叶延滨、梅绍静以现代人的心态重新感受深埋在黄土之下的悲哀与生命力，同时从现代技巧的高度加入到了信天游传统的发展之中。

西部诗比强调近传统的传统诗歌势力更内在、更深刻地加入了传统，因为他们感受到的是远传统——渗透在血液和骨髓中的传统、"新边塞诗"中的雄性精神、"黄土地诗"中的悲哀和悲剧感，我们无论如何都无法拿近传统理解远传统，西部诗坛的"阿凡提"李老乡大概也不是所谓近传统的产物。

同时，尽管我们说西部诗远不如新诗潮涉入现代精神和现代艺术深，但西部诗却更稳健地去靠拢现代，它与新诗潮在对待"现代"的态度上的区别在于：

① 西部诗人没有像新诗潮诗人那样更多的是以逆反心理去接近现代观念与艺术。这或许与西部诗人身处"山高皇帝远"的西部，而不像新诗潮诗人大多

处于国家的政治旋涡中心有关，新诗潮诗人对传统的批判和对"现代"的渴望难免起于某种政治性的逆反心理。

② 西部诗始终立足于西部这块民族文化浓缩着的土地，因而诗人更多的是在这块土地上真切地感受到对现代社会的渴望的，"西部"与"现代"这两个概念的强烈反差使这种渴望显得异常猛烈。我们说西部诗人对传统与现代的选择是从自身、从这块土地出发的，这是一种更真实、更内在的选择。

由此，我们认为西部诗是立足于传统去感受现代，又从现代的高度加入传统的，它正是在这样的向度上成为传统与现代、传统诗歌势力与新诗潮之间的一种强大的纵向平衡力。

二、西部诗潮在当代诗歌中的横向平衡力——西部诗潮与新诗潮在本土传统与外来传统之间的平衡关系

本土传统与外来传统的关系问题是新诗产生以来一直争论不休的老问题，从"五四"时期的彻底摧毁本土传统、全面接受外来传统到 20 世纪 20 年代中期闻一多等人对古典诗词的承袭，再从 30 年代以艾青为代表的欧式自由诗再度兴起到延安时期的"民族化""大众化"的"中国作风和中国气派"，再到 50 年代的"古典＋民歌"和"大跃进"民歌运动，这一问题几经周折。至新时期，经过几十年的闭关锁国，"五四"诗歌运动的情景再次投上了中国诗歌屏幕，于是一场关于本土传统与外来传统、"民族的"与"世界的"的论争重新展开，争论各方似乎都不简单地放弃"发扬传统"和"走向世界"之类的说法，而且都能拿出一套堂而皇之的理论来，但他们对两种传统的态度却有实质性差异。综合各家各派各代的说法，主要观点不外乎以下几种：一是所谓"愈是民族的就愈是世界的"的著名论断；二是坚信"民族文学时代"已经结束，"世界文学的时代已快来临了"（歌德语）；三是以世界文学意识荷载着外来传统的艺术经验进入本土文学传统。还有一些本来在观念意识上足不出户的人，却唱起"回归本土传统"的高调，对于这种人我们没有与之论理的必要。且说前三种观点似乎各有各的道理，第一种观点坚信"世界文学"的构成是各民族

文学特色大融合，以为只要突出了民族特色便可进入世界文学。第二种观点则认为"世界文学"是民族开放时代各民族共同的文学，各民族文学进入世界文学的方式不是突出特色而是相互认同。他们以马克思、恩格斯的论述为依据：

资产阶级，由于开拓了世界市场，使一切国家的生产和消费都成为世界性的了。……过去那种地方的和民族的自给自足和闭关自守状态，被各民族的各方面的互相往来和各方面的互相依赖所代替了。物质的生产是如此，精神的生产也是如此。各民族的精神产品成了公共的财产。民族的片面性和局限性日益成为不可能，于是由许多种民族的和地方的文学形成了一种世界的文学。[①]

他们认为在"世界文学"时代"交流意味着一切"。然而这两种见解都导向了两个极端上的不可能。持前论者实质上并没有意识到"世界文学时代"的到来，因而他们突出本土传统的价值便成为一种货真价实的闭关自守，他们最终提供给世界的只能是兵马俑、民间剪纸或安塞腰鼓之类，而无法以一个现代世界居民的形象站在世界文学的行列；持后论者则过分乐观地相信了世界文学已经到来的神话，而忽视了正在延续的本土传统和民族现状，因此他们必然导向彻底拒绝本土传统而沉溺于空洞的世界文学的幻想之中。这两种观点的共同失误在于混淆了文学行为中的主客体，前者无视中国诗人日益增长的世界意识，仍强调以民族意识面对民族现状创造民族文学；而后者则离开了中国诗人所面对的这个客体世界，一味强调世界性主体意识。持前论者是一批热爱民族传统的中老年诗人和批评家，持后论者则是那些并非不热爱民族传统的新诗潮诗人及其立法者。

在二者之间，笔者认为，西部诗所呈现出的对两种传统的态度属第三种观点，并以此在前两者之间形成一种平衡力。首先，中国西部有着丰厚的本土文化艺术传统，并始终保持着其古朴、神秘、原始和多色调交汇的特色，中国西部的本土文化本身便是多种民族的外来文化传统融合的结果，既有很强的本土性、民族性，又先天地具备某种外向性特征。其次，中国西部本土文化传统之

---

① 马克思、恩格斯：《共产党宣言》，见《马克思恩格斯选集》第1卷，人民出版社，1972年版。

所以成为当代诗歌关注的一个重要对象，或者说当代诗歌中之所以会出现西部这个概念，其原因之一正是外来文化传统的侵入与之形成的反差，正是西部诗人日益增长的世界意识。西部诗所表现出的特有的悲剧意识、忧患意识正是这种主客体之间的巨大反差形成的。再次，西部诗人并不离开本土传统来谈论外来传统，也不无视外来传统的巨大冲击力来谈论本土传统，他们尽管大多没有参与两种传统的论争，但他们的诗歌实践却足以证实他们关注的是外来传统与本土传统之间、主体与客体之间的冲突、融合和相互消长。

由此我们说，整个西部诗潮是以世界性的主体意识来审视西部本土传统的客体世界。这便决定了西部诗中大量出现的膨胀的自我意识与辽阔的西部地域、深厚的文化历史泥沙的深刻对应，原始古朴的西部意象在激扬、起伏的欧美句式中的浮沉以及情感与历史的冲突产生的悲剧感、孤独感等等。西部诗人这种身不由己的选择，正好成为本土传统与外来传统融合的典范，并以此矫正着任何一方一边倒的失误。

三、西部诗潮在当代文化诗潮中的多重平衡力——西部诗潮与现代史诗诗潮在文化的地域性与历史性、当代性与古典性和艺术的民族性与世界性之间的多重平衡关系

我们已经明确了西部诗潮是当代文化诗潮中的两个主要支系之一，它与另一个主要支系——现代史诗诗潮在互相影响、互相补充中共同完成了文化诗潮的全部历史。二者在发展中形成了多重平衡关系：

① 现代史诗表现出强烈的寻根意识，寻找民族之本、人类之根、万物之根，因而其思维方式是纵向的，其文化观念是以历史的方式呈现出来的，如杨炼的《敦煌》组诗、《半坡》组诗、《易经》等，江河的《太阳和它的反光》，岛子的《天狼星传说》和太极诗等，都将触角伸向了太初或终极，呈现出早期文化中的创世意识、传说氛围和神秘哲学。而西部诗则着力于民族文化精神的断面剖示，其文化观念是以地域的区划形成的，西部诗所表现出的历史感往往是由地域意识激发起来的，如杨牧的《海西运动》和林染的一些诗作等。

② 现代史诗所剖示的文化具有浓厚的古典气息和玄学特征，这在显示其哲学高度和贵族气质的同时，远离了当代中国人的文化心理，从而导致了它的孤独感和价值传播障碍，有些作品甚至成了折磨当代中国人的"天书"，令人望而生畏。而西部诗所剖示的文化则具有足够的当代性与时代感，它有力地撞击着当代中国人的文化心态，并展示其历史性的悲哀、美好和挫动。如果我们相信克罗齐所说的"任何历史都是当代史"的话，那么西部诗所剖示的文化意义则比现代史诗更具当代性，因为它是从当代人的心态出发进入文化剖析的。

这样，西部诗潮与现代史诗诗潮在文化剖示上正好形成一横一纵、地域性与历史性、当代性与古典性的互补关系，使整个文化诗潮获得平衡。

③ 在艺术方式上现代史诗走向两个极端：一方面它因得力于中国古典哲学而深入到静穆、整体的古典美学氛围之中，另一方面它又表现出明显的西方现代主义手段，如岛子诗作中神秘、玄奥的古典哲学气息与语言方式的语义悖谬、黑色隐喻等手段的融合，杨炼诗中的阴阳五行与惠特曼、埃利蒂斯的句式结构的交会等；而西部诗则与之形成双向平衡，与现代史诗的古典传统相对比，其更注重现代传统，如杨牧早期诗歌中表现出的郭沫若、艾青的痕迹，章德益对郭小川的延续等。与现代史诗的西方现代主义传统相对比，西部诗更注重民族民间传统，如梅绍静、叶延滨对信天游传统的发展等。

这种比较仅仅是相对性比较，而且是文化诗潮内部的比较。西部诗与现代史诗也有许多交接的地方，如对敦煌、半坡、陶罐、原始部落的描述和审美类型上的雄性风格等，更有一些西部诗人仿民族史诗试验民族现代史诗的创作，如马丽华仿藏族史诗创作的一些长诗和章德益的一些创世诗等等。

总而言之，在当代诗歌这个动力场内，西部诗潮是一种不可或缺的力，此力以足够的量度与独驱的方向推进了整个当代诗的发展，并使其平衡、完整、富有活力。

第二章

当代西部诗潮谱系（一）

第一节 西部诗潮
——多声部、多色彩的交响

在中国当代诗歌部落中,这曾是一个相当兴盛的家族,而且至今我们也无法忽视它潜在的繁衍与延续,以至我们无法为它铸造一部完备的家谱。它的子民虽长幼不一,亲疏有别,参差不齐,但都没有严格的辈分、嫡属,而且人丁过分兴旺。因而在这个"谱系"中,我们所能做到的仅仅是对在差异性前提下并参照其大致的生息区域形成的"类""群"的共同性作一轮廓勾画,好在本书所承担的任务不是诗人、诗作的具体研究。

但是,我们仍然热切地希望这部不是"家谱"的"家谱"的封面上印着西部各种各样的色彩和西部地域多姿的造型。

一、西部诗与西部地域、人种、民族、文化和精神层次之多样性的同构性隐喻

西部本身是一个具有多重复杂性的实体。在西部这块五分之三个中国的辽阔地域中,囊括着高原、山区、草原、戈壁、沙漠、盆地、黄土丘陵、湖泊、雪峰等多种地形地貌,几乎成了地球上内陆地形的一个巨大的"博物馆"。在西部陕、甘、宁、青、藏、新六省(区)所居住的不足四川省一半的人口,却

是由汉、回、蒙古、藏、哈萨克、维吾尔等四十几个民族组成的，他们带着各自不同的历史、文化、个性进入了当代西部社会，加上历史上尤其是 20 世纪 50 年代以来不断西迁的内地各处的拓荒者、建设者、戍守者，构成了西部人口的大荟萃，并形成了西部社会、精神形态、文化水平的多样性和多层次性。与此相对应的西部文化则更是多姿多彩，宗教文化（包括佛教文化、伊斯兰教文化、基督教文化、喇嘛教文化、道教和儒教文化以及原始的自然神教文化等）、农业文化、游牧文化、半农半牧文化、商业文化、战争文化以及这些文化传统相互融合的某些亚文化形态及其现代演化形式等等，在这些复杂多样的地貌、民族、文化的基础上形成的与诗歌直接相关的生命形态和语言方式则更加千姿百态。在这些民族中，各种文化传统有着各不相同的生存方式和文化心理，而每一个民族和文化传统内部各类、各个不同的人的生存方式与个体心理又是千差万别的。而且西部几个主要的民族都有自己独立的语言文字，有些甚至已形成深远的本族语言文化传统。

西部诗潮正是产生于这样一块五彩缤纷的土地，而作为一种生命现象、文化现象、语言现象的诗歌艺术，必然是这块土地的投影、辐射和升华。因而在这个意义上说，西部诗潮正是西部地域、民族、文化和精神层次的多样性的同构体，它整体地隐喻了西部世界及其历史的每一个角角落落。

二、为西部诗歌正名

在人们头脑中已经形成的西部诗的概念，似乎存在许多偏差和误解，如：西部诗就等于"新边塞诗"，西部诗就是野性的、雄性的诗，西部诗就是写西部拓荒的诗，等等。还有一种"泛西部诗"的理解：将诗坛上那些适当点缀一点西部意象或者西部地域名称的诗全部看作西部诗。而我们在这里讨论的西部诗歌则应当是作为一种整个西部世界及其历史的同构体的复合概念，我们宁愿对它作这样的理解：

① 西部诗不是"新边塞诗"的简单替换词。"新边塞诗"仅仅是西部诗的一个重要支系或一个时期与一定地域范围内的西部诗歌。"新边塞诗"本身也

不是一个单一的概念，它不像人们通常印象中的那种一味的雄壮、一味的激扬的诗体，而是一个多种格调的诗歌群落。新疆的"新边塞诗"与甘肃的"新边塞诗"各有各的味道，早期的"新边塞诗"与1985、1986年的"新边塞诗"有着不同的视野和风格。

②不是在西部写诗的诗人都是西部诗人，也不是所有在西部写诗的诗人的作品都是西部诗。有些诗人身居西部却并没有体验到西部的独特精神，也不关注西部的文化与人及其命运，而将自己的诗笔伸入抽象的人类精神与艺术实验之中；有些诗人甚至耻于承认自己是西部诗人。对此，我们觉得没有必要把西部诗的范围人为地扩大，也不想为西部诗拉股份，人各有志。

③不是偶尔到西部周游一圈，观光猎奇，即兴写出几首感怀诗也能算作西部诗，这类诗往往具有明显的西部地域和文化意象做标签，但缺乏对西部内在精神的真正体验，充其量还超不过古代在西部边关戍守的将士们的"边塞诗"。但同时也不是所有不在西部居住的诗人的作品都不是西部诗，有些诗人虽然在西部只经过一两次短暂的旅程，但其精神深处却与西部地域、文化、人及其性格、命运发生了深刻的对应和联系，写出了真正意义上的西部诗，这类西部诗甚至比一些没有找到精神参照系的西部本土诗人的西部诗更西部。

由此，我们所论述的西部诗当是指那些长期或深刻体验西部精神，且具有自觉的西部意识的诗人所创作的表现出鲜明的西部风骨的诗。只有长期地或深刻地体验西部精神，且具有自觉的西部意识的诗人之创造，才不可能是一种偶然创作或投机取巧、无病呻吟，才可能将自己的整个艺术生命与西部联系在一起，才可能真正置身于西部诗潮之中。"西部风骨"是我们用来描述西部诗中那种特有的文化氛围、生命状态、语言方式和厚重、深远、博大的雄性精神的概念。

三、西部诗潮谱系的划分及其原则

当我们确立了西部诗概念的复合性之后便有必要将西部诗潮中既已出现的几个重要支系做一较具体的陈述，在这里我们将西部诗潮划分为这样几个大的支系:"新边塞诗""黄土地诗""雪野诗""西部女性诗""昌耀现象""老乡现象""西部校园诗""西部实验诗"等。

我们划分这些支系的标准与原则首先不是严格的流派,准确地讲,西部诗潮内部并没有形成真正的流派,而且西部诗本身也不是一个流派概念,它们仅仅是在"西部"的旗帜下集合在了一起,而没有作为流派所要具备的组织、宣言、创作纲领和公用的艺术主张和技法。其次,这一划分也不是按照代别,尽管在西部诗潮中已出现明显的换代现象,但西部诗的换代不全是在年龄意义上的换代,也不是诗人名字的更替,而是艺术追求与艺术方式的深化,一个诗人可以同属于两代。再次,这一划分尽管客观上呈现出某种诗歌地理的因素,但却不完全是一种地域性划分,如"新边塞诗""西部实验诗"遍布西部各地,"西部校园诗"也分布在西部的各校之内。最后,这一划分也不是依据于声誉和影响的大小,尤其是"昌耀现象""老乡现象"这两个个人现象的独立提出,并不是说他们是西部诗人中最成功最有影响的,而是依据他们为西部诗所提供的独立的写作模态。概括地说,我们划分西部诗支系的标准与原则是:

第一,这几个支系所呈现出的主体意识(即西部意识)各有侧重。"新边塞诗"主体意识大致呈"自我意识""地域意识—社会历史意识—文化意识"的历史走向,而在其内部,新疆以杨牧、周涛、章德益、李瑜为代表的"新边塞诗"侧重自我意识与地域、社会、历史意识的融合,而甘肃以唐祈、林染、何来等为代表的"新边塞诗"则侧重审美意识与文化意识的交会;"黄土地诗"侧重由黄土地历史文化中衍发出来的悲剧意识与时代精神的反差;"雪野诗"侧重地域感与宗教意识的神秘结合;"昌耀现象"与"西部实验诗"先后开拓生命意识和西部语言等等。

第二,由于各自所持的主体意识之差异,各支系所揭示出来的西部精神也不尽相同,它们各自按照其主体倾向的不同将自己的目光对准了西部的不同部位。"雪野诗"对准了神秘的宗教心态与生存问题;"黄土地诗"对准了古老的土地文化心态;"新边塞诗"对准了游牧文化心态;"昌耀现象"与"西部实验诗"对准了西部人的生存及其命运;"西部校园诗"大致上对准了传统西部文化性格与现代人心态之反差;"老乡现象"对准了西部文化与人生中反常的戏剧性组合;"西部女性诗"则借助西部对准了女性自己。

第三,各个支系所表现出的"西部风骨"有着微妙的差异,如果我们大致用"阴""阳""刚""柔"四个审美范畴进行一番排列组合,便会有趣地发现:"新边塞诗"中新疆诗群多呈"阳刚";甘肃诗群和昌耀多呈"阴刚";"黄土地诗"呈"阴柔";"西部校园诗"与"西部实验诗"主"阳柔";"西部女性诗"主"刚柔相济";李老乡呈"阴阳怪气"。

这几个支系在上述几个方面及其他一些方面的差异与具体特征及主要代表性诗人我们将在后边具体讨论,这里需要重申的是:任何一种归类都不是绝对的、全面的,都意味着细部的损失,都近乎一种"拨堆子游戏"。在这些被划分开的支系之间势必有相互交叉的部分和某些方面含糊不清的现象,因而这种划分不影响同一个诗人按照他所拥有的几个不同的写作模态或前后期的不同追求而同时属于不同的支系。此外,尽管我们不是完全按照地域性来划分西部诗潮的,但由于客观上诗人们所栖居的不同地域对他们的创作有着内在的规定性,因而地域性因素仍在这个划分中显得很重要。这里,我们用一个表格将各支系所涵盖的地域及代表性诗人罗列出来,以便更加醒目。

当代西部诗潮谱系概览

支系	新边疆诗系		黄土地诗系	雪野诗系	昌耀现象	老乡现象	西部女性诗系	西部校园诗系	西部实验诗系	西部诗歌批评
地域	新疆诗群	甘肃诗群	陕北、陇东、宁夏诗群	青藏诗群	青海	甘肃	西部各地	西部各高校	西部各地	西部及全国各地
当代诗人、诗评家	杨牧 周涛 章德益 李瑜 杨树 郭维东 高炯浩 王辽生 孙涛 陈友胜 洋雨 杨眉 石河 东虹 克里木·霍加	唐祈 林染 何来 李云鹏 匡文留 师日新 赵之洵 阳飏 杨文林 唐光玉 李述	梅绍静 叶延滨 曹谷溪 肖川 姚学礼 陈默 刘亚丽 路漫 尚飞鹏 秦克温 秦中吟 闻频 田奇 杨绍武 渭水 屈文焜 贾长厚 等	魏志远 马丽华 洋滔 高平(甘) 刘宏亮 白渔 格桑多杰 伊丹才让 班果 阿来	昌耀	李老乡	匡文留 马丽华 葛根图娅(韩霞) 刘亚丽 李述 段玫 梅绍静	张子选 菲可 封新成 韩霞 王建民 李剑虹 杜爱民	张子选 桑子 阿信 杨争光 曲近 时星原 马学功 牛八 王小未 肖黛 汪文勤 杨子 张侠 贺海涛 陈友胜 秦安江	孙克恒 周政保 谢冕 唐燎原 唐晓渡 浩明 林染 唐祈 高平 任民凯 公刘 余开伟 高戈 管卫中

第二节 新边塞诗系

一、"边塞"与"诗性"的历史性契合

当面对这一节标题时,我意识到我将要开始攀登西部诗歌中最高的一座山,尽管它不是最险的,而且没有多少荆棘和冰雪,但我依然感到了起步的困难,因为它没有路。在我们所行走的原野上,并不是"人走得多了便有了路"(鲁迅),而是一旦有人走过便不再有路。"新边塞诗",这种西部诗中的西部诗早已在人们的印象中木已成舟,不少诗评家、诗人已对此做过系统、深入的研究和论述。加之庞大的诗人阵容和浩瀚的作品,对这个被限定了篇幅的论述来说也需要惊人的承受力。因此,我决定寻找别人没有走过的或尚未走完的路走下去,而且不打算到某位诗人或某一部作品的圈套中去转悠,以免除全军覆没之祸。

新边塞诗通常被认为是唯一的西部诗或最西部的诗。这个称谓最早是在林染、杨牧、周涛等几位诗人的通信与交谈中酝酿,后又有人在一些文章中零星地使用过,它的正式成形是在1982、1983年对新疆、甘肃的一些诗人的创作的讨论中完成的。正式把新边塞诗当作一个流派来讨论的是《当代文艺思潮》

1983年第1期中余开伟的文章《试谈"新边塞诗"的形成及其特征》，该文认为新边塞诗是"新中国成立以来以描绘新疆边塞生活题材而又具有边塞气质和风骨的诗歌"。此后，谢冕、周政保、公刘、高戈、浩明等一些诗人、诗评家又在《当代文艺思潮》《阳关》《甘肃日报》《绿洲》《绿风》《文学评论》《边塞》等报刊著文进行了深入、全面的论述、质疑和反驳，在余开伟的"题材"论中注入了"当代性"、"开拓性"和"豪放"、"崇高"的审美品格等含义。迄至1985、1986年，新边塞诗的概念已定型为周政保、谢冕的两种观点。周政保在那篇对新边塞诗来说至关重要的文章——《新边塞诗的审美特色与当代性》[1]中指出：

新边塞诗是什么？那是中国西部豪放派的歌唱，那是一种开发者的情思，一种历史、人生与哲理的召唤，一种当代人抒写当代边塞的诗，那是一种犷悍而悲慨、激越而雄浑、传统而富有特色的现实主义新艺术。它归属于崇高这一美学范畴，但又保留着自己的独特风格。它是当今诗坛上的一面雄风猎猎的旗，上面写着：无愧于民族——新边塞诗派。

谢冕在《崭新的地平线——论中国西部诗歌》[2]一文中认为：

中国的西部诗歌就是当代的边塞诗（亦称新边塞诗）。以往我们对它的描述只注意到特殊地域环境的题材的独立性，以致我们有时做出表面化的判定，忽视了新边塞诗的"新"的质，即社会生活发展的特定阶段特有的当代性内涵。不是诗人在中国西部找到了诗，而是一种再造民族精神的内心吁求找到了中国西部。这是当代中国人发现的精神世界的新大陆。西部创造者们的最大贡献，在于创造性地把中国当代人的思考溶解于西部特有的自然景观之中。

从这两种定格性的论述中，我们可以归纳出新边塞诗的几个要义：

① "当代性"与边塞新生活的媾和。

② 开发精神。

---

[1] 载《文学评论》1985年第5期。
[2] 载《中国西部文学》1986年第1期。

③豪放崇高。

④再造民族精神与中国西部的相遇。

⑤历史、哲理与现实人生、传统与时代精神的统一。

此外，从余开伟、周政保等大部分论家的论述可知新边塞诗专指新疆一部分诗人的创作。

这些论述及时而且较准确地概括出了当时新边塞诗的一些基本事实，并对新边塞诗的发展给予了根本性启迪。这里笔者将在上述要义的缝隙中和空白处对新边塞诗再做认识，并对已有论述做些补充和校正。

二、新边塞诗：西部潜在诗性的总爆发

话题只能从"边塞"与"诗"开始，然后才能谈到"新"。

新边塞诗的发生不是基于时代，不是基于新生活，不是基于种种个人经历，不是基于"开拓""哲理"和"当代性"，而是基于边塞，基于诗。新边塞诗仅仅是与那些因素有关，那些因素仅仅是外在条件。新边塞诗的真正策源地是"边塞"与"诗"的深刻的精神默契，是边塞自身所蕴藏的诗歌潜能。正是这种被埋藏已久竟至一触即发的诗歌潜能被时代、被一批拥有种种个人经历的诗人之灵性、被开拓精神、被生活、被哲理、被当代性点燃了、引爆了，才爆发了新边塞诗这起重大的当代诗歌事件。

从自然地域、从人的原始生命状态到文化个性，再到其绵延起伏的文化历史流程，西部边塞是一片神奇的诗歌沃野，它是自然、生命与诗的深层融合，是一块生长神话的土地。那险奇峻丽的裸露自然，那荒诞怪异的创世神话、英雄史诗，那高亢婉转的抒情歌谣，那严酷而浪漫地生存着的众多民族，那神秘而浓重的宗教色彩，那充满野性和灵性的山水沙砾、森林草原，无一不是诗神最绝妙的栖居之地，①都渴望着一代一代的诗人从各种途径、各个方向来寻找，来相会。除了西部边塞本土所流传的史诗和抒情歌诗外，它还招徕了各代

---

① 详见本书《导论二》。

诗人的垂青。于是它的诗歌潜能在各个层面上被开拓着。

① 在古代,西部边塞以其裸露的自然地域特征诱惑着诗人,因而产生了"激昂悲壮"(沈德潜)的古代边塞诗。

从传说中公元前989年周朝穆天子乘"八骏"遨游西域,"觞西王母于瑶池之上"并与之对歌,我们便可以看出这种富有诱惑的和野性与灵性的西部自然的裸露:"白云在天,丘陵自出,道里悠远,山川间之……","徂彼西土,爰居其野,虎豹为群,乌鹊与处。嘉命不迁,我惟帝女……"。

时抵唐代,战争点燃了边塞诗的烽火,从骆宾王到高适、岑参、王昌龄,边塞诗第一次以流派的面目出现,成了唐代这个诗朝的一支劲旅。边塞自然地域得到了多角度的诗性开掘,它首先充当了诗人们体验长期艰难戍守的军旅生涯的支点,充当了将士们忠君报国之志、英武慷慨之气的对应物和厌战思归、儿女沾巾的反衬物。因而唐代的边塞诗也不全是一派阳刚壮烈景观,也有凄楚婉约者,甚至还有一些闺门秀女之叹。有"青海长云暗雪山,孤城遥望玉门关。黄沙百战穿金甲,不破楼兰终不还"(王昌龄)的慷慨悲歌之气,也有"北风卷地白草折,胡天八月即飞雪。忽如一夜春风来,千树万树梨花开。散入珠帘湿罗幕,狐裘不暖锦衾薄"的幽艳绮丽之色,更有"悔教夫婿觅封侯"的深闺婉约之怨。其后宋金元明各朝,边塞诗经久不衰。

迄至清代,边塞诗再度繁盛,出现了一大批边塞诗人:孙荃、纪昀、和明、褚廷璋、王芑孙、福庆、洪亮吉、史善长、邓廷桢、林则徐等等[①],这些诗人由于各自的境遇、地位不同,对边塞有着不同的感受,但他们共同的特征是艰辛的人生经历与西部边塞自然地域的媾和与对应。

② 现当代西部边塞再次以其风起云涌的历史突变的现代主体性神话散发出诗性的辉光,吸引了一批诗人,从而使西部边塞的诗歌潜能得到了又一次开掘。

首先应该提到的是20世纪50年代的李季、闻捷、克里木·霍加、铁依甫江、雷霆的边塞诗。李季这位曾经在40年代操起地道的陕北民歌腔,唱出了

---

① 浩明:《乌鲁木齐诗话》,新疆人民出版社,1989年版。

黄土地的现代史诗的西部诗人，50年代再次接受了西部边塞诗性的诱惑，亲赴玉门，以石油诗切入了西部边塞的历史风貌及其带来的崭新情韵，为新诗史贡献出既是最早的工业诗又有浓烈边塞气息的《玉门诗抄》、《玉门诗抄二集》、《石油诗》（一、二）等诗章。闻捷对西部边塞的历史变迁切入得更深、更宏大，史诗式的巨著《复仇的火焰》传达出了哈萨克民族在历史变迁过程中的心声，成为哈萨克民族心理的当代史。《天山牧歌》则开掘出西部边塞在新的历史时期的崭新诗意。

其后，60年代的西部边塞又有一大批诗人接踵而来：写《天山诗草》的田间、写《西行剪影》的张志民、写《花的原野》《北疆红似火》的李瑛、写《塞外新疆》的郭小川，以及在边塞经受炼狱的艾青等等，再加上在西部居住的诗人们的边塞诗创作，如克里木·霍加、铁依甫江、戈壁舟、高平、白渔、东虹、杨眉、杨树、洋雨等等。这一时期的边塞诗人大都迷恋于新的历史时期西部社会的新风貌，并对其做了真正的情感的记录，而对潜藏在这些历史风貌背后的更加广泛的、更强大的、更加熠熠生辉的诗歌潜能缺乏自觉的认识和感应。

经历了漫长的"史前期"，蕴藏在西部边塞的诗歌潜能终于找到了它的火山口，新时期这个以诗标志的年代终于与西部边塞遭遇了，于是新边塞诗应运而生，西部边塞的诗歌矿藏得到了多方面的开掘。它不再像古代边塞诗时代那样仅仅以它的外表（地域）来传送诗的信息，也不再像五六十年代那样仅仅呈现为特定时空中的诗性姿态，更不像人们所理解的那样仅仅能牵动诗人们的"激昂悲壮"……

我们把新时期从各个角度、用各种方式感应、开掘和挥发西部边塞诗歌潜能的诗歌通称为新边塞诗。因而新边塞诗不仅仅指西部豪放派的诗歌，不仅仅指具有像军垦将士那样的"开拓精神"的诗歌，不仅仅指具有当代性和历史性的诗歌，不仅仅指新疆一部分诗人写边塞生活的诗歌，这些都仅仅是新边塞诗的一个方面、侧面和部分。新边塞诗以新疆、甘肃两大诗人群体为阵容，其中主要的诗人有：杨牧、周涛、章德益、林染、李瑜、孙涛、高炯浩、何来、杨树、唐祈、石河、廖代谦、东虹、郭维东、王辽生、李云鹏、陈友胜、洋雨、杨眉，此外新、甘两地之外的一些西部诗人和非西部诗人也在此时写了不少新边塞诗，如宁夏的肖川，陕西的晓蕾、闻频、子页、刁永泉、渭水、商子秦，以及非西部诗人的邵燕祥、木斧、梁南等等（部分曾写过一些新边塞诗却主要呈现别种特征的新疆、甘肃诗人，我们将另章谈到，如昌耀、李老乡、白渔、高平、张子选、匡文留以及一大批年轻的西部诗人）。西部边塞潜在的诗歌精神经过新时期这个火山口，从这些诗人的新边塞诗写作中千姿百态地喷发出来。

三、时间体验中的西部边塞

站在时间之维度上感应西部边塞的诗歌魔力者，在新边塞诗人中占有相当的数量。时间之维度观照下的西部边塞，呈现为一个绵延起伏的、动态的历史实体，西部边塞的形象随着时间链条的延伸而错动，从而形成诸多诗歌发生机制，因而它是裂变的、动态的。

杨牧的诗歌总体地传达了时间状态下的西部边塞的诗意，他的自我形象的生成、冲突、分裂和超越的轨迹正好与这种时间状态下的西部边塞和诗人纵向地感应西部边塞的过程形成某种天意般的对应，从《我是青年》作为自我形象确立的起点，到《边魂》但丁式的超越，这个永恒的"青年"从西部炼狱中站出来，磨去半顶的头发，然后灵魂从那辽阔的秃额上飞出来。杨牧经过了一次较彻底的自我实现过程，这一过程同时也是诗人体悟到的西部边塞由李季、闻捷们咏唱的社会历史层面向文化历史层面（《野玫瑰》）再向自然历史层面（《西海》《海西运动》）的深化过程，因而这些作品均隐含着西部边塞史与自我探索史的双重阐释的可能性。其间诗人饱经了自我意义上的"开拓者"与"困守者"、西部意义上的"当代性"与"历史性"的悲剧性冲突的双重磨难。这种悲剧性磨难本身又传达出西部边塞由古老的金戈铁马之声向现代文明过渡这一时间维度上的动态延伸。微观地看，杨牧诗歌中的构思具有一种过去—现在—未来的潜在线性思维结构，即使一些空间性意象也往往被统辖在时间性体验之中，早期诗作《夕阳和我》中的思维方式可以认为是他整个诗作共同的运思方式。杨牧诗歌中的语词也有较强的时间性的动态特征：

我是丝绸系就的长路？／我是江风？我是驿站？我是宁远的金顶寺？／我是惠远的古城垣？／我是吻过坎曼尔的薰衣草？／我是载过邓廷桢／或刘细君的摆渡船？／渔火！渔火！／悠悠的思念／从梦中眺望童年／那样遥远／伴渔火走向今宵／波光涟涟／我就是历史！

（杨牧：《伊犁河渔火》）

　　同样面对"野马渡"，周涛感觉到"苍穹和旷野开始变得亲近／高远和辽阔像两片嘴唇／在遥远的地平线上微微合拢"，而杨牧则感觉到"野马渡，把一段野史／写在夕阳西落处"。此外，杨牧诗歌中的用典、题记等充满了历史掌故，甚至史籍成了他生活中必有的内容，他"揣一本《大唐西域记》"走南疆，他在《地史学》中打捞到"海"的意象，构成了当代诗歌中与朦胧诗中的"海"恰恰相反的另一种意义的"海"。他甚至明确地说"没有什么是静止的／只有静止这个词"。他的响亮而明快的节奏、奔放而激越的声调都呈现出了自己所体验到的时间性的西部边塞。

　　被串在西部边塞这条时间链上的诗人还有洋雨、高炯浩、陈友胜、杨眉、东虹、杨文林以及章德益、周涛等。一批聚集在"开拓精神"与"历史感"大旗下的诗人，他们走入边塞的时间之维度有深有浅，有远有近，或偏于开拓西部之未来，或偏于缅怀西部之古老，但他们共同地偏于对西部边塞的时间体验，西部边塞共同地通过他们的诗歌向我们展示出它的绵延起伏与浑厚深远的诗意。

四、空间体验中的西部边塞

　　与杨牧们不同，以唐祈、林染、何来、李云鹏等为代表的一批甘肃诗人和陕西诗人子页、闻频、晓蕾以及新疆诗人李瑜、杨树等则是以空间体验的方式共时性地领悟西部边塞之诗性的。在这批诗人的视野中，西部不仅仅是一个历时性的动态实体，更是一个共时性的静态空间，西部的历史与西部的现实人生、自然、文化、时代气息一起被放置在个人情感的层面上被感知。他们比杨牧们更注重内心的细微感受和个人情感的抒发，并以静态审美方式区别于杨牧们的动态审美方式，以内在情韵的呈现区别于杨牧们激情式的宣泄，以神秘感、优雅感和母性气质区别于杨牧们的深远感、恢宏感、豪壮感和雄性气质。西部的历史、文化、人生、自然被他们升华为一些个人的寂寞、孤独、神秘、优雅、亢奋与荒凉的感受，然后又被以移情的手段转驾于西部边塞的自然景观和文化痕迹。

老诗人唐祈的"大西北十四行组诗"呈现出了与金戈铁马之声相反的静默的边塞：

沙漠用静默唤醒了我／这无言的暗黄的波涛啊／它有时轻柔得像一声云雀／黑夜才深沉如大海的寥廓。

在静默中诗人感悟到了一种雅致的寂寞和美丽的孤独：

高原上七个小男孩／孤零零地出现在空兀的空间／乌黑坚硬的岩石／一组孤独的风景线。

（唐祈：《寂寞》）

即使在西部边塞，诗人也依然是那片叶子，散发着当年的绿意和精美。

另一位静观边塞的重要诗人是林染。这是一位静观边塞古月的诗人。

在他的诗中自然与文化获得了少有的和谐，他的诗歌总体地呈现出一种"美丽而冷酷的夜色"，在那里，清冷的月光照耀着静静的莫高窟，照耀着清新的月牙泉，照耀着幽谧的胡杨林，照耀着他栖居了12年的军垦地，照耀着西部边关的文化、历史。

这轮冷月照耀的空间是硕大的，因为林染20世纪80年代以来的诗歌几乎没有涉入同时代诗人所经历过的较狭窄的社会历史空间，而直接跃入了这样三个层次上的空间，即自然、文化与人，亦即西部自然、西部文化与西部人。这三个空间的和谐与交融体现了林染诗歌的根本特征。与大部分西部边塞诗人相比，林染算是真正领悟了西部自然及其与西部人、西部文化的神性联系。从《遥远的西天山》《在东方沙漠里》到《敦煌的月光》，诗人没有离开对自然的基本领悟来感受人与文化的意义，在他的诗中自然没有被简单地当作文化风景和人的情感的对应物，而是作为人与文化之本源和归宿。这便是林染诗歌空间开阔于一般西部诗的根源所在。也正是在这个宏阔的空间中才产生了由人的微弱、渺小而形成的林染式的孤独感和清冷感以及那旷远的宁静。那首被诗人视为其诗最高境界的《敦煌的月光》不正是一个写照吗？

与林染的状态稍近些的是李瑜，其诗歌具有婉转、凄切的孤独氛围。这个古尔班通古特沙漠的独行者，郁积着一腔与那块土地极不协调的柔肠，这使他在诗人云集的新疆独树一帜。批评家们尽可以忽略这种婉约的边塞诗而不计，但李瑜的确是一位特别的新边塞诗人。李瑜瞄准了这块土地上被杨牧们的粗犷的远视眼忽视了的伟大，他对应于冰山消融的雪水、对应于山鹰的羽毛、对应于碧水中的红玛瑙、对应于沙海中生命的甘泉……

始终以一颗沉静的心灵独自领悟西部边塞的还有何来。边塞在何来的诗中始终是一个与个体心灵休戚相关的实体，无论是自然风土还是历史文化，都与诗人的个体经验、情感和喜怒哀乐联系在一起。他没有那么多远离自身的社会性激情和历史性幻想，因而他与新边塞诗主流的区别在于不是外向型的激扬热烈而是内倾型的沉郁质朴，同时散发着奇谲飘逸之韵致。他对西部边塞的领悟往往让人出乎意料，面对多少人写过的雪峰，他却感觉到"明月出天山那是个老处女"，面对乌鞘岭却觉得"我找到月亮幼时的照片了"。这种独到必然是得自于诗人沉静的冥想。

静，是空间体验的共同的审美方式。在新边塞诗这个野马嘶鸣的世界里，静穆不失为难得的一格。

五、超时空体验中的西部边塞

超时空体验绝无高于时间体验与空间体验的意思，也不仅仅是时间体验与空间体验的综合，而是一种独立的体验方式，在这里主要指智性体验，主哲理与机智，由于这种体验超越了时间与空间的参照范围，因而叫超时空体验。这种体验在西部诗中主要以周涛、昌耀（后文另述）、章德益等为代表。

超时空体验中的西部边塞呈现为一个智性实体，散发着诗人智慧的灵光。超时空体验的共同艺术方式是抽象和象征，其艺术的基本构成要素便是象征意象，即通过意象提炼来体现哲理和机智。如章德益"西部太阳"对西部五千年文化思想的凝聚；周涛的"马"对西部原始生命力的象征，"鹰"对西部人倔强、英武、机智的文化个性的抽象等等。

在新边塞诗系乃至整个西部诗中，周涛的机智、敏捷与奇兀是十分引人注目的。周涛的智慧并不常常表现为哲理式的思辨与概括，而是表现为想象力的奇谲与语言的机智。

西部边塞不仅仅是诗人激情与爱憎的载体，不仅仅是诗人诊断时代脉搏与民族症结的一具病躯，也不仅仅是诗人缅怀个人经历的简明史册，而是一个智力的场所，西部边塞伟岸奇峻、辽阔博大的地域与诗人狂悍冷峻、沉着潇洒的气质形成了深刻的对应，西部边塞绵延厚重、丰富多彩、风云变幻的历史文化与诗人的想象力有着直接的因果关系。边塞不仅给了周涛一段漫长的戎马生涯以及其中的酸甜苦辣，更重要的是给了他充满野性的原始生命意志和狂放不羁的个体精神性格。因而周涛创造了西部诗中最为自由舒展、机智奇谲的语言。他豪放却不是杨牧们那种激情的宣泄，他奇丽却不像林染们那样美艳温情，他幽默却不像李老乡那样随意通俗，他智慧又不像章德益那般注重哲理，也不像昌耀那样做纯粹形而上的冥想。他豪放若野马、奇丽若神山、幽默若智僧。他的机智缘于对西部边塞历史文化、人与自然的精辟而独特的领悟。或许是由于他在西部的经历不像杨牧、昌耀那么艰难，也或许是由于他独立而自由的个体精神，他在很大程度上抑制或摆脱了个人思想的束缚，从而得以冷静而轻松地去观照西部边塞，领悟西部边塞发射出的智慧的光彩。他"以开拓者的锄柄为炷炷高香／以烧荒者的火炬为袅袅青烟"来祭奠荒原上的祖先，他悟放飞的雄鹰为"思想的大鸟，想象的雄风"，他从奔腾的野马群领悟到残存在这片文明土地上的原始生命力，领悟到西部概念的当代意义。

章德益的智慧呈现为理性之光与巨大的想象力的辉映。与周涛充满"将军气"的英雄情结类似，章德益似乎潜伏着一种"巨人情结"。他的自我形象是巨大的，他的意象的辐射力是巨大的，他的想象力是巨大的。他所使用的数词至少以千为基数。我怀疑这种巨大的情结正是西部巨大的自然、巨大的历史文化、巨大的生命力及其所面对的巨大的时代在诗人生命深处的投影。在这个巨大的世界里，作为生存理想的"远方"与作为人生信念的"野火"是两个需要特殊关注的意象，这是诗人理性思索的两个支点，是诗人自我形象的两条巨腿，也是章诗的力度、强度和恢宏之气的根源所在。"远方"是他探求"生活的美、精神的美、心灵的美"的永恒目标。[①]与"远方"属同一系列的现象还有"梦""新大陆"等。"野火"是诗人开拓意志的象征。理想主义与对理想的坚定信念是章德益理性精神的内核，也是诗人幻想的翅翼赖以起飞的哲理之躯。章德益善于营造有很强辐射力的超验性意象来寄寓其哲理思索和理想信念，如《一粒砂石》《中国，我愿是您荒原中的一条小路》《瀚海，向我敞开着大地和天空》《西部太阳》等等。从《绿色的塔里木》《大漠与我》《生命》到《西部太阳》《黑色戈壁石》，章德益诗的理性精神逐渐由"开拓精神"延伸向文化历史反思，以组诗《西部魂》、《文物三题》以及《西部太阳》为标志，西部边塞所潜藏的巨大的智慧与灵性经由章德益得到了一次较大的挥发。

我们仅仅从几个角度历述了新边塞诗对西部边塞所蕴含的诗歌精神的开掘。我们深知叙述全面是不可能的，甚至对一位诗人的创作要叙述得很充分也是不可能的。然而我们至少想说明西部边塞的潜在诗性是多方面的，各个方面之间的差异也可能是很大的甚至对立的：在杨牧那里，《大西北，是雄性的》，而在高平那里，却出现了《雌性的大西北》；在章德益那里，边塞疆场的金戈铁马之声由古而今，而在林染那里，那一轮边关冷月却照彻千载。总而言之，西部之神并非一尊僵死的偶像，而是一个变动不居的多彩世界。

然而这群诗人毕竟是聚集在同一旗帜之下的，他们必然是在这个时空交接点上取得了某种一致。首先，他们同时都感受到了西部边塞诗性的启悟，同时将目光投向那片共享的土地；其次，他们都是同一个时代的西部边塞的歌者，他们共同创造了边塞诗这一古老声音的"新"的含义。这含义至少表现在：

① 新时期的边塞诗同时向自我与边塞两个方面大幅度拓进。从诗人自我

[①] 见章德益：《远方，有我的人生之恋》。

意识的觉醒到确立全新的复合而动态的西部意识①，边塞诗的主体形象获得了空前的健全与成熟；同时新边塞诗人对西部边塞的开掘突破了此前单一的地域层面和社会历史层面，向文化历史层面、生命层面、语言层面、自然与人的关系层面等多层次、多方面拓进，并在西部精神的开掘和表现上取得了较辉煌的成功。

② 在向自我与边塞拓进的过程中，诗人们走向了诗歌精神的纵深处。西部边塞启悟了他们的诗魂，使他们与诗神相遇、相识、相知，使他们认识了本体意义上人与自然的真实关系、这一诗歌艺术的生命所在（这确是边塞诗的一大可喜进展），也将使他们学会离开西部。

---

① 详见本书第六章。

第三章

当代西部诗潮谱系(二)

第一节 黄土地诗系

在西部的东半部,由陕北、陇东、宁夏、晋西北连接起的,由流沙、戈壁、平原、河谷围拢着的,由中华民族五千年的艰辛与悲哀焙铸成的这块黄土层,被人们称作黄土地。这是一片神奇的文化艺术沃土!黄河从这里流过,长城从这里流过,一支支游牧部落从这里流过,一队队从远古走来的神秘驼旅从这里流过……淤积下多少牧歌、流沙、战火、传说和悲剧情节,淤积成这深沉、丰厚、悲壮的黄土塬……

一、黄土文化意象及其母性传统

黄土地诗歌展示了一种与新边塞诗恰恰处于两极的文化传统:新边塞诗呈现的是以太阳和马为中心意象的父性文化传统;黄土地诗歌呈现的则是以土地和河流为中心意象的母性文化传统。因而新边塞诗狂放而豪壮,黄土地诗婉约而缠绵;新边塞诗主日神精神,黄土地诗主酒神之迷狂,正属一阴一阳、一张一弛、一轻一重。

黄土地诗是土地文化和农业文明析出的精神晶体,因而它最深层的文化意象便是水和土——河流和土地①。是土地和河流养育了这里的人类及其文化，是这黄色的土地和黄色的河流养育了这黄色的人种。像世界上最早的文明都诞生于一条最伟大的河流一样，黄土地乃至整个中华文明来自这条古老的黄河；像任何一个土地文明区域一样，这里土地便是上帝，便是母亲，土地操纵着这里的一切。黄土地文化不像游牧文化那样包含着多种文化基因，任何一种外来文化不管是正统的还是民间的都无法改变这土地赋予的秉性，人们只能以一种土地观念来接受异己，因而这里是一块文化统治的宽疏地带。以儒学为标志的封建正统文化在这里渗透甚浅，那些纲常伦教受到这里的酸曲、小戏和自然而质朴的生活的极大嘲弄。人们生于土死于土，以土为原则来选择文化发展的方式与流向。因而这里更多地保留了人与自然的原初关系和自然赋予人类的天性、灵性，万物有灵观念和以神话思维为基础的想象力依然是黄土地文化的重要因素。在这种通灵观念和想象力中，土地、河流与神、母亲是等同的，地母原型潜在地统辖着这个种族的无意识，那里充满着对土地、对母亲、对女性的渴望与崇拜，离开土地、离开母亲意味着数典忘祖、挖根忘本，背弃女性意味着不务正业、丧失良心。

黄土地自生的文化艺术如民歌、秧歌、剪纸中到处都表现出对土地、母亲和女性的礼赞和美化，在陕北民歌和传统小戏中，几乎没有一个女人是丑的和坏的。而地母的造型常常为穷乡僻壤的一些老太太的剪刀所描绘。这种对地母与女性的崇拜一直沿袭到当代作家作品中，《人生》中高加林的悲剧正是发生在他与土地、与女性的关系中，而刘巧珍的美却在于女性和土地的双重含义。

黄土地文化的时代主题也在于现代理性观照下对土地异化的揭露。在黄土地文化中有苦难造就的强大生命力所表现出的强悍坚忍的一面，也有土地异化下的保守、麻木、封闭、软弱和阴柔、缠绵的女性气质的一面，正像信天游用一种高亢激扬的曲调咏唱一种缠绵悱恻的情韵一样。因而在现代理性的强光照射之下，黄土地的悲哀昭然若揭。所以新时期黄土地文学最普遍的主题便是

---

① 详见本书第七章第三节。

展示这块土地自身的苦难、悲哀和艺术家、作家们的悲剧意识。这种悲剧意识正是发生在自然天性与异化现实、传统文化心态与现代理性精神的剧烈冲突之中，发生在母性文化传统与父性文化传统、酒神精神与日神精神的尖锐对抗之中。

黄土地诗歌正是诞生于这样一个精神文化的总背景之下。

二、黄土地诗歌的史前期

缪斯的歌声在这方水土上已流淌了两千多年。从《诗经·秦风》到范仲淹的《渔家傲》再到毛泽东的《沁园春·雪》，黄土地上的诗歌完成了一段纯地质史期。这里地域的艰险、壮丽与历代行吟将士和文人官宦们开阔的胸怀、豪迈的气魄实现了充分的感应。

20世纪30、40、50年代，历史的长堤首先从这里溃决，一代风流在这里扭转着历史的洪流，改变着文艺的走向，民族化、大众化的呼声和历史的剧烈震荡及黄土地在这段历史中的特殊地位，决定了诗歌对黄土地的开掘进入了一个纵向时期，诗人不得不从新与旧的交替中做出定向性选择，历史意识跃居为黄土地诗歌的绝对主体。黄土地在诗人的目光中是一个纵向流体，是一块古老的新大陆。是历史的新走向把诗人与黄土地连在一起，创造了中国新诗史上一个特殊的纪元，《王贵与李香香》《回延安》等成为新诗史中民歌体的代表作。

但这一时期由于过分明确的历史性定向选择，使黄土地上的人生、自然、文化成了图解历史的材料和风景，因而此时黄土地诗歌对这块土地的开掘依然是单一的、浅层次的。真正从文化意义、人本意义进而走向纯粹美学意义上开掘这块土地则是从新时期以来的黄土地诗歌中开始的。

三、在情感的阳光下独自静穆的黄土地：文化传统与主体情感的相互认同

没有哪个时候，这块湛蓝天空映衬下的黄色土地像新时期这样有过如此盛大的诗歌庆典；没有哪个时候，这块母性的土地像新时期这样无私而沉默地滋

养出如此众多的歌者：曹谷溪、梅绍静、叶延滨、尚飞鹏、刘亚丽、肖川、闻频、姚学礼、陈默、秦中吟、子页、杨争光、路漫、杨绍武以及分布在这块土地上的大批知名的与不知名的、校园内的与校园外的诗人，他们都在为这块古老而温厚的土地歌唱着。

尽管我们无法否认这些诗人之间存在着诸多个体差异，但他们从心态到写作与这块土地的最初、最广泛的联系都经历了一个痛苦的情感阶段，他们先后从前代黄土地诗人那种历史性激动中走出来，从那种社会进化的宏大场景中走出来，进入了对这块土地的真切而细致的情感体验之中。情感，首先是情感将这群诗人与养育他们的土地深深地扭结在一起，诗人与土地的这种以情感为依据形成的扭结点，便从根本上决定了新时期黄土地诗歌的精神个性与审美品格以及较前所推进的幅度。

① 新时期黄土地诗歌从 20 世纪四五十年代的那种社会变革的巨大的历史性激动和兴奋中返回到了土地本身以及黄土地上现实的生活场景和具体的心灵世界之中，生长出真实而丰满的血肉和艺术肌质，从表面看似乎缩小了黄土地诗歌已有的时空，但本质上却凸现了土地、人、诗歌等自身的意义。这一回转正是土地、人、诗歌及其关系自身发展的必然要求，这三项要素正是在情感的动机中和情感的意义上凸现出来并融为一体的，同时这三项要素也正是黄土地诗歌中情感及其表现的基本内涵。

② 在诗人与土地纯粹的情感交往中，黄土地上淤积着的深厚的母性文化传统与诗人的主观情感完成了最大限度的相互认同的过程，诗人情感的叙述主体形象与地母原型意象趋于重合或同构。这使诗人们对这块土地及其民族的价值判断与土地及其民族的自身价值趋于一致，像这土地无私地爱着她的子民们一样，诗人们力图用爱去抚平这土地贫瘠、悲哀、愚钝的沟沟坎坎，使这块古老的土地在美与善的照耀下显得无比宽厚与慈祥，土地、河流与母亲乃至女性成为这一时期黄土地诗歌的中心意象和诗人们情感的主要凭附体，女儿和儿子成为大部分黄土地诗人的主体形象，而"儿不嫌母丑"的古训也便成为诗人们遵循的重要的道德律令，感恩、忏悔、同情、赞美是诗人们爱母之情的通用内涵。

梅绍静，这个真朴、羞怯的女性，在接纳她的那个厚重而温情的高原面前，在那个用"梅"来唤她的善良的母亲面前，在那一声诚朴的"憨女子"面前，身不由己地生发出一种女儿的感觉，于是她哭泣、她撒娇、她悄悄地诉说全都身不由己；叶延滨，这个高原乳泉哺育大的诗人，这个在干妈抚爱下生长的游子，还有那个自称"我的心仍属于黄皮肤的母亲／属于这沉甸甸的土地"的肖川，以及姚学礼、闻频、曹谷溪、陈默等等，都在地母的面前虔诚地礼拜过，黄土地及其文化传统在诗人们以真挚的情感和朴素的伦理观念进行的顶礼膜拜中升腾为一片柔和而优美的吉祥之云。

③ 诗人与黄土地在情感上的这种深厚联系直接决定了此时黄土地诗歌的精神结构和语言方式。

情感—历史便是一种小生产式的封闭心态的产物，它的思维结构本质上是线性的，即"A 主体—B 客体"式结构。这便决定了抒情诗的精神结构多是线性的定向的封闭式结构。黄土地诗歌的情感基于农业文化心态中普遍存在的恋土意识，对土地的皈依和感恩戴德，最终只能强化出一种普遍而突出的情感内涵：爱，即诗人、爱、土地。爱，是从道德伦理观念出发得出的肯定性情感。

从人道的和伦理的角度判断，对黄土地的热爱无疑是健康的、有益的，但以历史的和理性的眼光看，这种爱往往是狭隘的、有局限性的。诗人在这种炽烈的情感状态下，很难进入对这块土地的真实感知和理性审视，而只能以尽可能与这里的传统文化心态及其表达方式相一致的心态和方式来感知这块土地。因而黄土地诗歌除了在情感指向上取得了一致外，在感知方式、语言方式和艺术追求上都表现出大致相近的特征，如模仿和改造民歌语体、变相的民间比兴手法、直抒胸臆等等。在有着深厚的信天游传统的陕北成长起来的梅绍静、叶延滨、闻频、曹谷溪、晓蕾等自不必说，他们已在信天游这条枯蔓上结出了累累果实；即便陇东的姚学礼、陈默，宁夏的肖川、秦中吟等，在写这块土地时也表现出大致相近的特征。如姚学礼这位近年来由陇东山区蜚声海外的诗人有这样的诗句：

"红线线"长在漂白的细布上／"红线线"长在润绿的草丛里／"红线

线"长在黄亮的手指尖／"红线线"长在红红的嘴唇边／呵，来自黄土高原的深处／来自山泉河畔的深秋……

这些诗句与梅绍静的细腻轻柔和信天游的婉转明丽有着内在的一致性。黄土地诗中这种与新边塞诗截然相反的韵致使它在抒情诗的发展中取得较高的成就，集中体现了作为我国抒情诗理想的"朴素、单纯、集中、明快"（艾青）的标准。但那种以"彼物"与"此物"（朱熹）罗织起来的线性的简单比附和直抒的方式却使黄土地诗歌的想象力显得局限、简单、直露。

④ 黄土地诗歌的情感本质及对母性文化传统的认同，使它在美学上趋于阴柔婉约一类，这又与新边塞诗形成明显反差。

情感，由于其对客体的天生的依附性和悲剧承受力的低下导致的软弱性，本身便具有一种女性本质。加之这种主体精神与以土地和母亲为文化原型的文化传统在心态上和价值上的相互认同，便使黄土地诗歌将成为一笔母性文化遗产。清晰精细的表象呈现，曲折婉转的民歌语调，俯拾即是的叠字、叠韵、复沓等形成一系列的阴性审美手段，但我们对黄土地诗歌的这些手段不能简单地作技巧上的或仿民歌意义上的理解，我们只能把它们当作黄土地上母性文化气质的外化形式。在这个意义上说，梅绍静的诗无疑是此时黄土地诗歌的经典，因为她的性别、心理、个人气质与这块母性文化的沃土都是息息相通的，这使她并不费力地进入了属于这块土地的感知方式和语言方式，并迅速达到纯熟的地步。

有人曾认识到黄土地诗歌"阴柔的一翼"已经起飞，声称要重振"阳刚的一翼"，但这"阳刚的一翼"却始终未能起飞。笔者认为单纯从审美方式与艺术手法上去改变这种阴性审美本质是无济于事的，要对黄土地诗歌的这种已经模式化了的阴性审美本质实现超越，则必须从根本上超越黄土地上深厚的母性文化传统。而要完成这一本质性超越，则必须要求诗人们做观念意识、文化心态和整个精神结构上的重新选择与重构。

四、理性返照中的生命悲剧：理性精神与文化传统的相互对抗

黄土地诗歌中理性精神的萌发始于 1985、1986 年，这是与文化反思互为因果的一次进步。具体地说是全国思想文化界的文化反思和中西文化的比较与交流惊醒了黄土地诗人的现代理性精神，而现代理性精神的觉醒又创造了诗人对黄土地文化反思的实际进展。这种文化反思从自省和批判两个层面上展开。

相对于诗人放任情感对黄土地文化盲目的价值认同，自省确是一大进步，然而自省只是对自身及其所处文化方位的一种认知的愿望，并不做价值的审视或价值评判含混、价值标准模糊，然而作为诗歌艺术这种自我认知却大大开启了诗人们的想象力、探索精神和创造激情，诗人们顿然悟出了这块土地与神话的关系，姚学礼的《泾河龙》就认定陇东这块黄土地是由一位美丽、勇烈、勤劳的爱神变成的：

多情的民族怀着虔诚／行进在她的周围／吻她那金亮的前额／前额变成了宽阔的陇东高原／吻她那隆起的柔软的胸部／胸部变成乳汁流淌的泾源／她没有死，是深沉的爱感动她／她朝着崖上睁开眼睛，坠下了泪滴／于是，眼睛变成明亮的海子／泪滴已变成蓝宝石般晶莹的山塘／纯洁真挚的感情啊／使一片一片干燥的黄土湿润了／使一片一片被滋润的荒滩献出了青春

诗人以恣肆的想象力直接呈现出了这块土地上潜藏的地母的原型意象，进而确认了黄土地以"爱""勇烈""美丽""勤劳"为内核的母性文化的传统心态。另一位驾驭神话思维以确认黄土地文化的是诗人肖川，他在《凤鸣》和《龙跃》中以龙飞凤舞、凤鸣龙跃的意象呈现出黄土地的文化性格及时代主题：

果然听到凤鸣叫／在视日月如弹丸的葱岭之头顶／在弓形地平线以外／在我们周围／窒息五千年啦，只一声／便教人热血滚沸／是神话与现实共鸣的时候了，是西北之光与东瀛之霞争辉的时候了／舍开拓者而求谁？／／凤凰在叫西北在舞中国在飞……

（肖川：《凤鸣》）

叶延滨、梅绍静则开始在历史和现实的空间内展开文化反思。叶延滨的《黄土谣》、梅绍静的《日子是什么》与他们此前的《干妈》《唢呐声声》相比，表现出明显的忧患意识和文化历史的反思：

……历史也让你呀让陕北汉子／"仍留在被爱情遗忘的角落"／用一幅镀着金的横匾——"延安精神"遮住你被炭火熏黑的破窑／你褴褛的苦行僧的炕席／你爬着虱子散发汗臭的羊皮褂／你粗粝的酸菜缸和胃舒平……／／啊啊，我们已经唱够了老调子／那些传统的贫困／那些贫困的道德／／啊啊我们唱你的新歌谣吧／那些全新的生活憧憬／那些并非完美的新人……

（叶延滨：《黄土谣》）

……日子是四千个沉寂的黑夜／是驴驮上木桶中撞击的水声／／日子是雨天吱吱响着的杨木门轴／忽明忽暗地转动我疲惫的梦境／／……日子是储存着清甜思绪的水罐儿／正倒出汗水和泪水来哽塞我的喉咙

（梅绍静：《日子是什么》）

这种强烈自省使沉积在这块土地上的漫长的悲哀昭然若揭，同时也使诗人原有的盲目的情感结构遭到了一次透彻的否定，因而"泪水"成了自省的必然果实。这种自我分裂的阵痛在黄土地上的土著诗人们那里更为强烈。延安诗人曹谷溪曾这样写《酸菜缸》：

站在电冰箱的高度／俯视——／你似乎像一个句号／／然而，我却不能／我向你跪拜／匍匐在儿时洒泪的土地……／你，一个巨大的／惊叹号！

这种阵痛充分呈现了诗人情感与理性的分裂、道德判断与历史判断的分裂、文化传统与理性精神的分裂。

理性批判是比自省更深一层的文化反思。这一层次的展开主要是由一些更年轻的诗人完成的，我们在路漫、杨争光、杨绍武、屈塬、尚飞鹏、刘亚丽等青年诗人的作品中可以明显地感受到文化反思的深化。众所周知，这批诗人是从艺术上抵制理性，执着于生存自身的价值出发的。然而，时代气息赋予他们的那些无法拒绝的现代理性精神却深深潜藏在他们的个人素质之中，这使他们打量这块土地的时候天然地具备了与以往的黄土地诗人不同的价值标准和审美方式。他们基本摆脱了以往黄土地诗人那种狂热的情感，得以冷静地审视和体悟这块土地上的人类生存境况及文化。这些变化或深化具体表现在这样几个方面：

① 在写黄土地文化和风土人情的时候，放弃了单纯的情感的线性定向选择，而进入了现代意味的多向性价值选择和审美选择。

如杨争光的《鼓阵》、刘亚丽的《腰鼓舞》与梅绍静的《唢呐声声》、《腰鼓舞》这些同类、同题诗相比，后者是在一种赞美与爱慕、喜悦的气氛中完成的，而前者则是在悲哀、激愤、苍凉和浓厚的文化气氛中完成的。再如路漫的《横渡半坡黄土》、尚飞鹏的《陶罐》等诗作，在一种基本文化氛围中对黄土文化元素做静态的分析，并在一种亘古的宁静和永恒的流动中做审美把握。

《横渡半坡黄土》是一组气魄非凡、格调高远的文化诗，全诗以"老梦""鱼梦""火梦"三部分剖析了黄土地文化的四种元素：水、土、木、火。由水、月、女人等组成的永恒流动的时间性意象，与由土、木、男人等组成的亘古宁静的空间性意象组合起黄土文化的时空结构，而由水和土地合成的黄泥，经过在火中的进化（陶）却最终使象征本性的水消失，使象征自由的鱼死于其中，使"人""可有，可无""千年之久，惜别森林和水。走进陆地和宫殿／彻底毁灭了自己"。至此，诗人对黄土文化已呈现出了强烈的批判意向，诗人像鱼渴望着流动的水，像鸟渴望着森林，在诗人的梦想中，"水……流……动……土—宁—静"而"无法梦想的将是永远的火"。诗人希望这"黄色的泥于火中进化成一只鸟／爪子抓住黄土／翅膀扇动黄风／眼睛朝向黄天之上"，希望"凤凰之羽环绕九个太阳，复活于心宫之中……"。

② 潜在理性与诗人们对黄土地上人类生存和命运的关注导致了黄土地诗中生命悲剧意识的凸现和悲剧审美意义的增殖，从而使理性批判的人本意义得以深化。杨绍武将这块土地看作一个静默而混沌的本原，占有并操纵着人及万物的苦乐始终：

从什么地方开始，到哪里结束／我永远是宇宙风的跑道／／或者是一，或者是一切／显示人类胎盘的全部内容……／／沉默是我最真诚的袒露／任何语言都会死去／自身的存在将说明一切／或是巨大的无边／太阴太阳是我生命的睾丸……／／视野狼与人类同为我的孩子／做一个千乳怪曾哺育牲灵／能生长于我的怀抱／就死亡于我的怀抱……／／最初的和最终的是我／最单一和最丰富的是我／最朴素和最辉煌的是我／最生命和最死亡的是我

（杨绍武：《黄土·高原》）

混沌之中，因你的诞生而诞生了我们／你随阴气森森的蛋黄悬浮宇宙／疯狂的旋转聚集起一切生命的内核……／我们与野草与岁月一起生长在这里／像一片片散失的甲骨与陶片被一个神话占领／命运之根深深地扎入冥冥／在牛号吹黄的季节，树叶飘落／我们以血肉之躯回归而来／一座座坟土如新鲜的乳房耸起／在雪白圣洁的覆盖中获得安宁／／哦，你这生的胎胞死的墓地／生生灭灭只是一个刹那的过程／一切喧嚣都已被你的沉默包容无遗……那么你，我们永恒的占有者／将使我们面对苦难如走向欢乐……

（杨绍武：《黄土·黄土》）

　　诗人悟到了黄土这一巨大的宿命，无边无沿地统摄着这里的人类和牲灵，在这种宿命感的笼罩下，人类成为一种永恒的受动的牲灵，在一片静默中以苦为乐，这正是黄土地最本质的生命悲剧。

　　这种生命悲剧正是尚飞鹏的十九组长篇系列组诗《在黄土高原上》的主旋律，在那里生育、爱、死亡以及一切人性的力量被一种不由自主的宿命感所吞食，在这种宿命之中人性与自然、阴性与阳性在不停地被扭曲、错位。最大的悲剧莫过于这种来自自然力的人性的悲剧，这是一种最本质的悲剧，它根植于广阔的宇宙自然和人类命运之中，它的美学意义在于人性的主宰力与自然的威慑力之间永恒的悲剧性冲突。因而黄土地诗歌中这种悲剧美的力量，像那里碧蓝的天空般辽阔，像那里沉默无语的黄土层一样深厚。

　　黄土地是这个民族的子宫和人类悲剧命运的缩影，它的苦难具有全人类性的象征意义，它的悲剧建筑在人与自然关系的根本问题之上。因而黄土地诗歌这个概念将会在我们所料想到的历史中继续存在下去，它将不作为一个单纯的地域性艺术而存在，而成为诗人们体悟人类命运的一个永远的支点。

第二节 雪野诗系

一、裸露于牧歌与颂歌背后的雪野：雪野诗及其远近传统

在这个地球的制高点上，生存与死亡、历史与现实、美丽与残酷、神性与尘俗、人与自然，就像这里强暴的紫外线与洁亮的冰雪那样明晃晃地交织在一起。在这里，诗歌与人的生命及其赖以存在的自然便先天地有着一种直接的、本质的联系。与其说诗是这里的人类生存意志的反映和表现，毋宁干脆说这里的人类一向是以诗的方式生存着，在这个意义上来看，这里的诗与宗教是一体的，都根植于这个世界的最高处那种明晃晃的苦难与征服。这里的神是人的生存理想的诗性实体，这里的诗正是基于人的生存理想的神性光辉。因而在西藏诗歌的传统与宗教的传统具有同样的深远和厚重。从世界上最辉煌的史诗《格萨尔王传》到历代活佛、喇嘛的抒情歌诗，再到如山似海的高原牧歌、情歌和礼俗歌谣，我们可以确认这个民族的诗性本质和这种本质的源远流长。这种本质凝聚着自然、人、诗的神性的精神统一性。这正是我们即将讨论的雪野诗的最深远的传统。

西藏诗歌远传统结出的最主要的艺术样品是颂歌和牧歌。"颂"与"牧"

不仅仅是指形式上的分别，更主要的是指这个民族的两种最基本的精神状态。"颂"是对神性的向往和崇拜，属宗教心态；"牧"是对自由的陶醉和迷恋，属情感审美心态。史诗与宗教诗歌均属"颂歌"型，它们都是对"神"和神性的英雄的礼赞和崇拜。而情歌和普通生活型民歌多属"牧歌"型，其中充满了美好的人间欢爱和自由的生活情景以及对自由的向往与呼唤。

在西藏，自觉的文人诗歌却是从20世纪50年代开始的，历史的巨变无疑给这个尚处于农奴制的宗教民族带来了巨大转机。1951年5月23日，这个不朽的辉煌日子使整个西藏置身于翻天覆地的喜悦之中，共产党、毛泽东成为比活佛喇嘛更有资格、更有力量、更值得信赖的神的代言者和继承者。西藏人获得了历史上空前的精神自由。理想与现实、神与人、崇拜与自由得到历史性统一，"颂歌"精神与"牧歌"精神融为一体。就这个民族的诗性本质而言，50年代的社会历史、文化的大裂变并没有割断这一传统，而是通过这个特定历史机遇，这种诗性传统恰恰被凸现出来了，并完成了颂歌传统与牧歌传统、"颂"心态与"牧"心态的深度综合。西藏文人诗乃至整个西藏当代文学正是在这样的传统中起步的。

50年代初，在整个西藏迎接新时代的钟声中，西藏第一代诗人开始了歌唱：藏族本土诗人如饶阶巴桑、伊丹才让、丹真贡布、格桑多杰、察珠·阿旺洛桑、喜饶加措、松热加措、东嘎·洛桑赤列、毛尔盖·桑木旦、恰白·次旦平措等唱出了第一批关于新时代、新领袖、新理想的颂歌和新生活的牧歌；而与此同时，随着解放军进藏和青藏、川藏公路的开辟，第一批域外诗人以各自不同的心态和歌喉唱起了新西藏的颂歌和牧歌。高平、昌耀、汪承栋、杨星火等外族诗人以新中国第一代开拓者的形象走向西部，与藏族诗人一起歌唱。

高平的《珠穆朗玛》《拉萨的黎明》《大雪纷飞》《古堡》，汪承栋的《雅鲁藏布江》《黑痣英雄》《雪山风暴》，杨星火的《拉萨的山峰》以及藏族诗人饶阶巴桑的《草原集》等诗集先后从藏族民间诗歌中脱胎出来，成为第一批文人创作的唱给新时代、新生活的颂歌和牧歌，将发生在世界最高处的历史巨变和第一代开拓者的丰功伟绩镌刻在了当代中国的精神丰碑之上。

如果我们略去十年"文革"给青藏高原造成的文学荒原，便可清晰地看到，80年代兴起的雪野诗正是在这种新旧颂歌与牧歌的传统背景下凸现出来的。80年代的青藏高原与它所沿袭的传统发生着深刻的断裂，历史的再度巨变与现实的严峻已使它不再属于颂歌和牧歌的时代，在颂歌与牧歌的背后，人们发现这里依然是一片亘古不变的赤裸裸的雪野，美丽而冷酷，生命依然在一片死寂的冰冷中艰难地跋涉，历史的使命以更加沉重的声音呼唤着新一代的开拓者和歌唱者。

于是80年代的地平线上升起了一群新的高原歌手：马丽华、魏志远、洋滔、阿来、藏青、多杰群增、加央西热、丹珠昂奔、李双焰、唐燎原、班果……他们和重新开始歌唱的高平、汪承栋、丹真贡布、伊丹才让、昌耀等一起列成世界屋脊的新的诗阵。

颂歌与牧歌的面纱渐次被揭开，凝结着人类真实的生存与命运的青藏高原在现代理性强烈的辐射中袒露出来。于是，以现代理性精神及其对青藏高原上人类生存与命运的真实体验和重新审度为内核，以文化批判和重建为旨归，以民族文化传统和诗歌艺术传统为背景，以中青年诗人为主力的藏区新诗族雪野诗诞生了，这个从1982、1983年起步，1985、1986年即趋于成熟的诗歌群落成为当代西部诗潮中一支不可或缺的劲旅，并以其宗教氛围、高峰体验和浓厚的糌粑酥油味独树于西部诗潮之林。

二、草原·太阳：生存欲求及其幻象

在那样的高度、在那样晶亮而辽阔的雪野，草原不仅仅是牧场，不仅仅等同于沙漠中浮游的绿洲，太阳也不同于章德益们的那轮陨落的"西部太阳"。在青藏高原、在雪野诗中，草原与太阳具有了新的象征意味，它们荷载着这里的人类对生存的全部愿望和理想。草原，这白色的雪域中唯一的绿，这稀有的自然生命，既是人的生命意志和生命力的象征，也是人们生存欢娱和生命延伸的场所，那里飘荡着歌声、爱情和欢笑，它的绿色中汇聚着和平、安详与静穆。太阳是生命之源、生存的庇护神，它赐予人们光明和温暖。太阳与草原的辉映便成为高原人生存欲求和生命欢娱的象征体系，构成雪野诗中"生的本能"的肯定性意象系列。请读这节诗：

日轮宣泄光瀑，晴霭奔流／渗透无边荡漾的绿，哗响着充满时空／啊，太阳！部落酋长，众神之神／万物之父／我是祭司，率领芸芸众生向你膜拜

（马丽华：《大草原·颂》）

这是对生存的膜拜和对生命的礼赞。这节诗正是草原·太阳意象系列诗歌的基调。

从20世纪50年代起，草原、太阳便成为青藏高原诗歌的中心意象，从新中国第一本西藏文人诗集《草原集》到新时期雪野诗中马丽华的《我的太阳》《大草原》、多杰群增的《大草原诗情》、阿来的《草原回旋曲》《高原美学》、贡布扎西的《草原》、才旦扎西的《草原之夜》、李双焰的《跪在太阳顶上祈祷》《马背上的草原》、怀藏扎西的《草原母亲》以及藏青的一些诗作等等，草原与太阳一直是颂歌与牧歌传统发展与变异的两个基本支点。五六十年代，草原意象是新时代中新生活的总体象征。太阳意象则是这种新生活的本源与支柱（新的信仰与理想）的象征，主要是党和领袖的象征。

而在80年代的雪野诗中，草原与太阳这两个意象中依然凝聚着传统颂歌与牧歌的抒情特质与优雅、美丽的音响和色彩，然而它们的象征意蕴却发生了深刻的变异和深化。草原意象中所包含的人们对新生活（特定含义上的）的礼赞深化为人们对生存的希冀和对生命的讴歌，诗人们普遍地从50年代那种对新生活的新鲜与喜悦中摆脱出来，面对高原人的真实的生存境况，因而这时的草原上有歌声、有爱情，更有生存的艰辛和苦难的阴影。

青年诗人阿来的《草原回旋曲》和《草原美学》是歌唱80年代草原的力作，在他那里草原是粗涩的、"痉挛似的涌动"着的，"草原的路上行过许多超度／独没有太阳的超度与路的超度／太阳牵引路／路牵引草原跨越无数的超度"，草原充满"庄严的幸福与辉煌的痛苦"，草原是"一个信佛又不信佛的男子汉"。"草原有各色的花，草原有各色的歌"，但"草原，你有碛石滩，有死去的碛石滩啊"，因而诗人敏感地意识到"太阳的路很远，草原的路

很长"。

在马丽华的《大草原》中，牧歌与夜歌式的美丽温柔多情与老妇人式的空落、孤寂是同步的，生的希冀与苦难、艰辛是共生的。因而在马丽华那里草原本质上是一条宗教意义上的路：

……刻满五体戳印的朝圣之路／——那条饱和了血泪的路／——那条播种虔诚而收获苦难的路／有谁匍匐而来，疲惫与木然隐忍额角／眼帘同心一样沉重，低垂并且紧阖／膝头和掌心重叠着累累血瘢。／于是，一个隐约的叹息，在长空发出沉雷般的回声／——你自哪个世纪出发／将在哪个时代归宿呢／那路，是身躯之下唯一的路吗——

这里的草原真实地贯注着高原人的生存境况和生存信念，它的意义使我们想到欧洲画家的向日葵，正像欧洲的向日葵凝聚着艺术家对生命、对温暖和光明的向往一样，雪野诗中的草原饱含着高原人在生存的重负和爱的艰辛压迫下对太阳的深情渴望。因而，太阳成为比草原更主观的意象。它是生命之本源、动力和保护神，它不仅给了高原人以光明和温暖，也给了他们肤色、性格和生命，所以，太阳荷载的不仅是高原人对生存的普通向往，而且是一种崇拜，以一种神性的力量切入高原人的灵魂。从马丽华的《我的太阳》到李双焰的《跪在太阳顶上祈祷》，由"迎迓生命的日出"到"生命的火燃烧着"，太阳以一种震撼灵魂的力量创造着生命创造着存在，这生命之火燃烧着，驱散阴云，融化冰雪，洗涤灵魂，于是李双焰这位跪倒在太阳顶上祈祷的诗人唱出这样的祷词：

这时我们更加懂得这火的价值和意义／在月亮撞击冰峰发出的轰响中，我们／似乎明白了存在和创造存在的伟大／哦火，让这生命的火永不停息地燃烧／雪山融化／泉水长流／我们永存。

正是太阳这不熄的生命之火创造了草原的激荡与静穆，创造了高原人苦苦追逐的生存信念。

三、雪与海：死亡意象——在大限的起点和终点

雪峰与古海是雪野诗中两个新生的体验实体，它们比草原与太阳更大幅度地背离了颂歌与牧歌的传统，甚至成为这一传统的一种悖逆心态。雪峰与古海使雪野诗在空间上获得了高度，时间上获得了深度，因而它们一旦成为诗人的体验中枢，便使雪野诗的生命时空进入大限，进入这一大限的起点与终点。这种体验也便成了极限体验或高峰体验。就像它的自然温度在零度以下一样，雪峰所展示的生命温度也在零度之下，而古海，这一来自若干地质年代前的意象，本来就是绝迹生命的一片死寂，因而雪与海展现的实质上是一个非生命的时空，它与高原人的现世生存所构成的角度，轻而易举地指向死亡及人对死的本能的抵抗，在这种精神意向下，诗人们只能站在生与死的临界线的绝对高度来体验这个世界。在那里，诗人们面对一个无始无终无边无涯无可奈何的非生命的雪海，人类在那里艰难地生存默默地死去，这是一个没有尽头的苦难之海，而"何处是岸／我的春天不再奔走／覆盖一切被一切覆盖"（魏志远《雪野·不灭的海》）。洋滔在论述"雪海诗"时发出同样的慨叹："涉过雪海彼岸在等待我们，而彼岸又有什么。"（《1986 中国现代诗群体大展》）

这是一个否定性意象系列，它凝聚着来自主客体两方面的死亡、破坏、批判和昂奋，即自然力对人的否定、人对自然力的抵抗，前者表现为命运的强大和人的渺小、生存的困境，后者表现为人对死亡的反击和一切既成秩序和命运的破坏、批判以及对生存的渴望。因而海的意象包含着生与死的双重意义，同样，雪野的意象是死寂与新生的聚合。亿万年前的喜马拉雅古海已死去，而文明之海、信念之海正在新生。"螺号洁白地吹响／海的灵魂悠然复活"（魏志远《雪野》），那"被钉在时间之外／苍白无语不长青苔"的雪野，却"满山遍野悬挂着熟透的神话"，因而诗人"为吊唁而来／为诞生而来"。生与死、古老与年轻、幸福与单一、卑弱与强大、希望与忧患在不断地对抗、转换，形成了雪与海的基本意义世界。

以雪峰和古海为中心意象的雪野诗与以草原和太阳为中心意象的雪野诗，

基于两个不同的意义世界，表现出较强的审美上的差异：后者重抒情，优雅而富丽，更多地沿袭了颂歌与牧歌的美学传统；前者重智性，富有理性色彩，恢宏而雄奇。洋滔的论述较有概括力：

  面对神圣、神奇、神秘的雪海，我们推崇沉雄、高古的诗风，追求魔幻而簇新、诡奇而醇厚的美学境界。在西藏佛性的氛围中，在这一片净化的雪域中，在萌萌涌动的新潮里，我们创造独特的把握世界的方式，以全新的语言机制，以陌生得无所谓陌生的美丽，孕育超然的气度和涵盖自然的悲力。

四、宗教：生与死的对抗与转场

  20世纪中叶，宗教依然是世界屋脊上最基本的意识形态，甚至在今天，尤其是80年代以来，宗教再度掀起热潮，与现代文明争夺、割据着这个民族的心理空间和行为方式。与宗教同源的诗歌艺术在精神上始终保持着宗教特质。雪野诗，这一建筑在生与死的临界线上的诗歌群落本身便是以某种宗教性体验为基础的。其中有不少诗是直接写宗教的或在宗教心态中产生出来的，如魏志远、马丽华、李双焰、洋滔、温生杰、其美多吉、杜连义、阿来等人的一些诗作，或客观上呈现出某种宗教式的情感、宗教式的神秘而肃穆的氛围；或对宗教和宗教心态展开直接的理性思索与批判进而对高原文化心态做重新审视和剖析。

  哪里有苦难，哪里就有宗教。

  青藏高原上弥漫的宗教香火和雪野诗中散发出的香火味，正是从高原人以及诗人心灵中潜在的生存苦难和忧患中升腾起来。从本质上讲，宗教与诗都是对自然、对死亡恐惧的一种对抗形式，它们都是让人学会在充满希望与美好的心境中死去，使死亡获得与生存同等的或更高深更伟大的意义，从而实现灵魂和肉体、生与死的愉快转场。

  然而，80年代的雪野诗毕竟早已走出了传统宗教歌诗的境界，毕竟获得了直接面对生存苦难和死亡的勇气，现代理性精神使诗人们力图从现代哲学的高度上超越苦难和死亡，宗教所编织的美丽光环却成了他们嘲讽与批判的标的。

马丽华的《朝圣者的灵魂》所朝拜的实际上是自然本身而不是佛祖、喇嘛：

那地方有手摇合金钹飞升的神女／那地方有骑鼓漫游湖面的哲人／☸——日月同辉／卐——地久天长／五色幡招摇成嘹亮的旗帜／我正好去朝拜自然之神／又听说那湖中尚存水晶宫殿／我正想去洗濯碌碌风尘／还听说那地方原始宗教盛极一时／现有长纸条的本教经典传之于世／好吧，我就要在无遮挡的天光下／透彻地审视自己的灵魂

（马丽华：《那地方》）

而对那些真正的善男信女，她都给予深切的悲悯和鞭挞：

沿着刻满五体戳印的朝圣之路／——那条饱和了血泪的路／——那条播种虔诚而收获苦难的路／有谁匍匐而来，疲惫与木然隐忍额角／眼帘同心一样……

（马丽华：《大草原·颂》）

而作为大昭寺游客的魏志远，在面对这个被人们顶礼膜拜的"拉萨的心脏"时，却认定"磕长头是种了不起的体育运动"，在潮水般的叩拜仪式中，他只发现了"喇嘛敲着鼓钹还擤了一下鼻涕"。神性在遭受着人性的极大的嘲弄！在《诞生》中，魏志远对宗教进行了严肃的批判：

香烟缭绕，鼓钹齐鸣／周德梁画壁像网／捕杀强健的神经／岁月苍老渐渐石化／狗似的盘踞经堂／聆听无言者慷慨的许诺／逝者复苏／高歌纵舞／永恒之声雾似的升起弥漫／在神秘莫测的偶然／在无可奈何的延续／冷却凝聚为雨／悠然飘落于龟裂的心田／／而源头终于枯竭

其美多吉的《漫漫朝佛路》中用几乎纯客观的叙述呈现了同样的精神意向："一步一长头叩打着虚幻"，温生杰的《一个冬天的向往》对宗教使一个八岁小喇嘛丧失童心寄予了深切的悲悯和愤慨，在一片神性的笼罩中发出了拯救人性的呼声。杜连义的组诗《浴佛节》则更直接、更强烈地抨击了宗教和神性对人性的摧残：

苍白的传统，被／绿色的铃声摇醒／太阳，擎起红亮的单音节

至此，我们可以发现：尽管在这神秘而险峻的世界屋脊之上宗教与诗是同一的和共生的，而且在我们所论述的诗歌中有着浓厚的宗教心态和宗教气息，然而80年代的雪野诗却在生与死、灵与肉的对抗与转场中，以人性的宗教战胜了神性的宗教。

很显然，这里述及的远非雪野诗的全部，手头现有的资料和未曾亲临那片雪野的缺憾使笔者只能择取这样几个角度做一轮廓式的论述。但笔者以为那是一块比世界上任何地方都需要诗、都能够孕育诗的圣土，诗歌艺术在那里依然与种族的属性和种族命运休戚相关，诗对造就一个种族的精神依然显得至关重要。雪野诗作为现代精神在这个世界的最高处的先声，无疑对拓展、重铸这个种族的灵魂有着不可低估的意义。

第三节 西部诗歌的理论批评

时至今日，我们已实在无法拒绝承认理论批评给一个民族或一个时代的诗歌所带来的兴衰荣辱了，尽管它们之间并非人们一般认为的指导与被指导、总结与被总结、批评与被批评、吹捧与被吹捧的关系。就西部诗而言，尽管我们还不能认为它已经形成了自己整齐的、卓有成效的理论批评群体和独特的、富有个性的批评体系与方法论，但在它已走过的历史中，理论批评对它的启悟与限定是不可低估的。这里我们将从一般意义上批评与创作的关系和西部诗与理论批评的反驳与认同、西部诗歌批评现状分析、西部诗理论批评亟待展开的层面等几个方面来对西部诗理论批评做一宏观评析。

一、意义：反驳与认同

进入自觉时代的诗歌乃至一切文学艺术，其自身便具有潜在的理论素质，它使诗人、艺术家不再能够以纯感觉的盲目放纵进入写作，也使作品的价值评判标准不再是实用的或感官的裁决，写作与阅读过程本身便隐含着某种理论行为。因为自觉时代的艺术创造是站立在人类长期的艺术经验的总积累的基石上的，这种艺术经验的总积累的唯一存在方式便是艺术理论，所以我们说理论批评已成为自觉时代一切艺术创造的前提和基础。同时任何艺术创造的价值只有以理论批评的方式才可能被最后确认下来，那种在阅读过程中纯感性的确认方式仅仅是初级的、私有的和零星的，况且如前所述，即使纯感性的确认中也不可能没有理论批评所提供的经验的潜在参与，而且这些价值评判的标准也是建筑在一定宇宙观基础上的艺术理论批评给定的，所以我们说理论批评也是自觉时代一切艺术价值的存在方式与评判标准。

然而，理论批评与艺术创造又是两条并行不悖的独立的河流，各有自己的源头与归宿，它们是人类艺术穷尽世界的两种不同的方式。它们同样都是一种特殊的创造，所以其间不存在互相依存的关系，尤其是特定时空中的理论批评完全可以与该时空中的艺术创作无关，完全不必是后者的总结、概括和指导；同时，特定时空中的艺术创作也完全不必拘泥于该时空中理论批评所划定的圈子，去体现、印证、追求某些理论条款，因而诗人、艺术家与批评家的对峙就像他们相互利用、相互奉迎一样，都是没有必要的、无聊的。批评家始终站在人类艺术经验的总积累之上进行创造，而诗人、艺术家则始终站在此时此地的情景中去创造经验。批评行为仅仅是批评家与诗人、艺术家在各自运行的两条轨迹的切点上的瞬间相遇，这种相遇的几率是很小的。我们之所以每天能够看到如此多的批评现象，是因为我们中间有一大批并没有形成切点，甚至根本就没有自己的运行轨道的批评家和诗人、艺术家还必须戴着这顶社会给他们的高帽子生存下去。真正的批评发生在每一个有效切点上，体现出艺术世界的统一与完美。

批评家与诗人、艺术家的相遇有两种价值相等的情景，即反驳与认同，这是批评的意义所在。反驳即批评行为中通过两种创造的差异性和对抗性所构成的价值发生过程；认同即批评行为中通过两种创造的趋同性和一致性所构成的价值发生过程。这两种现象都是一个价值增值的过程，增值不是二者之和与二者之差，而是二者之积，是第三范畴，这与格式塔原理相似。因而理论与创作是在真正的批评行为中相互消长的。

西部诗与西部诗理论批评作为两种独立的创造行为始终在寻找着它们的

切点，诗人与诗评家都在寻找着相遇的机会，都在期待着真正的批评行为的发生，都渴望在批评行为中走向极地。他们曾经在西部意义上相切、相遇，在那里，他们一起看到了当代人心态、历史与现实、文化传统与时代风貌、民族精神与现代文明的聚会与错动，看到了自然、人、哲学的诗化统一，因而他们集合到了"西部"的旗帜下。

先后来到这面旗帜下的西部诗评家有孙克恒、周政保、谢冕、余开伟、浩明、余斌、高戈、唐燎原、管卫中、唐晓渡、张小平、尹平，以及诗人中兼为诗评的唐祈、高平、公刘、昌耀、林染等。他们为西部诗的创建与发展提供了一定的理论根据、想象空间和舆论上的正名，很大程度上刺激并强化了西部诗的进程，如西部诗主体意识的每一次更递（从自我意识、开拓精神、当代意识到文化意识、语言意识）都回响着他们的呐喊和呼号。同时，西部诗的创造也在日益丰满、助长着他们的理论灵感。一些主体性较强的诗评家在与西部诗的相切、相遇中始终能够自觉地延续自己创造的运行轨迹并不断超越自己，正如周政保先生在评论杨牧诗作的一篇文章中所说："我向杨牧借一根烟，由我自己划一根火柴，然后细细品味，吐出自己蓄谋已久的烟雾——"

然而西部诗歌批评的现状却远远不如我们对它的期待：

① 西部诗歌批评没有形成比较庞大的、稳定的、整齐的阵容，以至形成西部诗坛理论批评与创作的失重。除了孙克恒、周政保、谢冕、浩明、唐燎原、高戈、管卫中等几位较长时间地坚守阵地之外，大部分只是零星地偶尔写一点批评文字，或以写诗为主偶尔从事业余批评活动。

② 西部诗歌批评没有形成切合西部特点的、较完备的理论构架（如西部诗歌本体论、创作论和解读范式）与方法论，而且大部分的批评家缺乏应有的哲学基地和美学、诗学领地，而是在几种通用的批评模式中徘徊，甚至全不管这几只小鞋子合不合西部诗歌批评这只大脚。1987年《绿洲》第1期刊出青年诗人张小平探讨新边塞诗研究方法的文章《新型文艺观念映照下的新边塞诗重新审视》，从系统论、宏观研究、多维观念等角度试图建立西部诗歌批评的全新的方法论，但文章仍有套用流行色而忽视西部原色的倾向，而且也未能得以呼

应和深入。

③ 在西部诗歌批评中认同远远多于反驳，而且由于大部分认同性批评的层次较浅，所以西部诗歌批评中价值增值的幅度不很大，反被当作庸俗吹捧。一般来说认同与反驳都具有它们的增值效应，但对于存在严重心理定式和思维惰性的诗歌来说，过频的认同会产生某种负效应，即助长病灶。而反驳则能够更敏锐地抵御这些定式与惰性，更有力地刺激价值的增值。西部诗最终走入模式化的现象是与这种反驳性批评的不足有很大关系的。

④ 西部诗歌批评中进行社会、历史、时代、文化、价值阐释的外部批评多于面对诗歌艺术规律与文本事实的内部批评（或曰本体批评），这便导致了这些批评不管是认同性的还是反驳性的，对于诗歌艺术来说都很难进入实质性层次。

二、西部诗歌批评的基本范式

尚在过渡时期的西部诗歌批评中，大致出现了这样几种基本范式：

1. 印象批评

印象批评在中国有着比西方更加深厚的传统，中国古典诗学中大部分诗话、词话及论诗的诗词赋都属于印象批评。这种批评的特征是重感悟性和随意性，以象言象，以境释境，因而比理念式批评更易接近诗、进入诗，受理念束缚较小。但印象批评缺乏系统性和哲学高度，属于蜻蜓点水式的扫描。西部大部分诗歌批评属于印象批评，尤其是一些诗人型批评家的文章。我们从《绿风》推出的《西部诗人十五家》配发的十五篇诗评中，至少可以找出十篇印象批评文章，加之散见于各报刊的西部诗评文章，使我们对西部诗歌批评的总体印象就是印象批评，其中包括一些较重要的西部诗评如孙克恒、浩明、周政保的大部分文章。

这种印象批评具有较强的灵活性，读来亦诗意沛然，但有一种破碎感。这些文章往往从一个（或一群）诗人的人生经历、社会境遇、主要作品介绍说开去，然后波及美学、心理学、人类学、人学、哲理、诗学、艺术哲学、流派风格论、文学史、文化学甚至自然科学原理等等，古今中外、天上人间无所不包，但却不能真正在某一方面给人们留下深刻的印象，也不能在某一角度做出一定级别的理论升华。

然而，作为一种诗歌批评来说，印象批评确也不失为一种重要的范式，它有着比理念式批评更能够切合对象的优势。因而印象批评在西部仍有进一步深化的必要，只是应该努力寻求这种批评赖以出发的理论根据，使其给人们留下更深刻的印象。

2. 社会—历史批评

这是迄今为止中国诗学批评范围最宽、影响最广、势力最大的一种批评范式，也是西部诗歌批评成就最高的一个领域。社会—历史批评将诗歌看作一个动态的历史性实体，且放在意识形态和整个社会结构中做美学分析，从而揭示其发生发展的规律。西部诗评家中谢冕、周政保以及孙克恒、余开伟、公刘等的一些文章均属社会—历史批评。他们在社会历史的嬗变中找到了西部诗发生发展的依据，从对社会与时代心理的剖析中确立了西部诗的"性格的抉择"（如谢冕），从历史的错动与社会发展的平衡中把握住了西部诗的"开拓精神"（如孙克恒、公刘等），从历史与时代、社会与人生的交合与冲突中认识了西部诗人确认自我与超越自我的历史（如周政保），从新的历史境况与西部地域、民族心理的反差、适应中发掘出了西部诗的美学个性与基本艺术方式等等。

但是社会—历史批评始终处在两点一线的线性思维的框架之中做历时态的把论，似乎在历史性与当代性、民族传统与时代现实、阳刚和阴柔之外便无话可说。而且社会—历史批评对于诗歌艺术来说仅仅是一种外部批评，用这种批评来解决诗歌艺术内部的形式、结构、语言以及一些潜在的精神现象几乎是不可能的。因而，西部诗歌批评除了对诗人心理和总体追求上具有某些启示外，对西部诗的写作本身没有产生实质性的启悟。

3. 文化心理批评

文化心理批评主要发源于西方批评界，1985年以来在中国文坛出现了较大市场和较强势头。它的前提是将艺术看作一种心理现象，而这种心理现象是在长期的文化遗传中形成的，因而荣格的集体无意识理论与李泽厚的"积淀论"成为这种批评事实上的理论依据。对于西部诗这个文化诗潮来说，这种批评显然是恰如其分的。

西部诗歌批评中，从事文化心理批评的批评家虽然为数不多，但他们却呈现出某种创造性和探索性势头，如肖云儒、唐燎原、任民凯、林染、管卫中、余斌、周政保、浩明。他们较准确地揭示了西部传统文化心理与现代文明、现代意识之间的强烈反差对西部诗、西部文学美学性格形成的决定性作用，同时剖析了西部各代诗人从忧患意识到现代意识的文化心理差异和演变过程，剖析了诗人作为知识分子的文化心态与西部本土心态的反差，而且对西部民族文化、西部精神、忧患意识、现代孤独感、悲剧感及其表现形态等等西部诗中一些根本性问题做了文化心理的论释和分析。这里尤其值得一提的是肖云儒对西部民族文化和西部精神的论述，燎原对"昌耀现象"的确认和 1989 年"潮起潮落之后……"中对两代西部诗人文化心理差异的论述，管卫中对"西部文化土壤"对西部文艺的决定作用的强调和对张子选诗歌创作中对新的精神文化现象的探析，林染于 1985、1986 年从对西部文化的领悟出发对西部诗中孤独感、悲凉感、神秘感的论述，笔者 1987 年对黄土地文化与现代文明的悲剧性冲突的认识及用黑格尔悲剧美学对黄土地诗歌中悲剧内核的认知以及 1988 年对西部诗作为文化诗潮的文化判决等。

文化心理批评虽然在西部诗歌批评中发生了较大的价值增值效应，但仍然不能算作严格意义上的诗歌批评，对西部文化形态及其冲突的阐释并不能代替对西部诗自身的阐释，而且文化批评在某种程度上确立并助长了西部诗的文化本体观，使西部诗过早地被文化意识所窒息。西部诗歌批评中也没有形成真正体系性的严格意义上的文化心理批评，文化心理仅仅被作为一种角度、话题，对有些人来说甚至仅仅是一个"新名词""洋玩意儿"，而尚未上升为某种系统的批评理论依据和批评方法论。

三、亟待展开的批评层面

有诗人冲着西部诗歌批评界疾呼："恢宏大论之后该探讨点西部诗的内核了。"这种声音准确地传达出了西部诗对批评的期待，传达出了西部诗创作正在向"内核"性因素转化的信息，也传达出了西部诗歌批评在这种"转化"面前的窘困。那么，什么是西部诗的"内核"？理论批评又如何与这种内核形成有效的切点呢？

我们相信任何诗歌都是某种内在的、原生的精神现象的语言投射过程和外化形式，产生诗歌的精神现象可以与某些社会意识、文化意识、时代精神发生感应，它是人们生命信息与外部自然和人文环境交感的结果，我们无法触摸它，无法看见、听到、嗅到它，我们只能在它的外化的语言形式中去触它、摸它、看它、听它、嗅它、欣赏它！由此，我们坚信诗歌的内核性因素有两个：一是由生命信息与外部自然和人文环境交感而生的精神事实；二是这种精神事实投射出的语言形式。而西部诗则是西部生命与西部特殊的自然及人文环境交感而生的西部精神与西部意识的西部语言外化形式。西部诗歌批评只有在以下几个层面展开，才可能触及西部诗的内核。

1. 生命哲学与精神分析

这是探求西部精神与确立西部意识的必经之途。批评家、诗人只有通过生命哲学与精神分析才可能真正触及西部自然、人文环境与西部生命的对抗、认同的双向塑造主题，才能真正认识西部精神这个西部主体性神话的创作过程。在这一方面，柏格森、乌纳穆诺、丹纳、弗洛伊德、荣格将会对我们产生根本性启悟，他们将帮助我们认识西部这块神奇的土地是怎样创造了这些特殊的生命形式，认识这种生命形式的特殊质地和内在的力对西部诗来说是本源性的和致命的。我们将在那里认识西部的爱，西部的悲悯，西部的尊严、意志、知性、信仰，西部的生、死、性、非理性行为……西部的精神存在！如此，我们才会触及诗。

2. 语言哲学与形式分析

作为一种诗歌批评，它所面对的直接事实便是语言形式，对西部诗歌批评来说，便是西部语言形式。我们对精神事实的感知必须通过对语言形式的感知，同时语言形式批评也只有与精神内在形式相联系才是有意义的。语言形式作为内在的精神形式的同构性隐喻体，潜藏着与精神现象同样变幻莫测的丰富性，西部诗的语言形式隐含了西部生命无限的丰富性与独特性，西部诗歌批评的重要使命之一便是要接受这些丰富而特殊的语言事实和形式结构，并与诗人一起寻找西部语言形式结构的普遍规律，由此建立特殊的西部语言的美感直觉能力和发掘西部生命丰富而特殊的诗性本质。我们将会从《易经》、《庄子》及卡西尔、苏珊·朗格、罗兰·巴特、拉康的理论中获得启示。

这里尤其应该指出的是拉康的结构精神分析的重要性，他将语言分析与精神分析结合起来，力图揭示人的精神形式的语言投射规律。这一启示使我们想到，可否以揭示西部生命及其特殊的语言投射方式为契机和旨归建立起真正切入西部生命与西部语言的具有强烈的西部特色的西部诗歌理论批评构架呢？

第四章

当代西部诗潮谱系（三）

第一节 昌耀现象——孤独的生命之旅

在本节以及本章后续几节，我将要谈论的是一组由个人因素构成的当代西部诗歌现象。这些个人现象之所以能够独立地存在于当代西部诗诸支系之中而又不显得单薄，是因为它们的独特性，以及它们所暗示出的当代西部诗发展的另外一些可能性。

在一个时期内，文学乃至文化界以单一的个人或事物命名某种现象已成时尚，这是因为确实有这样的必要，也因为过去不曾这样做过，可是动辄即为"现象"则失之滥，难免出现一些"泛现象"和"准现象"，从而使这些现象失去存在价值。我认为以个人来命名现象应具备一个前提：或特殊性（差异性），或普遍性（共同性）。后一个前提条件是指个人情景暗含并代表了某类共同的和普遍的现象，而且是这类现象中最为人注目的一例；前一个前提条件是指某种个人情景与同类事中的共同的和普遍的现象构成了明显的差异而成为特殊的一例，并且这种个人情景有其存在的依据和可能性。这两个条件的一个共同条件是：要求个人情景自身能够成立并十分显著。

这里阐释的个人现象是依据于前一个条件的，即特殊性（差异性）。它暗示出了当代西部诗潮在几个具有大致相同倾向的诗歌群落之外的另外一些发展的可能走向，而且在当代西部诗潮后期的发展中已得到了程度不等的证实。

昌耀及其诗歌创作被看作一种西部诗歌现象早已不是第一次了。昌耀现象的提出最早是在唐燎原的《让世界向你走来》[①]一文中，这篇文章对昌耀现象的确认也是依据差异性原则的，即针对当时文学界离开对本土的真切感受奢求所谓文学的当代性与世界性的现象而指出昌耀诗歌写作呈现当代性与世界性的特殊法则。作者认为："'昌耀现象'是中国当代文学中极有光彩的现象之一。昌耀的成功，也恰是他最引人注目地将西部神秘、古老、富于现实活力的存在实体引入了中国诗坛。"

我认为这是昌耀现象存在的第一层依据，即在整个中国当代文学中确立了昌耀诗歌的差异性之一，而从某种意义上讲，这一差异性是由西部诗共同完成的，因而要真正阐释昌耀诗歌作为西部诗歌现象，则必须指出其在西部诗潮总体格局中所构成的差异性。这便是这里所要完成的。

昌耀诗歌区别于几个大致相近的诗歌群落的地方在于：

一、生命意识的觉醒

昌耀诗歌[②]中生命意识的醒悟是在与其他西部诗人处于同一时空中发生的。当大批的西部诗人怀着饱满的激情站立在时代与地域的契合上歌咏开拓奋进的时代精神、抒发地域性的自我意识的时候，昌耀诗歌的触角已比较自觉地深入到西部自然背景上的生命体验之中。

有人认为昌耀写于七八十年代之交的一批诗作，如《大山的囚徒》《山旅》《慈航》《划呀，划呀，父亲们》《边关，二十四部灯》等可以被归为所谓"社会诗"的线索。对此问题，我们宁愿这样去认识：一个杰出的诗人，他的精神领域是非常开阔的，而且对某些外在事象的意识对他来说往往是迫不得

[①] 见《绿风》，1988年第2期。
[②] 昌耀诗作见《昌耀抒情诗选》，青海人民出版社，1988年增订版。

已的，而我们去评估一个诗人所达到的精神高度，却只能依据他的精神触角最深入的那一部分和最接近诗歌艺术精神的那一部分，这些部分对这一时期的昌耀来说则是生命意识，而时代、地域因素和社会历史事象则仅仅构成了昌耀进入生命体验的准确契机。如果我们不是单独来读昌耀的个别篇章句段，那么以上列举的所谓"社会诗"线索的作品所呈现的则是社会变革时代的一个个体生命过程。如果我们离开了生命角度的观赏便无法总体上进入昌耀，而且必然将昌耀的一些真正呕心沥血的诗句视若草芥。我们从昌耀精心荐出的唯一的诗选集《昌耀抒情诗集》中可以清晰地发现诗人对生命的几种最基本的体验。

1. 爱与死

昌耀之所以在当时热血沸腾的西部成为一枚"荒原上一只长嚎的狼"的冷意象，是因为他在那个时期已触摸到人类生命中最终极、最残酷的事实：爱与死。那首长达 450 多行的组诗《慈航》[①]便明确无误地昭示了这一点。

与其牵强地说《慈航》是一首"有完整的故事，有完整的人物，有叙事文学所应具备的一切特征"的"叙事长诗"，还不如说它是一部生命史诗，一部书写在西部土地上的生命史诗。它的所谓"完整"应当说是它呈现了一个完整的生命过程。我们无法忽视这首长诗反复演奏的主旋律：

在善恶的角力中／爱的繁衍与生殖／比死亡的戕残更古老／更勇武百倍

这正是弗洛伊德所发现的人的两种最基本的本能：生的本能与死的本能，而爱又是生的本能的最高也是最基本的体现。这里的爱与死的体验背景是"善恶的角力"，我宁愿把善恶的概念理解为海德格尔的善恶观，即真实的存在便为善，不真实的存在便为恶。

昌耀在他的诗作中展示的正是他在西部土地上的一个真实的存在过程，而这种真实的存在过程正是生发昌耀西部诗的"美"的根源和理由。在这块生存比死亡更加艰难的土地上和与这土地同样残酷的时代风云中，昌耀饱经"真实的存在"的苦辛。对于他在西部的经历，人们早已熟知，此处不再复述，而且

[①] 昌耀长诗《慈航》载《西藏文学》1985 年第 10 期。

似乎这对谈论他的诗也无所裨益。而令人惊异的事实是,昌耀对他在这块土地上的"真实的存在"是如此清醒:

我不理解遗忘/也不习惯麻木/我不时展示状如兰花的手指/朝向空阔弹去——/触痛了的是回声

于是他得以细细地品味这种存在的每一个细节、每一个美点儿,于是他"更勇武百倍"地爱着,于是他大胆地宣布:"我,就是这样一部行动的情书。"

《慈航》的结构是戏剧性的,由"记忆中的荒原""彼岸""极乐界"构成了前后远背景组成的主体舞台;由"净土""净土(之二)"构成前台;而"众神"和"众神的宠偶"与诗人自己则是基本角色;"邂逅""慈航""沐礼""爱的史书"则是几个基本的生命情节。这个结构框架本身隐喻着"爱与死"的全部体验意义,同时也隐喻着昌耀整个的生命过程和诗歌过程,成为打开他的所有诗歌的钥匙。

"荒原"成为诗人生命理想被迫幻灭的不朽记忆,它不是那个作为诗人生命激情对应物的《旷原之野》和那个被文明冷落了的西部《莽原》的同义词,而更趋近于那座文化、历史与时代的《空城堡》,诗人在那里成了"独对寂寞以奏东风的旱獭"和"带箭失落于昏溟的大雁"。这种记忆正是诗人启程"慈航"的动力和辽远背景,而"彼岸"和"极乐界"则是"慈航"的目的地,是诗人生命全面复活的理想极地。在"众神"的庇护下,诗人看到一个由慈悲、良知、和睦、女性、芳草组成的世界,在那里,"生命的晕环敢与日月媲美"。从"荒原"到"彼岸"正是"慈航"的全部旅程。作为"前台"的两节"净土"是诗人生命理想发育、生长的沃壤,这里充满着生机,充满着美,它似乎隐喻着接纳诗人生命的、"众神"出没的西部世界,这便是诗人"慈航"起锚的此岸。"众神"是拯救诗人生命、复活诗人生存意志的救世主,它们是"良知"与"自由"的化身,而"众神"不是别的,正是那"弃绝姓氏的部族""不留墓冢的属群",是那"占有马背的人""酷爱酒瓶的人",是那"大自然宠幸的自由民",正是使他更勇武百倍的西部人,在那些人面前,诗人便勇武百倍地走向那"众神的宠偶"——"爱"与"美"的化身。从"邂逅"到"沐礼"是"慈航"的情节曲折而又浪漫传奇的经历。"爱的史书"是生命苦难和欢乐的回味与总结,那头荒原黎明前夕独卧冻土难产的母牛成为诗人亲历的生命苦难的一颗硕大的泪珠,但毕竟"该出生的一定要出生",婴儿的降落凝聚为一部不朽的"爱的史书",从而宣告了"慈航"——"爱的繁衍与生殖"的全部意义,也宣告了这位西部诗人的全部的生命理想。

2. 苦难、恐惧与孤独

这是诗人生命中潜藏的"荒原"意象及其记忆凝聚成的一组生命情结,它们来自时间,来自刻骨铭心的记忆:

我记得/我记得生命/有过非常的恐惧——/那一瞬,大海冻结了。……

(《生命》)

我在记忆里游牧,寻找岁月/那一片失落的水草……//不堪善意的忠告,/我定要——/拨开那历史的/苦雨凄风,/求索命运怪异莫测的流星……

(《山旅》)

这首以"对于山河、历史和人民的印象"为副标题、极易让人们误认为是一段社会历史回顾的《山旅》却恰恰是诗人自身一部苦难的生命史,聚合了诗人生命过程中所有的忧愤、凄苦、惊悸、孤寂、昂奋,"我竟是泪眼迷蒙","而对于人们/泪水,总是讳莫如深……"昌耀的孤独来自彻骨的清醒,来自智慧的冥思,来自天高地远与人的渺小和卑微,是大自然之广之灵之美与人类文化之深之老之累使他体验到了"日暮独行的悲壮",使他成了"荒原上一只长嚎的狼",他时而成为与宇宙之辉煌共振的《巨灵》,时而又成为一声叹吁般"独坐无语"的《斯人》。苦难、恐惧和孤独并没有使这位智慧的独行者成为懦夫和软弱者,而是直接铸就了昌耀生命中的色彩。

3. 招魂、水手和英雄情结

他终于是一位"笑了的流浪汉",尽管笑得如此悲壮,他不相信历史会吞没个人,永恒将为瞬间阻隔,于是他击起了招魂之鼓。他坚信"我们本来就不必怀疑／自然界原有无可摧毁的生机"(《生命》)，"一切是时间／时间是具象：可雕刻。可冻结封存。可翻检传阅诵读／时间有疼觉／时间使万物纵横沟通／时间是镶嵌画……"(《旷原之野》)，而他自己正是这时间的"雕刻"与"镶嵌"。于是他向历史呐喊《划呀，划呀，父亲们》，于是他将自己书写成那粗大的《青藏高原的形体》，于是他用生的希冀点燃了《古城，二十四部灯》……苦难、恐惧、孤独在时空的转机中发育为一种昌耀式的"英雄情结"，使诗人成为一座屹立于这燥旱的荒原的"水手"的巨雕。他搏击在这条苦难的生命之河里，在自然与生存的竞力中成为以生命力命名的英雄，成为世界的主宰者，他向真理发问："是谁说时势造英雄？／分明又：英雄主宰生灵万物。"(《山旅》)这种英雄情结是他长期被压抑的生命意志的总积累，是他生命的全部能量与动力的聚合，从某种意义上说，昌耀的诗正是这种英雄情结和生命英雄主义的仪式化，它与西部壮烈的土地、强悍的人形成恰如其分的对应与契合，这使昌耀诗歌中所表现出的西部文艺共有的开拓奋进精神显得更内在、更激烈、更持久。

二、抽象与内聚：反移情方式

这是昌耀诗歌在艺术构成与艺术原则上与其他西部诗歌的一个重要分野。

在西部诗的几个主要支系，尤其是新边塞诗与黄土地诗中，移情是一个主要的艺术构成原则，这使这些诗仍隶属于情态写作的区间。

而昌耀，尽管他的第一部诗集名曰《昌耀抒情诗集》，但他的写作所开掘的精神区域与符号运作方式已证实了他已进入意态写作的区间，以移情为标志的情态写作正是他逐步离开的一种写作模式，标志着他的意态写作的主要构成原则便是抽象与内聚。

移情的构成规则是自我的外化，从而找到情感的外在依附对象，生成作为情感标记、记忆与动力的经验性意象；而抽象的构成力则是自我对外在现象的内聚，从而超越现象，生成超验性意象。在荣格推崇备至的沃林格的《抽象与移情》一书中，抽象与移情被认为是艺术的两极运动。沃林格宣称他已经

"注意到了这样一种美学：这种美学并不是从人的移情冲动出发的，而是从人的抽象冲动出发的。就像移情作为审美体验的前提条件是在有机的美中获得满足一样，抽象冲动是在非生命的无机的美中、在结晶质的美中获得满足的"。一般地说，抽象的美是在抽象的合规律性和必然性中获得满足的。这种"有机的美"正是指自我找到了确认自己的外化对象时所获得的愉悦，而"非生命的无机的美"和"结晶质的美"正是自我超越现象界所获得的凝聚和辐射现象的愉快。

昌耀的诗尽管还很难完全摆脱移情模式，但他的抽象冲动已经很自觉了。昌耀用理论家的口吻说："艺术抽象是创造的必然，人类天性就轻视对于对象的如实描摹，而看重经过主体精神充分过滤——诗意化的抽象——之后的创造显示。文学抽象的极致可提纯为音乐感觉，一种仅在音乐般的感觉里被灵魂感应的抽象，一种自觉被慑服的美感，一种难以言传的诗意。"这段独白可以概略地说明昌耀的艺术理想。这种"音乐般的感觉"并不是指普遍认为的诗的音乐性，诸如韵律、节奏等等，而是就抽象而言的。音乐所凭借的听觉符号是所有艺术符号中最抽象的一类，因而它最容易摆脱现象世界的定性，人们之所以认为"音乐是一切艺术的旨归"正是由于此。

昌耀的诗抵达音乐状态并不是依靠韵律、节奏，而是通过抽象，他对诗符号的色彩、造型和语义的开掘远远深于声音，他往往通过凝聚起某一象征的或超验的意象来完成其抽象冲动，因而昌耀诗中的意象大部分不能对应于某一现实中的具象，如这首《风景：湖》：

滑动着的原野。／几株年青的船桅／是这片空间仅有的风景树。／／但候鸟们已乘季风南翔，／留下独处的泡沫排成白练数列，／远隔着秋雨沉浮。／我未得见天鹅柔嫩的粉颈。／而翠绿的水纹／总是重复着一个不变的模式，／像诱惑的微笑／在足边消散，随之／另一个微笑横着扑来。我并无丝毫恐惧。／／没有喧哗之声。湖光／却已显示可以触感的韵律。／／只是冷落了山脚的那片油菜。／不会成熟了吧？／可那金黄的色块／依旧夏天般明亮／那么天真……

诗中所展示的特殊的语义关系，使此处的"湖"已不仅仅是彼时彼地的某个具体的湖，而成为诗人潜意识的"深山"中那个"不曾撒网的湖"（《雪乡》）——独处的、斑斓的、宁静的生命之湖。"湖"这一意象正是诗人这种生命状态的抽象形式。在《节奏：123》中，诗人用三个神秘的数字（1、2、3或哆、来、咪）来抽象世界万物和自身的生命节奏，来抽象被诗人认为主宰一切的"时间"："那里，时钟恒动的流水／依然在云层下宣泄／轰鸣着永远的——哆——来——咪——……"因而"哆——来——咪／是我不倦的主题"。在《城市》中，"颤动"两字抽象地隐喻着对于城市的一种特殊的西部心理——震惊、悸动、兴奋和渴慕的集合，它准确地阐释着"城市：草原的一个／壮观的结构。／一个大胆的欲念"的西部心态。

三、静态生命与静观审美

这是昌耀从人到诗在西部诗潮中的又一标记，也是昌耀从人到诗趋于自然的基本方式。"天地有大美而不言"，世界万物正是在一片静穆中熠熠生辉。静使诗人在某一时间的片段中停下来进入广阔的空间，于是心游万仞，思接千里，使诗人以现代人的身份内在地加入了古老的东方传统。

在那里，静是参禅入道的必由之路，是遁入佛门的基本秘诀，也是悟进诗境的主要方式。古人言"虚则静，静则动，动则得"，昌耀体现了这条轨迹，他的静态生命之形成得力于他长期的"心底无私天地宽"的生存态度。他甘于寂寞，与世无求；而他的静又时刻保持着一种动的蓄势，静体现为更本质的动，他只有在一片硕大的静穆中，才能倾听大自然无限的动之语言。

他写过一首《天籁》，其中诗人问："静谧吗？／竞技的大自然素有高扬而警策的金鼓，／比秋风更为凛冽，谁会听不到！"在与大自然做深切交谈后，诗人悟到"数千年后你们始知诸神愉悦的花环／原不过是植物芬芳若此的育种器官。／／没有看到那一落日的壮美。／永诀的已成永诀，古原早被沙丘弥合。／但在北方草场和戈壁之间／谁会听不到那沉沉的步履仍比秋风远为凛冽"。

诗人在静穆中进入了与西部自然和自身生命的直接对话，在静穆中获得了观照世界的审美态度。他"在山谷，倾听薄暮／如缕的细语"（《在山谷：乡途》），《在敦煌名胜地听驼铃寻唐梦》、在《月下》倾听那"一丝划过心上的微波"……而静穆体现的最高境地却是这首短短的《斯人》：

  静极——谁的叹嘘？// 密西西比河此刻风雨，在那边攀缘而走／地球这壁，一人无语独坐

  这是一刻旷古的和旷世的寂静，在此间，诗人的冥思从一声叹嘘出发飞遍了全球，仿佛这个无语的人已独坐千年，诗人的直觉与理性在这一刻的寂静中飞越了时空之维度。

  昌耀的这种静态，是在整个西部诗歌昂扬飞动的时刻和背景中显示出来的，因而"静"是昌耀现象的一个重要组成部分。

  尽管我们认为昌耀现象隐含和暗示了西部诗潮后期的部分发展走向，尤其是以张子选等人为代表的西部实验诗系，但昌耀现象仍有其不可回避的复杂性与局限性，主要是来自某些时空。

第二节 老乡现象——浪漫的阿凡提精神

老乡，河南人，原名李学艺，现在《飞天》"反弹琵琶"，常以一本正经的幽默令人捧腹。诗人聚会的时候，戏称他为"味精"。[①]

本文的主调便是"味精"。本文拟将"味精"视为一种西部诗歌现象。或许某君有高见云：这个"非盐""非酱""非醋"的"味精"老乡，将这个并非"名牌"的西部诗人命名为一种现象似乎有些矫情。其实无情可矫。老乡，确以他的特殊的西部体验、诗歌方式在西部诗歌的总体背景中显现出他的极强的差异性和独立性，并预言着西部诗歌的又一种可能的走向：幽默。因而"老乡现象"在西部诗歌中不仅是存在的，而且是需要予以特殊关注的。诚然，它非盐非酱非醋，却是油盐酱醋的升华和超越，而且它既在西部民族精神中有着深厚的矿源，也在西部诗的发展中正被一步步证实、开采。因而本文的题旨不仅在于确认老乡个人的作品所提供的特殊的西部体验和诗歌方式，更在于由此去认识在西部这块悲剧性的土地上诗歌的喜剧美学之可能性。

---

① 见《人民文学》1987年1、2期合刊。

一、"世界，鲜嫩的形象"：老乡诗歌的西部体验

面对悲痛的时候去哭是轻车熟路的，去笑则既特别又不易。而老乡却是笑看这块淤积着艰辛和悲哀的土地的。自然，老乡之笑不是皮笑肉不笑，不是苦笑，不是冷笑、微笑，更不是幸灾乐祸、玩世不恭等等，而是他特有的一种以智慧的优越感和人格自信力去体验西部世界，去认同西部精神、征服苦难与悲哀的喜剧美学境界和幽默方式。

在东西方的美学传统中都存在着扬悲抑喜的观念，尤其是在诗歌这种向来被美学认为是极崇高、极贵族化的艺术品类中，喜剧效应从不被视作"正果"，充其量被看作是"味精"，甚或是"毒药"。喜剧被传统确认为"插科打诨""小丑把戏""滑稽""下里巴行为"，说漂亮点儿也是"把无价值的东西撕破了给人看"（鲁迅）。

然而，我们认为：喜剧（主要是幽默）是一种高级智慧，是语言的最高性能，是人格力量的全面胜利，是浪漫而独立的人格境界和精神品格。面对这个崎岖的世界和悲苦的人生，喜剧比悲剧具有更高的美学品位，它需要比悲剧高得多的智慧和人格力量。

从本质上讲，悲剧偏近功利，喜剧偏近审美。西方古典主义主倡悲剧是出于对王权的颂扬和巩固，而同期的莫里哀的喜剧则是一种更纯粹的艺术行为。东方的悲剧观念中充斥着对纲常伦理、政教宗法、道德与世俗情感的患得患失。同样面对苦难，悲剧竭尽恩恩怨怨、斤斤计较之能事；喜剧则潇洒浪漫，翩然超脱。悲剧主情感，主依附性人格，主关系结构；喜剧则主智慧，主独立人格。因而随着个体人格的解放和人类智慧的增强，现代社会以来喜剧美学的发展正在越过悲剧的头顶，早期西方现代主义艺术将成为悲剧世界的最后一座丰碑，幽默已成为现代社会的一种人格理想和艺术正果。世界，这个悲苦的象征，正在人们的心中加速地喜剧化。这一进程西方显然比东方快得多，我们从银幕上可以发现这样两个分别象征着东方和西方的男性化身：一个是紧锁眉头的高仓健，一个是风流潇洒的阿兰·德龙。前者在接吻的时候也要做出角斗架势企图

逃命，后者被高挂在摩天大楼上的时候仍在与头顶上的杀手开玩笑图谋反击；前者是现实生活中的求生者，后者是游戏中死亡的征服者。其生存境界之高下不言自明。

在中国诗歌中，喜剧传统极其稀薄，几千年的古典诗词一直哀哀怨怨，即使老杜听到官兵收复河南河北，也只是"漫卷诗书喜欲狂"了一番，终于没有幽默起来。在中国诗歌史上最早的喜剧色彩还是自认为不喜作诗的鲁迅不经意地涂抹出来的，因而有了个叫作"讽刺诗"的传统，后面跟着几个稀稀拉拉的诗人：袁水拍、臧克家，而且还仅仅是一些对外部事象的讽刺，没有上升为一种自我存在方式和诗歌美学方式。

中国诗歌中喜剧传统的正式开始是在新时期。率先进入喜剧角色的便是"归来者"诗人流沙河、黄永玉和"味精"，后来便是所谓"生活派"的南方诗人柯平、伊甸、曹剑等，再后便是"大学生诗派""莽汉主义"中的尚中敏、李亚伟及"非非主义"诗人周伦佑等。新时期诗歌中的喜剧美学与1949年以前和现在仍在延续的"讽刺诗"的喜剧美学的进层关系在于由面对外部世界的"讽刺"向面对自我的"反讽"的过渡，由作为一种社会批判方式向个人智慧和诗歌美学方式的过渡。流沙河、黄永玉和"味精"们的幽默显然具有过渡性质，但他们却初次显示了喜剧美所蕴含的人格力量。同样背负着那段苦难的历史，他们没有像艾青那样去强化《鱼化石》的悲哀，却走向了喜剧性回味和展望，流沙河的《故园九咏》、黄永玉的《曾经有过那个时候》、"味精"的《春魂》等不约而同地呈"笑看悲剧人生"状。

老乡的喜剧比新时期的喜剧诗人们更内在更艰辛更有意味，其原因在于他除了与别人一样背负着那段社会历史的悲剧负荷外，还多背了西部这个沉重的十字架。

老乡面对西部的方式首先是以悲剧的态度"入世"，以喜剧的姿态"出世"，或可表述为用喜剧来呈现悲剧性的西部。这其中隐含着诗人以强大的人格力量征服与战胜苦难和艰辛的潜在过程。因而他可以化严峻为奇妙，化沉重为幽默，化痛苦为美。在别的诗人眼中作为荒凉与贫瘠之象征的大漠，在老乡看来则是"大漠,吱扭着诗的水车";那匹忍辱负重的骆驼,在老乡诗中却为:"也许,站起的骆驼其貌不扬,／那就当一扇仙人掌立在阳关,／毛茸茸的脖颈开一朵叮咚的驼铃。"他感受"大漠人的由来":"阳光太厚了,但很轻／又厚又轻的阳光／铺出一块海绵的敦煌／／可供跳高,也可以跳远／大小飞天都在锻炼身体／我看,没有一个因此摔伤／／难怪西出阳关的汉子／即使光着脊梁／也要背轮太阳。"他同样深入西部文化及其与现代人心态的反差、对抗与认同的主题,但在他的笔下这一崇高的、悲剧意味很强的主题却同样喜剧化了,请读这首《飞天的吻》:

戴乳罩的,不是飞天／穿短裤的,不是飞天／涂口红的,才是飞天／／飞天望着骆驼王子／已经望了千年、百年／黑了,肚儿／白了,眼珠／唯独火红的唇／在燃／骆驼王子也望着飞天／可惜那唇:太远,太远／其实,都怕走近／都怕预兆不祥的腰刀／互相抛个"吻"吧

(老乡:组诗《色崩》)

喜剧美确立了老乡人格力量的胜利,这使他在面对西部土地的时候能够保持个体精神的独立性,从而更透彻地内化了西部精神,使他的诗歌艺术呈现某种自足性。因而他的诗自由超脱,个体主题性较强。或许我们可以在这首《我的咨询》中听出他舒展的歌唱:

亮的眼睛装在前面／黑的头发梳在背后／让人拧成一辫清朝／由它摇摆去吧／／将马头琴的三根琴弦／故意折断一根／弹着两根,自由歌唱／脚走的道路,已经不新／不妨倒立起来试试／关于猩猩的创作倾向／／谈谈恋爱的时候／就把向日葵的头／扭转过来／让她向我开放

这种自由独立的个体主体精神在老乡那里也经过了一段艰辛的确立过程,这个过程是他的人格力量战胜自身苦难的过程,也是他的喜剧艺术成熟的过程,同时也是他一步一步摆脱尘俗的现实人生层面走向自然的过程。老乡后期的诗作已见不到《春魂》中那种对社会历史暗藏的悸动,也见不到哭声背后的西部辛酸之泪,而较全面地进入诗与自然和人的融合体的自足空间。请读这首《诗的夜光》:

北方的太阳／读着北方／黝黑的山崖／走上悬崖／就走绝了意境／走呀,再走三步／就走进了空白／就是插图／只要记住夜里／发表的星星／一切亮得再也毋庸解释

(老乡:组诗《色崩》)

这是老乡诗歌中西部体验的第二个特性。

第三个特性是怪异的真实与质朴的智慧。老乡的幽默不是对真实的逃避,不是华而不实,不是玩世不恭,也不是游戏人生。他始终给我们留下一个诗人的真诚,一个西部人的实在与质朴的印象。西部在老乡的体悟中喜剧化不是由于别的,而是来自他的怪异的艺术感知方式和杰出的智慧。他的幽默始终基于实实在在的建筑在荒原上的血色人生,尽管在他自足的艺术空间中这种血色可以被化为绿色、雪青色。这首《祁连山麓的雪》的诗题即为"——痛心趣话之十二":

冬天的事,难说／说出来怕人寒冷／我,只好躺在热炕思索／记不清祁连山麓的冷风／是如何如何地冷了／只记得一个社员／非要求我给他写张状子／说要状告一个男人／如何如何了他的老婆／／山水的事,难说／说出来怕高低不平／推托吧,绕着弯儿推托／记不清祁连山麓的雪／是怎样怎样地白了／只记得那个社员临走的哀叹／"唉!如果他是贫下中农／——这事也就算了／可他是个富农啊!"／／春天的事,暖和／暖和的事应该多说／你说你,生活

幽默的悲哀更加悲哀,怪异的真实更趋近本质。对老乡来说,幽默的原型意象常常是日常生活中的真实情趣,经了诗人怪异的点化而来。一个平常的女友的笑意即引发诗人妙趣横生的挥发:

我说女友,请你对我／笑得深刻些吧／你说,一眼见底并非肤浅／不信,请投手于泉／捞日 捞月 捞星／随便捞吧／如果你能丈量倒影的深度／……女友的笑 如同石佛的微笑……石佛没有怕痒的腋窝／若有 我定要来一番格斗／使他痛快地笑出来／我知道／你有／可我不敢

幽默中含着真切,质朴中透出刁顽,平淡中溢着诗意。还有《不温柔,春风》《梦里好》等诗作,在怪异与智慧的幽默中,我们发现了诗人真实而富有

情趣的生活和从生活到灵魂的孤独感。他渴望"春风",渴望"春风"的温柔,但"三月情,却是猜不透的冰凉","不料春风今年归来／竟把满身玫瑰刺儿统统换了匕首"。在给小女儿唱的催眠曲《梦里好》中,这种在西部死寂、陈旧、荒凉中的孤独灵魂怪诞地呈现出来:

梦里好／梦里死了一千次／每次都活了／／梦里好／梦里常干新鲜事／人把狗儿咬／／梦里好／梦里见了坏人面／醒得早

老乡的真实与质朴还表现在他对自己生存状态和个性的反讽,他将西部酒性汉子这一西部诗中常见的"西部标记"写得一改常态,自嘲中显示本性:

我捶打着自己／用雪花的六瓣手指／揪白了我的头发／／男人终生激情酿造的／都是烈酒／我手里还有半瓶／喝剩的年华／我用酒瓶捶打着自己／我要戒酒／／戒成女人　女人热情煮沸的／都是奶茶

（老乡:《戒酒》）

在老乡独特的体验中,西部不是一个古老、陈旧而死寂的"中世纪荒原",而是"一个鲜嫩的形象",真实、生动而富有活力。

二、"野生意象"和语言情节：老乡的诗歌方式

"老乡现象"除了包括那种喜剧化的西部体验外,还指这种体验的特殊的语言投射和组合的诗歌方式。这种方式已在老乡一批较成熟的作品中呈现出来。

1. 超低空叙述：语言意象的戏剧性组合

这是老乡西部诗歌方式的最显著特征,也是老乡炮制幽默的主要奥秘。老乡的幽默,作为一种诗歌艺术,很少借助客观现实事件自身的荒诞性来构成,而是依靠语言自身的戏剧化冲突即语言情节发生的。语言情节,亦称语言故事或语言的戏剧化冲突和戏剧组合,是指凭借语音、语象、语义及色彩造型的反差、对抗、对比、反复来推动语言链条的延续。这里我们通过分析老乡的这首《冬雪》来破译这一奥秘。在许多西部诗人那里都有过写西部雪的诗,但唯独老乡这样来写雪:

比黑虎嫂子的脸还要白的雪／覆盖了秋末刚刚出嫁的伏牛山地／在炊烟飘起的山道上／热腾腾　晃出几个背炭的大嫂／背后的炭　都像背着黑黑的二虎／眼前的话　那洁白的牙齿／正跟黑虎嫂子／开着白色的玩笑／一盆白面发了么／两个白馍蒸了么／馍尖上的葡萄豆呢／是不是害怕罚款／全叫黑虎吃了／一胎玩笑　到此为止／谁的嘴里多了块炭／谁的肚子添了把雪／谁知道

在这首黑白西部诗中，色彩显然是它的主调，色彩的反差同语义的对抗、造型的对比一起构成了《冬雪》的幽默氛围。诗人着意突出了"黑"与"白"：黑虎的老婆脸白却白不过这场冬雪；黑虎的白脸老婆背着黑炭，被"黑黑的二虎"用白牙齿开了个白色的玩笑。黑与白这两种基本的色彩组合出如此曲折的情节。此外，炭与雪两个意象又在黑与白、暖与冷之间形成对抗。伏牛山地却被冬雪覆盖，"伏"与"覆"形成语音上的同一和语义上的对抗。白雪覆盖的伏牛山地与黑虎嫂子的那两个"白馍"形成造型上的对比，只是伏牛山地上没有了黑虎嫂子那两个"白馍"尖上的"葡萄豆"，哪里去了呢？黑虎吃了，于是生了一胎玩笑……已足使人喷饭的了，可故事还有一个"光明"的尾巴："谁的嘴里多了块炭"（与"葡萄豆"类比）、"谁的肚子添了把雪"，显然是黑虎！

这种情节化、戏剧性的语言绝不可简单地归之为文字游戏，且不说我们已经收割了多少笑、多少喜剧美，即便从意义角度来阐释，这首《冬雪》也是有一定价值的。我们可以从某个单一的角度将《冬雪》理解为一首写西部女性的诗，写西部男性的黑色背景上"白色"女性的诗，写西部寒冷的空气中女性之温暖的诗。同时也是一首力图稀释某种"女性情结"的诗，因为我们无法排除"黑虎嫂子"的那张与雪辉映的白脸和那"热腾腾　晃出几个背炭的大嫂"的意象的暗示性，无法排除伏牛山地与"白馍"的造型类比中暗合的心理动机和象征意味。

2. 反抒情方式与陌生化组合

人们总是习惯给任何诗歌均冠以抒情，这事做得太马马虎虎了，情感仅仅是人的精神生命中的一个很浅、很表面也很狭窄、很脆弱的层次。诗不必都抒情，当然每个诗人都不能丝毫不涉情域，但他完全可以不刻意去抒情。在西部，至少昌耀如此，老乡亦如此。

老乡可以是个情种，但他尽力不去抒情，在该抒情的地方他却在笑。譬如写月亮，这个在东方有着深厚的情感象征意义的意象，老乡却这样去写：

上弦月／展示的意象／是婚前的嘴／（注⌒）／下弦月／形成的构图／是婚后的嘴（注⌣）／上弦月／加上／下弦月／是哭笑不得的／（注╳）。

（老乡：《月的效果》）

老乡的口感很好，写过不少的"嘴"和"吻"，但老乡的嘴不用来抒情，而用于幽默，用于调侃月亮，调侃世俗的情感。

那么，老乡的诗歌方式既不依据情感逻辑，更不依据普通逻辑，那这种方式的原则是什么呢？除了上述的戏剧性组合外，另一个重要原则便是陌生化组合。陌生化，这个被俄国人吹胀了的概念，或许可以用于概括普遍的诗歌方式，但更能说明老乡的喜剧性诗歌方式。或者可以说，喜剧美对陌生化的要求是最高的，幽默是通体的陌生化效果。我们随手拈起老乡的几句诗都可以感到这种效果："早晨，返老还童的天空"，"一个高质蛋白的月夜"，"夜是双刃刀片"，"耳朵们／又在悄悄竞选翅膀"等等。

陌生化（亦译为奇化）的基本方式是超常组合和非逻辑（包括情感逻辑、形式逻辑、普通逻辑等一切可能的连续性符号行为），俄国形式主义者称之为克服"感知自动化"。这种超常的非逻辑性组合，具体地说，即是克服语词之间那种为人们习以为常的、不感而知的、可能的毗连型组合与替换型组合，从而实现一种奇特的、陌生的组合关系。老乡的喜剧效果就是这样组合出来的：

留下的鼻子／必须负起耳朵的责任／于是鼻子们都在听着……眼睛没有改行／眼睛最香。

（老乡：《槐香与五官》）

我的人质／被胁在驼峰与驼峰之间／叮咚的驼铃／只叮咚／一个交换条件／就是要我今后／不再走私聪明／／像黎明悼念背后的黄昏／当我背后的道路／已经成为遗著／我的胸前／也该有所表示／即使一朵雪的象征

（老乡：《路的悼念》）

夜的蛋壳打开了，/遍地流动着透明的蛋清，/空中晃荡着鲜亮的蛋黄。/一个高质蛋白的月夜/还泡着几粒星星的冰糖。

（老乡：《《中阌二首是绿洲》》）

尽管老乡诗歌陌生化程度也不能说已经很高，而且他的组合方式也不可能彻底超越惯常的可能性语词联系，但这种组合方式已经构成了老乡诗歌的一个引人注目的表征，而且这种奇特的陌生化组合不是正好与西部奇峻的地域、剧烈起伏的西部文化历史和神奇的西部精神生命形成了一种对应吗？

三、"大自然的浪漫"与阿凡提精神：西部诗歌喜剧美学的可能性

在这块回荡着数千年金戈铁马之声、弥漫着上十种宗教迷雾、延宕着无数条白色死亡线的土地上，人们自然而然地感到了崇高、悲壮、雄浑的威慑，也感到了天山牧歌、胡杨林、沙枣树、幽静的大草原散发出来的母性的优美气息。然而人们却忽视了这也是一块充满浪漫情调、富有自信力、诞生过阿凡提的土地，忽视了西部特有的幽默，忽视了西部诗歌中喜剧美生长的可能性。诗人杨牧理性地意识到了这种作为"这个民族得以生存并且发展的支撑点和润滑剂"的西部幽默的意义，"他们用幽默缝合离苦/他们用幽默拒绝邪恶/拒绝雪山馈赠的寒冷/拒绝大漠供奉的饥饿/甚至死亡/甚至血泊"，但他却在为写这首《维吾尔人的黧色幽默》来到南疆时，感觉到"那空旷、那苍凉、那黄沙搅着暮云低飞，群鸦伴着秋虫啼鸣，真叫人怅然，哪里还能幽默得起来"[1]！

第一，西部幽默的可能性在于西部自身的精神条件，而这些精神条件又直接得之于自然。

西部自然对于西部精神的最大贡献在于它以它的严峻养育了西部人强大的生命力和悲剧承受能力。而我们宁愿将幽默看作这种生命力和悲剧承受能力的

---

[1] 杨牧言论，均见《野玫瑰·后记》，四川人民出版社，1983年版。

外化形式或转化形态。正是强大的生命力和悲剧承受能力使西部民族获得了独立自由的生存态度和自信力，进而给定了西部幽默的前提和可能性，使西部人在任何严酷的状态下都能保持乐观向上的态度和俯视生存的高度，于是便会有幽默。此外老乡所言的"大自然的浪漫"给予西部人奇异的智慧和想象力，从而使西部人具有了先天的幽默气质。老乡诗云："大自然也需要浪漫，／要不然，／为啥叫那彩虹出现？／／……脚踏实地的人们啊，／也许由于浪漫／才把奇迹升到了空间！"智慧与想象力正是生长幽默的功能性保证。这种来自自然的精神品格，使西部幽默从本质上区别于以阿Q"精神胜利法"为依据的喜剧，它不是麻木、健忘、愚昧和自我安慰的结果，而是生命力之强大、力量之自信、智慧之优越、想象之奇特的结果。

在我们从人与自然关系的角度认识西部幽默时，需要补充说明的是西部幽默与西部精神中"主体性神话"之胜利与否无关。"主体性神话"的胜利与暂时的不胜利在美学上都是悲剧性的，都是崇高的。"主体性神话"的胜利尽管有助于自信力的增长，却不能决定西部幽默的本质，人类战胜自然后的喜悦和胜利的微笑恰恰不是一种喜剧形态，而是一种崇高的悲剧形态。反而言之，西部幽默的本质正是人类在自然力的重压下才能表现出来的。

第二，西部传统幽默是西部民族人格力量的胜利，是正义战胜邪恶、真实战胜虚假的结果。

那则著名的阿凡提的故事很能说明这一点：

国王问："阿凡提，在金钱与正义面前，你选择哪一个？"

阿凡提答："我选择金钱。"

国王耻笑道："你很贪迷钱财。要是我，便选择正义。"

阿凡提则回道："人总是缺什么选择什么，正义我有的是，所以选择金钱；而你缺少正义，才选择了正义。"

一种伟大的人格力量总是包含着正义、善良、真实、美和健康情感、智慧以及生死观念、爱憎观念等等，西部幽默生长的可能性正来自西部人的这些人格内涵和它的强大力量。

第三，随着现代文明的到来，当代西部人的独立而自由的个体精神在逐渐增长，尤其是西部的艺术家、作家、诗人。这将成为西部幽默和西部诗歌喜剧美生长的又一可能性。

在王蒙的西部小说、老乡的西部诗中，还有石河、周涛的部分西部诗以及"第二梯队"的一些青年西部诗人的作品之中，西部浪漫的阿凡提精神已在愉快地延续着。盼望有一天这悲苦沉重的西部土地在诗人的眼中轻松起来，飞翔起来，上帝保佑！

第五章

当代西部诗潮谱系（四）

第一节 西部女性诗系

我之所以要特意讨论西部的女性诗，绝非仅仅是从诗歌的一些性别特征以及西部赋予它们的特殊意义出发的。在这里，我宁愿把西部女性诗看作是：

① 西部诗歌本体中一种被掩盖的特殊领域及其呈现方式。

② 西部诗歌中潜在的又一独立走向及其可能性。

③ 一般来说，指长期栖居西部的女性诗人的西部诗歌写作。

这样，本文的题旨就相当明确了。本文所要讨论的实际上是西部将怎样的精神本质托付给女性诗人，又如何在其诗歌写作中呈现出来，女性诗人如何在西部寻找自己失落了的生命本体，又如何由此去实现女性神话的创造。

一、女性性别与西部概念的深刻龃龉

西部诗歌的人口结构在性别意义上是严重失衡的，我们从几个单纯的统计数字就可以看出：在孙克恒选编的《中国当代西部新诗选》中，有69人入选，其中女诗人4人，仅占6%；在浩明选编的《西部交响曲》中，入选者180人，女诗人25人，约占14%；在以选名家为主的《西部诗人十五家》中，女诗人仅2人，占13%。看来在各个层次的选本中，女性诗人在西部诗歌总人口中

所占比例均超不出 14%。且不说这个数字在女性比男性更趋近于诗歌本质这一点上是不合理的，就是在与西部诗同期的中国新时期诗歌中也是不合理的。这种失衡现象并不能说明西部没有更多的女性迷醉于诗歌，也不能说明西部现有女诗人才力低下。它能够说明的是女性与由男性所确立的西部概念之间的根本龃龉。

在有似于硝烟弥漫的古战场的西部诗坛，女性确应感到存在的艰难。西部似乎是男人们征战的疆场，它的精神和性格是按照男性的原则和标准造就的，而女性仅仅是这个世界的点缀和陪衬。具体地讲，这种既成的西部概念与女性的龃龉和对立表现在这样几个层面：

1. 自然意义上的西部与女性心理、生理的对抗

女人本性如水，清澈而宁静，柔软而细密，从生理到心理趋于与自然环境的和谐与平衡，而西部女性所面临的自然则是沙漠戈壁、高山峻岭、飞沙走石、寒冷干燥，这种环境潜在地导致了西部女性与外部世界的抗逆心理。

2. 文化意义上的西部与女性性别特征的对抗

亚里士多德说过："女性之所以是女性是由于某种欠缺。"一般来说，女性在精神上是一个纯粹的非理性实体，她们有着丰富而敏锐的感性世界、细致而缜密的直觉能力和情感情绪机制以及远远高于男性的语言天赋。现代脑科学、生理学、心理学均已证实了女性在控制感性系统的左脑的发达程度上远远高于男性（男性的右脑发达于女性）。感性世界的繁荣昌盛和智性能力的不足使女性天然地缺乏对外部世界的关注与兴趣，缺乏对理性教条和文化陈规的适应能力。因而女性的心理类型多是内倾型的，她们的出发点和目的地都在于自身的内部世界，在于她们丰富、发达的情感需求。西部女诗人匡文留明确指出："我对自己情感灵魂的兴趣和熟悉超过我了解身外的世界。注定了，我只能写自己，而且必须是在体验有感受激情万端或沮丧万状的自己。"（《爱狱·跋》）这些外视能力、知性能力、理性能力的天然欠缺，恰恰使女性比男性更接近诗歌的本质，然而这种"欠缺"却使她们与这个用文化尘土构筑起来的西部概念有先天的隔膜。西部所特有的、常常使男性诗人们激动不已的历史风云、时代精

神、文化裂变、社会变革等等却始终不能打动女性诗人，始终不能成为女性诗歌的直接动机和瞩目对象。

3. 审美意义上的西部与女性情感特征和感知方式的错位

女性的情感特征通常是内倾型的，注重对内在生命细腻而真切的直觉体悟和把握，她们很少像男性诗人那样将情感的触发点放在外部事象之上并作激扬而外露的抒发，也很少像男性诗人那样坚守"发乎情止乎礼"的信条。男性诗人往往以其情感的辐射力和具有文化、社会、人生的普遍意义来显示其深刻的程度，而女性诗人则是以呈现其情性自身的真实程度来抵达深刻的，因而对于女性诗歌来说：真实即深刻。在感知和情感方式上，由于女性之情感多缘起于内在生命的体验，深入持久且具有某种不稳定性，因而女性的感知和情感方式极易发生移情。而男性诗人则由于其情感中外在因素和理性因素的过多参与而在感知和情感方式上侧重抽象。女性诗人这种细腻真切、优美阴柔的情感特征和移情方式与以男性审美主体为主导呈现出来的西部审美特性存在着先天的失调，西部诗那种粗豪奔放的雄性特征、深沉壮烈的悲剧感、绵延起伏的历史动态感，本质上与女性是无缘的。西部自然、文化所具有的那种审美特性只能作为女性情感的负面的参照和对立因素进入女性诗的审美过程之中。

女性与西部概念的这种龃龉与对抗，在女性与西部互相发现的过程中，以一种辩证的姿态呈现出来，它既阻隔着这种发现的过程，又使发现成为可能，它诱惑着西部女性诗人在这块不适于自己生存的土地上找回自己真实的生存和命运，也诱惑着西部急于呈现自己完整的本体世界和女性主体性神话。

二、从被感知者到感知者：西部女性诗歌主体形象的确立

在仅有的几位主要的西部女诗人中，对西部的感悟和表达以及与西部构成的空间关系呈现出相当不同的状态，这些不同除一般意义上的个体差异之外，主要表现为地区性差别、时态意义上的差异，以及文化心态、民族传统等方面的差别。

在东西部的黄土地上，其深厚的母性文化气质使这里的女性诗人比男性诗

人更能够深刻地切入这块土地，因而黄土地上的女性诗具有一种几乎是自然天成的女性品格：细密和谐、柔肠荡气，这主要体现在梅绍静、刘亚丽早期的一些黄土地诗中。

而在西部的西半部，女性气质与地域、文化更多地呈现为对抗状态，那是一块阴性本体隐藏得最深的土地，女性与之始终不能达到黄土地上的那种和谐与协调的状态，因而呈现出这样几种分裂而变态的诗歌态度：

大部分西西部的女性诗人被变成被感知对象，成为西部雄性审美的承受者和陪衬物，她们也心甘情愿地以承受者的姿态去赞美雄性的伟力或被雄性主体所赞美，以爱情的明媚和女性的柔顺去点缀、衬托那个粗野的世界。如新疆女诗人萨黛特、苏怡红（兰点点）等那种纯客体的呈现，兰点点的一首《女儿经》将那个世界总体地感受为一个男人的海，而"女孩子或是一块无言的石头／等待／溅落为岛"，注定要承受"被男人们一饮而尽的／大喜大悲"，因此"很多女孩子／曾丢失了名字却发现了大海／淹没也是爱，但未丧失自我"，这是西西部最普遍的女性"自我"。

其次是匡文留、葛根图娅式的自主独立的女性姿态。在那个通体被男性主宰着的世界，要确立女性的独立意义必然会导致疯狂甚至一定程度上的变态，她们更多地表现为一种文化叛逆，力图逃离上帝、逃离男性阴影的笼罩，从而从"被感知对象"的普遍命运中跳出来去独自感知曾经一味地感知她们的人，将雄性力量变作她们的审美对象，以主体的姿态去欣赏他们，把玩他们，甚至轻松愉快地调侃他们，或者干脆同情他们。所以匡文留、葛根图娅代表的一些西部女诗人是西部诗人中最早的一批主体型女性形象，并以此与大批量的客体型女性形象形成强烈反差。

与匡文留们构成另一种差异的是马丽华，这位曾经写过《我说，我爱，但我不能……》和《我的太阳》的著名的太阳的恋人，曾以一腔女性之爱洗刷过冰冷的藏北高原、礼赞过那里雄性的太阳的西部女诗人，后来却立足于把自己变成太阳。她在女性自强独立的过程中走了一条与匡文留们完全不同的道路，她不是以扩展、坚守独立自主的女性感觉和意识来标志西部女性诗的独立价值的，而是力图与男性争为太阳，争相照耀西部的历史文化。1985、1986年以后，马丽华失去了早先那种通体贯注的女性气质，而去寻根，去创造恢宏的藏族现代史诗。这有点近似西方女权主义者们的歧途——不是确立真正的女性地位，而是去与男性争夺男性应有的和女性并不能胜任的位置。女权主义者们不是在争取自身的独立和解放，而是要夺取男人主宰世界的权力，建立与男性社会同样黑暗、同样分裂的另一个文化专制制度。我是男性，是支持女性独立解放的男性，但如果将我置于那个女权专制之中，那我将发动"男权主义"运动。这是戏言，但也有真义，因为我相信世界万物是阴阳两性调和的产物，世界本体便是阴和阳的对立统一。因而女性的独立解放最终旨归是要恢复被文化割据了的世界本来面目，从而建立阴阳、男女和谐统一的世界结构和人类社会，而不是要抹杀性别差异或将自己变成男性。

从时态的角度可以发现：那种被感知状态的承受者是各位西部女性诗人早期的共同形象。这应该被看作是西部女性诗发展、独立过程中的第一个层次，即纯客体呈现阶段。在这一阶段，与其说是女诗人们在感受西部，不如说是西部在感受女诗人们，她们被动地被这个男性的海所淹没，而且把这叫作爱，她们的女性品质被这块土地借作炫耀自己雄性力量的高枝。即使是在母性传统丰厚的黄土地，梅绍静、刘亚丽也曾彻底地被高原这个苍老的母亲所征服；在西西部，马丽华、匡文留、韩霞先后被太阳征服过，兰点点们被海淹没过。在西部，女性既落天涯，同病相怜，却又要强作欢颜，去低吟浅唱，实则成为诗和西部的兼职丫鬟。别以为这是危言耸听，其实不仅是女性诗，任何诗乃至所有的文学艺术，在其主体意识确立之前都免不了要带几分奴性。只是在这个雄风猖獗、文化尘土堆积起来的西部，女性诗显得尤为容易失落主体、陷入奴性之泥潭。因而在这一时期，西部女性诗表现出这样一些特征：

① 对西部有着过分强烈的情感上的依附心理。如梅绍静的《我的心儿在高原》、马丽华的《重归草原》、匡文留的《草恋》、刘亚丽的《山野里飘来的歌》等等。

② 这些诗作多数流于对西部的表象复制和诗化程度较低的现实情感的

追求。

③ 与此种精神层次相对应，艺术上多流于素描式的直接抒写和一些简单的比拟句式等等。

三、西部女性主体性神话的创造：女性与西部在本体意义上的认同

我已经看到的或正在看到的是这些女人们在认真地做着逃离上帝的游戏。其实上帝还活着，在西部，他不是变成表面温顺的天鹅来欺压美丽的西部丽达，而是直接化作强大而威严的雄性之神，并携带着一套叫作文化的精神制度，来操纵、主宰西部女性的个体生存及其共同命运。他像一个巨大的阴影，笼罩着这些柔弱的生命。然而，我的确看到她们在逃离上帝，逃离这个笼罩着她们的阴影，她们在寻找着这块土地上属于自己的世界，属于自己的生存方式，属于自己的感知、声音和语言：西部女性诗在构建着一种在西部史无前例的主体精神——女性意识！

西部女性意识的确立大致经历了这样三段历程：

第一，从被感知状态到女性感知的恢复，从而在感性的层次上真实地感觉到了自己的存在。这使西部女性从借用男性的感知系统来感知自己和西部（即对社会历史文化等一切外部的和群体的注意）的状态中独立为用自己的感知系统感知西部和自己（即爱、温柔、幻美等一系列女性心理）。

第二，从恢复了的自我感知到以女性或母性力量去支配、强化、包容世界。这一阶段中女性感知膨胀为一种世界主体的意识，她们不再是男性及其精神力量造就的人类副产品，而是女性及其精神力量造就了男性以及整个世界：

西部女人的欲念／全部飞成戈壁风／／让数也数不清的沙粒粘紧他／全是她的心她的肉／／就这样叫欲念飞成戈壁风／心痛快肉也痛快／够女人的西部女人／叫汉子全够汉子。

（匡文留：《西部没有望夫石》）

她们凝聚成"河流""沙漠"的意象，与雄性的"太阳"相互对抗，相互

征服。匡文留找到了"黄河",找到了《女性的沙漠》;刘亚丽的系列组诗《女性河流》《女性独白》《大沙漠》等不约而同地显示了女性的征服力和包容性;葛根图娅甚至亮出了一种剑拔弩张的姿态:

他们的不可饶恕／在于没有一位像个体面人／敢直起腰／接受我的决斗／／他们不配／高贵地死去／我收起剑由衷地可怜他们／我歉意地笑着与他们交谈／并把手友好地搭在他们肩上／／我沉浸在正义的怜悯之中。

(葛根图娅:《一种情感的由来》)

她在"黑城子的传说"里将家园、城池、儿子追溯到了母亲原型,是母亲的衰老使那座辉煌的城池陷落为废墟,母亲成为万物再生之象征("是不是吃点奶／就可以不死")。这种以女性和母性的力量支配、强化、包容世界的意识,具有明显的女权主义色彩,其所呈现出的共同特征是:反叛精神;勇敢地剖示生命之真实,暴露内心隐秘,展示女性魅力,享受并赞美"罪恶";在艺术上多用直露的自白语体,发掘无意识语言等等。

第三,从狭窄的自我、世俗的情感、变态的对抗走向与西部在本体意义上的体认,其实质在于超越作为历史范畴的女性意识,将女性意识还原为一种艺术本体现象。这是目前西部女性诗乃至全国女性诗的一个高级阶段,也是女性诗人们正在努力进入而尚欠成熟的一个层次。在这个层次上的女性诗应将女性意识不当作社会斗争和文化抗逆的历史手段,不当作男性与女性之间具体而世俗的关系准则,不当作证明自己的社会存在的女权主义理论依据,而是当作构成世界的自然本源,将女性溶化入生命自然的阴性本体之中,进入与自然本质直接对话的语境之中。这个层次上的女性意识是一种语言现象,它将变成一种与女性本质相适应的自然意象秩序,或者说这种自然意象秩序本身便是一种女性本质,那将是一种只有女性才能够胜任的植物的语言、花的语言、鸟的语言。在那里,呈现着一种女性生命与自然本体的至高融合,散发出女性的水一般的清新美丽和母性慈祥而宽厚的面容。在西部,女性诗人们正在不很成功地寻找着西部自然的阴性本体和呈现这种本体的语言方式。在马丽华早期诗作《我的太阳》中我多少感觉到了这种自然语言的魅力,如"我与太阳／垂直为最明亮的角度"等，但这种声音不久就消失了，而大部分的西部女性诗却摆脱不了或者直接描摹自然或者直白自己内心这样两种口吻的语言方式。可幸刘亚丽近年来的系列组诗《生命的情节》[①]呈现出一种自然、生命、语言的一体化趋势："目光呈现水果／芬馨甜郁的清香／溢满四周"，"无言的苹果是一支音乐／我闻声起舞"，"苹果的沉默是／最深邃的语言／使尖利的刀锋／返回矿藏"……自然、生命、语言一体化的进程将使西部女性意识冲破内外、物我、言意、阴阳的界线，以超然的想象力和神性的灵光构成西部女性诗的伊甸园，建立起以女性为主体神的西部主体性神话。

　　这三个阶段仍然共时性地分布在西部个别的女性诗人那里，她们所经的历程不同，却领受着同样的艰难。匡文留是从一个"小村"出发的，在那里，她第一次逮住了自己，然后蹚过《爱之河》汇入了那条古老的母性之河——黄河，成为她的女儿和恋人。她以沙漠的渴望和狂野与爱狱的磨难和痛苦征服了来自体内和体外的精神上帝，及至《第二性迷宫》，她已显示了一个轻松洒脱而又细腻明亮的西部夏娃的独特风采。刘亚丽从荒原白房子出发，经历了艰辛的女性独白期，终于获得了与生命自然直接对话的可能性……我们无法一一历数，但至少我们可以从这批已经上路的和正在上路的女性诗人那里，看到西部长期被雄性垄断和掩盖的真正完整的本体正在被她们一层一层地揭开，西部诗的话语主体正在有女性去参与，西部女性主体性神话正在她们的创造中生长着。同时应当看到，这仍然是一项长期的劳作，下一步应该集中从语言层面上展开，因为西部女性诗的真正成功，在于西部女性语言的确立。最后，我选录女权主义者、语言学家戴尔·斯本德《男人创造了语言》中的一段文字以提示西部的诗歌女性们：

　　这种对于语言的垄断是男性保证自己的至高无上，从而保证女性的"微小无形"或其他性质的手段之一。只要女性一成不变地继续操作这种我们与生俱来的语言，那么男性的这种至高无上的地位将永远存在。

---

① 见《人民文学》1990年7、8期合刊。

第二节 校园西部诗系

西部进入校园诗人们的视野，大约是在 1983 年以后。那时候正值西部诗进入自觉期和高潮期，同时也开始进入模式化阶段。校园西部诗的出现，是既起的西部诗潮的延续、深化，也是一个重大转机。它带给西部诗的不仅仅是一连串陌生的名字和令人嫉妒的年龄，而且是一个崭新的西部概念和西部主体形象，是一个全新的文化层次和一系列美学上的变化。

一、一个新的文化阶层的介入：校园西部诗群的异军突起

校园西部诗人是带着与他们的前辈西部诗人迥然不同的社会历史、个人经验、文化教养、年龄特征等背景进入西部诗潮的。

此前的西部诗人一般是由新中国成立初期和六七十年代进入西部、"文革"前后进入诗门的诗人组成的。在西部诗潮高涨期，他们普遍都已年逾而立。在西部，30—50 岁是一个特殊的年龄区间，他们虽然正值年富力强、精力充沛之际，而且也具有不同程度的变革意识和开拓精神，但较之校园诗人，他们受传统文化影响更深，观念上因袭传统因素更重，精神上饱含着社会历史灾难留下的辛酸、惊悸与悲怆，且大多没有受到正规的现代高等教育，他们赖以进入

艺术体验和诗歌写作的是饱经风霜的个人经验和壮怀激烈的时代激情两大法宝。而校园西部诗人则是一群20多岁的年轻的歌者，他们是第四代现代西部人，是没有负担的一代。他们拥有旭日般生动而美丽的年龄，拥有花明柳暗、轻歌曼舞，拥有书籍教室和整个现代大学校园，而最重要的是他们拥有未经涂抹的轻松自由的个体精神。在他们身上，西部精神基因的潜在遗传与正规的现代高等教育凝聚为一体，富有激情的创造力与生机勃勃的时代主调交会在一起，直觉敏感力与现代理性精神熔铸于一炉。这使他们得以真正彻底地重新审视这块土地，审视这块土地上生息的人类和他们的生存与悲哀，审视他们的强悍与情义并重的秉性。他们是以清醒而独立的幸运儿的形象进入西部诗潮的，并以其具有现代倾向的观念意识、独立而自由的个体精神、清醒而冷静的批判态度与既起的西部诗人乃至与整个西部构成了明显的反差，从而形成了西部诗歌人口中一个独特的新的文化阶层。

　　他们分布在西部各大学，围拢在《飞天》的"大学生诗苑"周围。特别值得强调的是《飞天》编者对校园西部诗的巨大贡献和一些诗人、诗评家对校园西部诗人的扶植。《飞天》于1981年2月号卓有远见地开辟了"大学生诗苑"，1983、1984年开始重点培植校园西部诗人，几乎每期都要推出较有代表性的校园西部诗人的作品。1981年12月号又特邀诗人公刘专题评介了"大学生诗苑"的作品，其后又偕同《当代文艺思潮》刊发了诗评家孙克恒以及任民凯、陈桂林、吴晟等对"大学生诗苑"的一系列专评，对校园诗人的创作做了及时的、较有见地的分析、评价和预测。

　　经过诸多的辛勤耕耘，校园西部诗逐渐形成了为人瞩目的阵容：张子选、韩霞（葛根图娅）、王建民、任民凯、菲可（温相勇）、李剑虹、杜爱民、火兴明、封新成、许天喜、陈桂林、杨春、牟吉信（阿信）、阳飏、苗强、萨黛特等等，此外一些非西部的校园诗人如张小波、吕新等，也曾与西部的校园诗人一起发出东部的西部之声。

　　令人欣慰的是，这批诗人的异军突起不仅为当时高涨的西部诗潮增加了一支代表着西部新生文化因素的劲旅，而且使我看到了西部诗强大的后继力量，他们中的大部分在离开校园后已经成为西部最前卫的实验诗人，我坚信西部诗歌的第二条丝绸之路必将由他们来开辟。

二、校园西部诗的基本主题：悲剧氛围——人与自然的相互征服

由于所占据的意识高度和对西部的真切体验，校园西部诗人一开始便进入了人与自然的关系这个最基本的艺术主题，而且进入了人与自然的关系的悲剧氛围。他们意识到了这一主题及其悲剧性在西部的不寻常的意义。西部，在校园诗人的体验中是一个人与自然相互征服的概念，这种征服又注定是悲剧性的。它根源于生命中人性本质的内在冲突，意味着自我的某些本质力量的牺牲，因而不管是人征服了自然，还是自然征服了人，都是具有悲剧意味的。

校园西部诗呈现出了这样一个基本的精神逻辑：西部人的一切精神内涵和性格都得自于西部自然的塑造和锻炼，西部自然却是因人的生命和本性而复活。那些真实淳朴的西部人是义气、情感、勇敢强悍和生命力的集合体，这种精神个性是西部自然之严峻艰险的直接投射，同时也是在人与自然的直接交往（如狩猎、游牧等）中显示出来的，但校园西部诗中不谋而合地出现了这样一个现象：那些重情重义、英勇无畏的猎人、牧马人、开拓者都死于自然的暴虐。

杨春的《狩猎部落》中，压垮过24匹好马的部落首领德卡老爹为了抗拒衰老，在摔死一只活狼之后自毙，猎人安特为了获得松娅的爱情，"在杀死两只狼／又五只狼之后"英勇死去。

叶自的《骑手拉比》中，拉比当年在一个暴风雨的早晨收留了比他大20多岁的带着一个女婴的女人为妻，拉比40岁时，为了谢绝妻子让女儿再做他的妻子的报答，在白毛风中失踪。

张子选的《牧马人之死》、王建民的《世界，向中国西部行注目礼·开拓者的葬仪》、杜爱民的《一个藏族老阿爸的葬礼》等较有影响的校园西部诗作，都较自觉地探索了这种死亡的西部意义：

雪线以上的生命是严峻的生命／严峻的肺叶严峻的雪莲／默默纪念开拓者的生命升起冰川／／三个男人冷酷而圣洁地躺下了／语言和呼吸躺下了／轻

松地拥抱娇妻的手臂躺下了／柔情从遥远的地方／猛然抽动了双肩／／三个男人缓缓落下——葬仪开始／雪山皓白，天空瓦蓝／三个男人缓缓闭眼／——走进生命的矿冶公司／走向生活的百货商店／走向妻子的深夜孤灯／——走向儿子的节日公园／三个男人微笑着／三个灵魂很是愉快／愉快地拿走了语言和标点／／于是，开拓者的葬仪——／雪山皓白，天空瓦蓝／于是，开拓者的葬仪——／死亡失去了特别的注释／死亡不需要特殊的句号或者惊叹

（王建民：《开拓者的葬仪》）

这是开拓者之死、征服者之死，是征服者被征服，一种不需要特别注释和惊叹的被征服，然而，他们却是带着微笑和愉快的灵魂死去的，死亡本身也成为人的再度征服力的透彻表现。但是，这毕竟是一个悲剧过程，它意味着人的本质和生命的失去，语言与呼吸、爱与柔情都已不复存在，剩下的只有"柔情从遥远的地方猛然抽动了双肩"——这便是校园西部诗中人与自然关系的基本样式，便是校园西部诗人意识到的或"所能看到所能觉到的"西部精神。"这种精神不仅在生物学意义上有持久而悠远的回声，而且在民族生存发展、西部文化开发方面早已建立永恒的象征。"（张子选《西部大草原·题记》）

三、校园西部概念的一般内涵：双向延展的意识空间——阳光下的冰雪

校园西部诗的基本主题内在地规定了西部在校园诗人心目中的形象和校园西部概念的一般内涵。校园西部诗人对西部的意识呈现出双向延展的空间：

一方面突出校园西部诗主体在其所占据的明显的文化高度参照下的批判精神，这表现为主题的深化、精神层次的升高，从而增加了主体对西部及其精神的强化作用，如人与自然冲突的极端化、西部生存与死亡探索、悲剧氛围的浓缩与升华等等；另一方面校园诗人对西部的观照与体验由理念式感知伸向了具体生动的现实空间，由与某种时代精神、社会历史文化相对应的概念化的西部深入到了人性化、神性化了的西部，这意味着西部概念的感性复活，意味着西部诗由抽象的文化象征走向具体的现实场景和人性的生动表现，意味着西部精

神由一种观念上的理解变为张子选所说的"所能看到所能觉到的"现实存在，如对人的意识的增强、人与自然冲突的场景化、剧烈的人性的力量和美的凄楚的人情味的展示等等。这种双向延伸的状态在菲可《远山》的一节诗中得到生动的描绘：

西部冰高原上／那遥远的雪山／就在我打开的窗里／在我打开的远方世界上／阳光下的冰雪／仿佛某种迷人的梦境／充满关于高原的优美幻想……

居高临下的抽象的阳光与实实在在的冰雪的交相辉映，正是校园西部诗的一个生动写真。

李剑虹的《甘南草原》《淡淡的苏鲁花》、杜爱民的《西部的故事》、菲可的《西部！西部》《沙漠的故事：飞天》、王建民的《西部谣曲》、杨春的《狩猎部落》、任民凯的《一个中国西部的特写镜头》、叶自的《骑手拉比》、陈桂林的《山林故事》、阳飑的《河西吟》、张子选的《牧马人之死》、封新成的《垦荒的故事》等等代表作品都力图在具体的现实场景中展示西部特有的人情味、人性力量和强大的生命力，并从中强化出人与自然关系的悲剧性氛围。这些诗中反复出现的牧马人、骑手、猎人、马、远山、草原等意象都是置于人性与自然力相互角逐的具体冲突中进行表现的，因而它们所蕴含的活生生的人的气息远远多于文化象征意味，同时它们又成为悲剧性体验和诗人主体批判精神的支点与标志。

校园诗中的这种西部概念并不是简单地等同于早期西部诗那种时代、社会与地域的对应品，不是一味地讴歌开发精神，在大漠与绿洲之间寻找时代进步的痕迹，而是一个丰富独特的人的世界，在那里有爱、有情感、有信义、有生的气息与死的危机，有当代大学生——西部第四代知识分子的生存意志和对西部人类命运的思索。

四、叙述角度的转换：陌生的话语主体

校园西部诗人给进入模式化的西部诗带来的艺术上的转机是多方面的，如对悲剧美学内涵的深化与扩充、对西部意象的感性内容的增补与丰富等等，但

其最突出的贡献在于带来了西部诗叙述角度的转换,从而确立了西部诗新的话语主体,这种语言方式的变化所蕴含的转机是极重要的,从根本上决定了西部诗歌主体的重构。

校园西部诗叙述角度的转换主要表现在叙述者的语言态度及其所暗示出的叙述主体与客体之间构成的新的关系之中,校园西部诗人一改西部诗惯用的那种以自我为中心的主观抒情的口吻和近乎布道的哲理抽象的语调,形成两种话语模式:

一种是客观叙述,不是以情感的方式来讲述故事,而是以故事的方式讲述情感,在一种浓郁的传说氛围中客观地呈现主体精神选择性。这种话语模式以张子选、李剑虹的诗歌为代表:

为了寻找一片新草地／他走了／赶着马群／和那匹红马驹／／你蹲在帐篷前／像一个褐色的空奶桶／只有儿子的小手／你在腹中／偶尔摇起蔚蓝的浪花／那是天空的颜色呵／天上那排黑大雁／也随他飞了……

(李剑虹:《淡淡的苏鲁花》)

远山,在落雪／这样的日子里,老人们／只好空奶桶似的围坐在一起／许多年以前的那些雪／就在这些空奶桶里／留下了回声／被那些雪冻得痉挛了的手指／偶然弹响冬不拉／手指间仍会流出一队／剽悍的骏马／如今,所有的骏马都去了远山／远山,在落雪……

(张子选:《西部,草原》)

这是一种民族史诗和民间故事讲述人的语气,在极平静的叙述中起伏着奇幻的语词搭配所设置的超级想象力,在绝对不冲动的情绪控制中叙述着剧烈的、严酷的、动人的情感故事。这种话语模式是以叙述者的绝对不参与为标志的,即使是讲述诗人自己的故事,也要呈现出一种不动声色的作为叙述者的诗人早已从自己的故事中退出的冷叙述语气,譬如张子选的《大学毕业那天我到西部走了走》等。一般来说这种话语模式多使用第二、三人称——"你"和"他"作为叙述角度。这种冷叙述语气和传说氛围比一般的直抒胸臆更容易直接切入古老、遥远而富有魔幻色彩的西部氛围,更容易进入西部人苦难、艰辛而富有人情味的生存命运之中。

第二种话语模式是叙述者直接进入叙述客体，并与之构成某种情感关系，从而形成具有对话氛围的近距离叙述，同时根据叙述者与叙述客体所构成的情感关系的变化，灵活地转换不同人称的叙述角度。这种模式与前者相同、和直抒不同的是它似乎始终以一种讲事的口吻说话，而它与前者不同、与直抒近似的是叙述者的直接参与。这种模式的叙述优势在于叙述角度的灵活和距离感的便于调节，好像照相机的变焦镜头，摄影者（叙述者）可以随意调节与对象的距离，叙述者可以随时跳出跳入。这类话语模式尤以王建民和菲可的诗歌为代表。如：

我走向雪山／走向远方的凝静／雪山也在缓缓移动／和我保持着永恒的距离／但我的凝望却始终／也没有离开过远山……

（菲可：《远山》）

湖滩上的草吃完了／牦牛长肥了／冬季，还在另一半山上跳舞／我们也要走了／帐篷从地上到马上／生活从短途到长途／／紫铜色的脊背／向着冬天／冬天和我们／一同上路了……

（菲可：《西部！西部·游牧》）

女主人懂得我们的语言／懂得风尘仆仆的我们为什么到来／没有人告诉她／她独自收拾碗碟／把吃剩的羊骨头扔给小狗／给不懂我们的孩子们讲一讲我们／她也就知道了／／……女主人有你没见过的东西／有你想不出的笑容／直到她独自收拾了碗碟／把吃剩的骨头扔给老狗／给酒足饭饱的人讲清往后的路径／并目送天天都有的背影东去西去／想想这些人为什么要这样……

（王建民：《西部谣曲·草地酒店》）

只要细心读一读便会发现叙述者的"身份"在不停地变换。这种叙述比纯粹的冷叙述多了几分热情和急切，有时会出现连续的语气上的或句子的反复，如王建民《世界，向中国西部行注目礼》中的《寄"惠特曼"》：

说你是惠特曼／要真是你就来吧到西部来／带上你的城市雨美人蕉来吧／带上你和攒了四年的幻想来吧……我为你准备了漂亮的络腮胡子／来撩我扎

我都由你由你／／这顶草帽也归你／戴歪斜点也无所谓／那样才像惠特曼才是开拓者／这支钢笔是为你准备的／你横竖在沙漠里写吧／写你的草叶集树叶集心叶集／还嫌不够我把我也带给你／当你的太阳月亮／或当星星也都可以可以……太阳升起的时候沙漠金黄的风景线上／有几只骆驼点缀／这时有一个伫望的身影／那是我在等你／等你等你等你……

这种叙述随意灵活，便于诗人多角度、多视点地去观照、把握西部精神和西部人的生存与命运。

叙述方式的变化所标志的不仅仅是西部诗美学上的一次重大转机，更重要的是西部诗一个新的、陌生的话语主体形象的确立。这种形象已不再是几千年苦难历史的承受者，不再是孤独而痛苦的羁旅者，不再是时代激情的抒发者，亦不仅仅是文化探险者和开拓者，而是通过话语行为来参与并且包容西部命运的新一代西部精神主宰者。

五、作为过渡地带的校园西部诗

校园西部诗的介入无疑是西部诗正在走向模式化与僵硬化的格局带来了重要的转机，从主体意识的更新到西部精神的发掘、从主题的开拓到美学风格的变迁都对西部诗潮产生了巨大的冲击，而且在整个西部诗潮中构成了一个不可或缺的阶段。

这一阶段在西部诗潮的换季过程中充当着一块起承转合的过渡地带，它既是已经启程的西部诗潮的延续和深化，又是"第二梯队"的西部实验诗的一个必要准备和开端，许多校园西部诗人事实上成了后来的实验诗人的中坚力量，如张子选、王建民、韩霞、阳飏、阿信等。因而校园西部诗具有许多明显的过渡性特征，这些特征既是它的不可忽视的进展，又是有待开垦的空地。譬如：

第一，主题与美学风格的单一化发展。人与自然的关系及其悲剧氛围的揭示自然是深刻的，但却几乎成了所有校园西部诗的代表性诗人共同的也是唯一的主题和审美方式，而且在表现上趋于雷同，义男烈女也近乎形成套路。

第二，校园西部诗尽管在叙述方式上取得了重大进展，但诗人们对这种语言上的探索及其在西部诗写作中的不寻常的意义还远非自觉,而且在叙述方式上也存在着明显的雷同现象。

第三,校园西部诗尽管将西部诗的注目点和审美区域由理性的概念式的层次溯回到了感性的现实场景,但他们还没有更充足的能力去进一步穿透这个层次,还不能使人们在他们所描述的生存现象背后看到更多的、具有某种连续性的生命本质的东西,等等。

而这些,正是后起的西部实验诗赖以出发的空白地带。

第三节 西部实验诗系

无论是从实践意义上还是从功能意义上，抑或是从价值意义上，实验不可避免地要被人们确认为诗歌的一项重要本质。在新时期的中国诗歌运动中，"实验"一词是与探索行为、创新精神和叛逆方式相互诠释的，并以此区别于那种沿袭惯性，迎合某种预制的口味和懒汉主义的诗歌行为。对真正意义上的诗歌写作而言，其生命就在于实验，因为我们没有理由去承认那种毫无创新、重蹈覆辙的诗歌的存在价值，不管它富有多少诗歌之外的意义。应当说，任何真正的诗歌写作都是一种实验，但是我们不认为任何诗歌都是实验诗。

在新时期诗歌中，实验诗有着具体的、确定的含义，即指：①那些对现行诗歌写作不满足并力图更深刻地加入传统以便更彻底地改造传统、发展传统的诗歌；②那些力图探求新的、完整的诗歌本体及其呈现方式的诗歌，具体地说，就是那些力图探求个体生命的潜在本质及其语言存在方式的诗歌。

西部，是实验诗的一个特殊的限定词。它使在这块土地上进行的诗歌实验获得了特定的含义，由此，我们这里所谈论的西部实验诗和具有实验倾向的诗是指：那些西部诗潮中既有的和新生的探索西部生命自然本质的诗；那些探索西部生命自然的特殊语言投射方式的诗；那些与被普遍认可的西部诗相比，带有明显不同的文化态度、心理素质、生命状态和语言方式的诗。尽管我们还不能在既成的作品中确立西部实验诗的完全形态与应有的成熟程度及其普遍性，但至少能够在昌耀、杨牧等换季的中年诗人的后期作品和张子选、桑子、阿信、阳飏、匡文留、葛根图娅、屈塬、山涛、贺海涛、王小未、汪文勤、秦安江、杨子、张侠、曲近、李新晨、牛八、马学功、肖黛、班果、洋滔、黑非、杨争光、路漫、王景韩等一批较年轻的西部诗人的作品以及唐燎原、管卫中等人的诗歌批评中程度不等地发现实验的种种痕迹和表露，发现这些实验的西部特质及其与中国当代实验诗总体背景所构成的同步和反差。这些正是我们所要展开讨论的。

一、参差的实验背景：西部实验诗的发生机制

这股仍在延续的后西部诗潮是在窘困中衍生并漫延着的。窘困，既是西部实验诗发生的多重背景的本质，也是西部实验诗的发生机制。这种窘困至少以这样三重包围圈压迫并诱发着西部实验诗的生长：

第一重围困是众所周知的20世纪80年代后期中国人文生态平衡的倾裂。其中直接对文艺产生影响的是商品经济对意识形态的全方位浸透和大众传播媒介对艺术消费市场的垄断。其形形色色的表现已为世共睹，无须罗列，值得一谈的是这种人文生态的失衡导致了文艺者乃至整个中国人的一次历史性的精神分裂，即中国人的精神走向开始向两个相反的极端延伸。就文艺者而言，表现为极度的世俗化与极度的纯粹化的逆向共生状态，呈中间状态者几近绝迹，时代对艺术家们的选择使他们经历了一次空前的考验与筛选，或淘汰或超越几乎是不可兼得的熊掌和鱼。一部分人（包括一些具备艺术天赋的人）涌向"计"实文学、报"酬"文学和金钱与肉体的乐园；一部分人走向新的孤独，走向加倍的清贫，走向纯艺术，返归精神家园。西部诗潮无法避免这次时代的选择，而且这次选择使它失去了按照既定流向发展的可能。因为西部诗在80年代上半期的中国诗歌格局中正是属"中间状态"的一类，即现实因素与纯艺术因素共生的一类。而已有的西部诗人大都不甘于放弃自己的艺术追求而沿着通俗情

感滑坡，但同时既有的现实因素的深刻左右又使他们无法超越自身进入个体的纯艺术层次。于是便出现了西部诗难以为继的局面，这便决定了在落潮期进入西部诗的一批年轻的后继者必然展开对西部诗的新的艺术层次的实验以及这种实验的意义。

第二重围困是全国范围内青年诗人们的实验先入为主地夺去了西部诗在诗坛的显赫位置和注意力，使西部诗遭受了一种被遗弃的失落感，同时也使西部实验诗刚刚起步便走入了丰碑林立的境地。这就对西部实验诗人在本体探求上提出了更高的要求，他们必须寻找到更加明确、更加深刻的作为西部诗的标志，否则便会失去其存在的依据。具体地说，便是西部实验诗人们必须呈现出独特的西部生命与西部语言，方可以西部诗人的形象自立于诗坛，同时又要力避趋时附势之嫌。因而，这也是西部实验诗陷于窘困又急于前行的一个重要背景。

第三重围困来自西部诗自身。西部实验诗兴起前的西部诗一方面已对西部精神做了较大幅度的开掘，而且已得到了诗坛和社会的广泛认可；另一方面也已形成了模式化的趋势，而且人们的期待心理也日趋定格化。西部诗在已经开辟的层面上开始趋于成熟和饱和，那种玄空的历史性幻想、那种强烈的雄性节奏、那种密集的文化象征意象在冲破了原有的心理定式之后逐渐成为新的心理定式，从而成为阻碍西部诗向纵深拓展的心理障碍。这就决定了追求更大幅度的变革的实验诗的出现势在必行，也决定了西部青年诗人们的实验必然从西部诗的内部结构和个体生命出发。

这三重围困一步步紧缩，限制着西部诗的既有时空，同时诱发了西部实验诗的产生。

二、生命：个人与种族——西部诗歌实验鉴定之一

在全国范围内，实验诗的进展是以个体生命的觉醒为前提的。个体生命的觉醒普遍地意味着诗歌由远离本我的理性化的历史性幻想向本我、向内心实在的一次回归，意味着感觉和无意识世界的复活。西部诗歌实验也正是在这样的

前提下开始的。西部诗中原有的膨胀的理性自我、文化象征和群体意识，从校园西部诗中开始为真实的个体感知所取代，及至1986、1987年西部实验诗起步，个体生命意识已趋于自觉。值得特别指出的是，西部实验诗人所赖以出发的个体生命意识与诗坛上其他实验诗人所表现出的个体生命意识一开始便有着不同的精神内涵，具体表现为：

1. 两种或多种不同的孤独

大部分内地实验诗人都存在程度不等的孤独感，这些孤独来自诗人生命世界的自然真实与文明的喧嚣、虚假之间的深刻隔膜，来自不同文化心境与不同精神层次之间的冲突。诗人们力图在文明的嘈杂与喧嚷声中捕捉到自己生命深处发出的声音，从而感觉到自己的真实存在。而西部实验诗人们的孤独却来自个体生命存在自身与西部自然的辽远、空寂、严酷之间的直接对峙，或来自现代人心态与蛮荒、蒙昧的西部土著人心态的隔膜，恰与前者来自两个相反的向度。张子选用大量诗章抒写这种西部式的孤独，一旦我们随他走入他所讲述的那些极简单又极遥远、极凄楚的西部故事，这种孤独感便让人难以自禁。这种"石头"似的孤独常常表现为一种无可奈何甚至百无聊赖，或表现为一种想象的痛苦和一些极简单的故事所蕴含的刻骨的悲哀。组诗《西北偏西》是一种通体沉默的"石头"的语言：

西北偏西／一个我去过的地方／没有高粱没有高粱也没有高粱／羊群啃食石头上的阳光／我和一个牧羊人互相拍了拍肩膀／又拍了拍肩膀／走了很远才发现自己／还不曾转过头去回望／心里一阵迷惘／天空中飘满了老鹰们的翅膀／提起西北偏西／我时常满面泪光。

在《无人地带》中，诗人"面前的石头是些棕色皮肤的小孩／它们不说话也不会像花朵／像你期待的那样突然盛开／可你还是有些期待／你有时也突然站住／坚信石头上能长出树来／长出长长的思想状态的树来／在无人地带／要么你相信石头上会长出树来／要么你悲哀"。在张子选的《阿克塞》中孤独表现为刻骨的思念和顾影自怜，如"今年多雨／我很瘦／有三只麻雀鸣叫墙头……想起今年多雨／以及我很瘦／大家心里总是别别扭扭"。在《大海离荒原很远》《西部故事》《阿帕的故事》《孤独荒原》《西部！西部》中，张子选的孤独几乎全部建筑在他所熟悉的哈萨克土著人的悲剧故事之中，并将这种孤独从哈萨克人的悲哀与苦难的命运深入到自然与历史的纵深处，进而将其升发为一种对壮烈的悲剧承受力的崇拜与礼赞。如"远山，在落雪／这样的日子里，老人们／只好空奶桶似的围坐在一起／许多年以前的那些雪／就在这些空奶桶里／留下了回声"，"一个汉族人讲过的大海／十分遥远／牧马人的长筒靴走不到那里／就会在荒原上搁浅……"，"孤独荒原太强大了／它使古歌里的一匹骏马孤独／使烈酒和女人的温情话／镇静不了的风暴孤独／使牧马人孤独的靴子／无法走得很远很远呀……整天为风雪大峡谷里／走不回来的儿子编织手套的／老阿帕让荒原孤独／毡房门感到一阵阵／隐隐约约的叩门声孤独／套马杆感到一缕缕缭绕它的／歪歪斜斜的风孤独／滴血的手指因为一把／噪音渐渐喑哑的冬不拉孤独……"，等等。

另外两位孤独的青年诗人是阿信和桑子，他们无可奈何地躺在青青的甘南草原上数星星、仰望马群、想象朋友从远处某条峡谷走来，想象温暖的房屋与落雪的关系：

躺在青青的草原／我想象着归路／身下的地核在转动／一匹马一闪即逝／我数着无边的星星／就像数着一个个英雄……我在草原远天远地地游荡／就像一条任性的河流

（桑子：《躺在青青的草原》）

朋友的马　大概还走在／远处的某条峡谷／第一片雪花濡湿了／他的嘴唇第二片雪花就使目光迷蒙／第三片雪花飘落／所有通向生命的路径／都封死了／／在高原这种事情每每发生／我等待一生的朋友／迟迟不来……

（阿信：《高原人生》）

与张子选立足于人与自然对抗之上的孤独感不同，阿信与桑子诗中自然的面孔是慈祥的、亲切的，这是另一种孤独，来自精神荒原的孤独。正是这种孤独，使他们回到了大自然这间温暖的"房屋"，因而"我们歌唱植物／藓类、雪鸡、生者和死者……"（阿信《西部的事情》），因而有"树上这些小小的鸟们／我在树下／祝福你们的节日／／全世界都是五月／全世界的麦田，一片金黄／这些粮食中间／树上的鸟们不知道／人类为此进行了多少次战争／和平，富足，诗歌／这些人类的梦想／是你们正常的生活／／你们一百只一千只一万只／飞临树上。聒噪／歌唱，舞蹈／浑然不觉／我在树下对你们长久地仰望"（阿信《仰望鸟群》）。这两类孤独感在西部青年实验诗人中成为极普遍的个体生命意识，这种孤独感既区别于内地诗人们的都市孤独感，又不同于上代西部诗人昌耀、周涛、杨牧、林染、老乡们那种落魄文人、落难公子式的孤独，而是一种原生的、生命意义上的孤独。

2. 个体生命意识与种族无意识的分裂与媾和

这是西部实验诗与国内别的青年实验诗的又一重大区别。80 年代末的中国实验诗在对生命体验倾注巨大热情之后，便一头扎进了弗洛伊德的无底的个体精神的黑洞之中，而我坚信诗歌所普照的人类精神是在这个黑洞的外面，即人与自然和谐浑一的那个世界，个体精神的黑洞只是抵达那个世界的一个必经通道，一般来说人们可以从这个烟囱似的黑洞上端（即超我）走出黑洞，进入群体，进入自然，但诗歌的秉性却使它无力从这个超我的理性出口走出黑洞，而只能从灶口（本我）走出去。因而在这里荣格的意义是至关重要的，他使我们从这个黑洞的下端发现了出口，即由个体无意识进入集体无意识、种族无意识，进而看到该种族与自然的最原始关系。中国当代实验诗大都仍然在个体无意识的黑洞里徘徊，虽然有极少数诗人从个体生命体验出发呈现出一些原型意象，如翟永明的女性诗中隐现的女娲与夏娃原型的叠影，海子、万夏对东方农业文化心态的回溯和太阳意象的凸现等，但也远没有自觉，更不够普遍。

尽管我们无意于认定西部实验诗在艺术探索上先于当代中国实验诗的一般进程，但西部实验诗所展示的个体生命确有隐含西部种族无意识的独特意味。西部实验诗中的个体生命意识与西部种族的集体无意识经历了两种不同层次的关系。

第一层关系是实验诗人们的个体生命意识从前代西部诗人们的民族的、地域的、社会历史的、时代的自我意识中分离出来，进而得以确立。这层关系大约在校园西部诗时期就开始了，其表现为对西部个体生命的深切关注和对实实在在的、生命意义上的自我的真切感知，王建民、李剑虹、菲可、韩霞、张子选的诗作尤为突出地呈现了这些特征，到张子选的《西北偏西》《张子选在阿克塞》问世，个体生命意识大致已告确立。这种意识一般包含着生命意义上的悲剧意识、孤独感、生的欢愉与死的悲悯以及一些生存价值观上的变化，如校园西部诗中的大量死亡主题（《牧马人之死》《开拓者的葬仪》《一个藏族老阿爸的葬礼》等）所散发的生命的悲剧意识，再如那些被前代西部诗人礼赞过的飞天、马、黄土、牧人以及整个西部自然，此期已明显呈现出悲哀、凄凉的气息，那作为文明的象征的飞天原来是"分布在巨大的岩石上／他们紧贴着那些岩石／陡峭地生活或歌唱"的受难者，而那"戴兽角的孩子"却"骑在第一匹被驯化的马上"（见张子选《阿拉善之西》），那曾金灿灿的黄土，在路漫、尚飞鹏的诗中成为生长生命之灵又扼杀生命之灵的悲哀。个体生命的确立是西部诗歌实验的出发点，却不是目的地。

西部诗歌实验的真正旨归应当是第二个层次，即个体生命意识与西部种族集体无意识的媾和。尽管及至目前，这仅仅是一种希求，因为我们还不能看到更多的西部实验诗人自觉地为之努力，但在少数诗人的作品中我们却发现了这种趋势。这方面的主要代表是张子选，他的诗既区别于前代诗人们用理性精神去揭示西部民族精神和集体无意识，又不自缚于个体生命的被动而狭隘的感知，而是在他充满个体生命感知的实实在在的血肉的讲述语体中隐含着哈萨克民族共同的命运，从而呈现出了主体的人与客体的人、个体与群体共同的本源：人与自然的关系——依从与对抗，这是个体生命意识与种族无意识媾和的真正交点。在张子选的诗中，个体生命的孤独与西部自然的那种"没有高粱没有高粱也没有高粱"的荒凉和社区的分散、人烟的稀疏相对应；个体生命的悲剧与哈萨克民族命运的苦难相对应；个人的生存与哈萨克民族强悍的生命力相对应。因为它们都共同塑造着一个形象：民族主体神。由此张子选潜入了哈萨克民族的集体无意识之中，强化出这样一些最基本的语汇：马、石头、阿帕、暴风雪、游牧等等，这些正是潜藏在哈萨克民族无意识中的基本表象。

三、语言：重新命名的西部——西部诗歌实验鉴定之二

继校园西部诗人确立西部诗新的话语主体之后，西部实验诗将实验的目标进一步确立在自觉地探索西部诗的多种叙述方式之上，诗人们力图以新的西部化的语言重新命名西部的存在。这种实验的根本动因在于生命探索的深化。生命意义上的人与自然及其真实关系的唯一存在方式是语言，离开语言我们无从感知更无从确证生命的存在及其方式，在这个意义上说，生命探索本质上就是一种语言探索，这正是后现代诗歌和诗学的一项立法原则，而且已被一些符号学家和结构精神分析学家所证实。事实上也只有将语言与生命看作是同一个实体，语言学对于诗学才是有意义的。而西部诗进入实验阶段的根本标志便是新的话语主体的确立。

西部实验诗话语主体形象的全面确立经历了这样几道大致相同的程序：

1. 文化冲突、心理冲突、生命冲突的语言化

所有的构成西部诗的内在与外在的冲突最终都将变成语言冲突或语言情节才对诗本身是有效的。尽管我们不否认在前代西部诗人中昌耀、周涛、老乡等对语言有较大贡献，但总体上前代西部诗所赖以生成的冲突是文化冲突和心理冲突，其中的一些语言冲突是偶然的、零星的、非自觉的和外在的，而在青年实验诗人中，冲突已被自觉地展开在语言的层面上。这种由语言自身构成的冲突和情节，常常是通过破坏常规语言的意义联系或反语义逻辑，使语言更大限度地摆脱既定维度，从而贴近未被语言认知的生命事实。再拿前面引述的张子选的几个诗句为例，譬如叙述一种由地域之荒凉与对生命之渴望的冲突导致的孤独感，前代西部诗人可以直言这种心理冲突："人生，需要这么一个空间——／一个浩瀚无涯的漠天"或"我是这大漠上一棵孤独的树"等等，而张子选却这样写这种感觉："西北偏西／一个我去过的地方／没有高粱没有高粱也没有高粱／羊群啃食石头上的阳光。"诗人并不言"孤独"一词，但这种语词关系却恰是孤独的一个强硬的形式。再如"今年多雨／我很瘦／有三只麻雀

鸣叫墙头／……／／想起今年多雨／以及我很瘦／大家心里总是别别扭扭"，这是另一种孤独的极致和对生的渴望形式，以至"为伊消得人憔悴"。这里将多雨与瘦和大家的别别扭扭以及墙头鸣叫的三只麻雀这些毫无语义连续性的语词冲突化、情节化，构成一种怪味美感。这种语言与以往西部诗中偶尔表现出的一些语言技巧相比，另一本质区别是：它不是一种关于生命、情感的思想的漂亮表达，而是生命形式的直接呈现。离开一种特定的生命构成的语境，这种语言便是外在的，甚至不成立的。根据我们前面的定理，语言冲突即生命冲突。

2. 由意象象征到语感

在这一点上西部实验诗与国内别的实验诗是共同的，因为它们起于一个共同的动机，即对单位语词中固定的文化、社会意义的扬弃。意象象征无非是借助某一物象以传达某些预制的文化——社会意义及其主观评价，而这些正是遮蔽生命本真、阻挠诗人深入生命的原在状态、破坏语言纯度的泥沙。因而实验诗人们势必要排斥象征，有极端者甚至废弃意象在诗中的主导功用，以根除诗语中索居的心理定式，进而扩大对语言中诗性的多方面发掘。

他们或以特殊的语词关系创造出陌生的语境去同构与之相对应的生命形式，如前述的那种情节化、冲突化的语言；或用被日常感知所遗忘的即兴口语去复活一些非理性的无意识状态，如"一块云和另一块／相碰的时候／我正站在云影的边缘／一只手握着自己的另一只手"（阳飚），"随后咯噔一下夏天死了……而城市依然打盹／而我依然在季节的边缘站着"（杨子），"半个月亮在老歌里索居／一匹白马的眼睛动了一下／冬天就这么来了"，"男孩子来找她是去年的事／而现在是冬天，使扎西老爹／总是坐到很晚和很远／只是尼玛通常睡得很早／都冬天了还能这样真不简单／尼玛有时闲坐于门前／人们都觉得意味深远／你想，这是冬天／你想这可是冬天"（张子选）；或用连续的语词集团构成辞赋体式的、以气韵和旋律标志的语感氛围，总体地切近这块土地、这些民族潜在的精神气息，如李新晨、牛八、肖黛、唐燎原、路漫、屈塬、山涛等的一些长句式辞赋体诗作。

尤为值得指出的是一部分实验诗人发自西部民族的深处的语言。阿信、桑子在甘南发出的舒展明亮的草原语体："草地上的白昼和黑夜／在我归来的手掌上／时隐时现……"（阿信），"这种时候／我们想起桑科的一次次走马／和风吹拂着／送来小兽的嘶鸣／那是些纯洁的生命／生活在这片草原／生活在过去与未来之间／艰辛的岁月／静静地踏过这片草原／我们在桑科走马／心内一片圣洁……聆听自然的和平／呼唤纯洁的生命／我们都是太阳／温暖的儿子／秉承了它的全部光辉……"（桑子）；杨争光、路漫发自黄土层下的质朴而撒泼的黄土语体："酸倒牙酸倒石头专惹婆姨汉子／站着听坐着听眼里瞪着心里痒着的酸曲／偏偏不唱要敲这牛皮腰鼓……／不飘飘洒洒不袅袅娜娜／就这么闷声闷气地踏踏踏踏……／震你手震你胳膊／震得你心里忽儿忽儿的……／庄稼汉涨潮了／就这么敲着敲着眼红了血热了心疼了跳得老高老高……／就这么迷了又疼疼了又迷什么也说不清了／窑门口的小石磨说不清了……"（杨争光）；班果的藏式语体："你们在动，劳作或者歌唱／我从未见过你们足踝上舞蹈的脚铃／而听到阵阵锁链，太沉重／帐篷外面／季节悠忽转换是候鸟飞走的季节／／你们永远没有羽毛／河在脚下浸湿裸足／云自头顶飞去，诱惑黑色眼睛／你们把经幡悬挂起来排列起来／组成一种苦难的飞翔……"（《女人》）大学毕业后的张子选潜入哈萨克腹地阿克塞，酿造出了凝结哈萨克族人命运的故事语体，这种语体以一种冷静的史诗讲述人的口气，不动声色地娓娓道来，将哈萨克族的无意识和生死命运深深地隐含在叙述过程之中，极富感染力：

  本来她可以做传说里英雄的阿帕／做史诗中任何一个伟大汗王的阿帕／但后来她只做了一个普通男人的阿帕／她的儿子和所有草原上的男人一样／像人们看惯了的拴马桩……年轻时就守寡就守着一些／当年娶她的男人从远方采来的枯萎了的花……

（张子选：《阿帕的故事》）

  大风雪之夜。大雪大风／宠坏了大草原上／飘来飘去的男人／宠坏了对女人永无歉意的男人／宠坏了你的男人／他会在你快要忍受不了的时候／弄得你

浑身都是爱情……

（张子选：《大风雪之夜》）

这些叙述语体所呈现的话语主体形象正是一个个以明澈的个体生命意识切入民族无意识的新的西部主宰者的形象。

四、实验诗，寻找永远的西部——写在实验开始时的结语

无须夸张，亦不必自慰，西部将永远是一块诗的圣土，因为它潜藏着不尽的精神生命、自然语言的矿藏，它以阳光消融的雪山之水滋养西部以及西部之外的人类的精神土地。与之相比，我们所谈论的西部诗潮仅仅是一次瞬间曝光，西部诗歌实验刚刚开始。我们上述鉴定的这些结论还仅仅是一些个别的、局部的、不完整的现象，有些甚至属笔者的一种期待，它们还远不足以成为一次新的西部诗歌浪潮的标志。因为：

第一，西部实验诗人与批评家们尚没有形成一系列完整而丰富的自然观、生命意识、语言理想以及诗学理论，这对于一种当代艺术行为来说是致命的不足。

第二，西部实验诗虽已表现出自身的一些特点，但仍不能从诗坛上一些流行的实验诗中完全独立出来，甚至有某些在"新"的旗号下媚俗的倾向。笔者认为，就目前实验诗所展开的层面——生命与语言而言，西部诗人应该比任何其他地方的诗人都优越，应该走到最前沿，因为他们占据着造化上的优势，因而西部实验诗只有成为当代中国实验诗的先导才是真正合理的、正常的。

第三，西部实验诗人们对西部生命与西部语言探索的自觉程度还远不及我们所料，因而随着黄色浪潮与大众传播媒介的一步步向西部推进，这种实验姿态正在不断地受到刻骨的威胁。因此，实验诗依然面临一个最初的和最终的主题——寻找永远的西部！

第六章

西部精神与西部意识：构成西部诗的多重合力

第一节 西部精神
——永恒而神秘的客体存在与主体性神话的胜利

在这里，我们展开叙述的前提是：任何诗歌都是某种精神的组织。西部诗便是这样一种关于西部或西部意义上的精神组织。从西部诗的整个写作历史来看，这是一个动态的、复合的实体。构成这一实体的是西部固有的、永恒而神秘地存在着的西部精神和西部诗主体对这一精神不断展开的和多层次、全方位的意识，即西部意识。我们必须首先搞清西部精神与西部意识这两个西部文艺的基本范畴，才有可能对西部诗这一精神组织做进一步的了解。

本节先来探讨西部精神。

一、西部精神：一个多元动态结构

对西部精神的考察与讨论已经得出了从诸多不同角度、不同生存境遇出发的不同结果，但第一个把西部精神放在西部艺术的客体位置进行研究的是西部文艺的主要立法人肖云儒先生。他综合了"守旧说""开拓说""'西部文化与原始人性相结合所体现出来的价值总和'说"，得出了较有权威性的结论。他认为"西部精神就是蕴含在西部社区生活中的精神特质"。

这种精神特质，是一个"具有主导倾向的多元动态结构"，即由不同民族及其不平衡的政治经济文化、复杂的社会生活和曲折的个人命运以及多方面的社会心理和个体心理需求所造成的多元的精神结构，而这一精神结构又在具体的文化运动中呈现出某种主导倾向；是"三个精神对子的两极震荡"，即"历史感与当代性""忧患意识和达观精神""封闭守成和开放开拓"，这"三对矛盾在不同时期、不同地区以不同比例、不同形态对立统一着"。[①]这一总结较全面地概括了潜伏在西部人生活行为之中的文化心态与文化性格，似乎这里已没有重论西部精神的必要了，但笔者认为：

① 诗歌这种特殊的文体决定了其中表现出的西部精神并不等同于普通生活行为意义上的西部精神，而是一种超乎生活之上或潜于生活之底的更高更深更本质的精神特质，因为诗歌的对象本身是超越于普通生活的精神现象。因而在讨论西部诗所面对的西部精神时，有必要涉及更深一层的精神话题。

② 此结论仍然没能从对某种现象的描述中跳出来，去寻求这些现象背后一些更深远的东西。

二、关于西部精神的探讨

首先，西部精神，就其本质而言，是一种以某种自然观为轴心双向展开的生命现象，而我们普遍用来确认西部精神的文化、历史、时代、社会生活等等实际上都是正在前台表演这一生命现象的傀儡。我们发言的真正起点是生命意义上的自然。西部精神的发生是以某种自然观的确立为前提的，因为西部精神归根到底是从人与自然的原初关系中滋生出来的。为什么我们如此特别地提出一种西部精神，或西部精神何以具有独立存在的意义呢？这正是由于在西部，人与自然的关系最显著、最严峻、最不可忽视，或者说最特殊。西部精神势必可以被看作一种种族属性，而不同种族的衍生本质上都是由自然的区域性特点和人与自然的交往方式决定的，如有色人种、游牧民族、海洋民族等。

每个民族的民族性都是在它的神话时代就形成了的。神话与原始宗教对早

[①] 以上均见肖云儒：《西部文学论》第四章"中国西部生活精神"。

期人类来说就像生与死一样，是别无选择的两种自然观，它们的本义应是人类面对强大的自然力的两种不同选择，即崇拜或征服。"任何神话都是用想象或借助想象以支配自然力"（马克思语），而宗教则是向自然力认输、求饶、赎罪。然而二者有一个共同的意识：神化。神话是人类将自我将主体神化了；宗教则是人类将自己的对手——自然力神化了。这种神化意识是人与自然直接交锋时期人类的一种基本意识，因而西部有着远比东部、南部发达的神化意识和神话传说、原始宗教。这是早期西部人在自然面前的两种基本选择的结果。尽管西部的宗教大都是后来传入的，但这些宗教唯独能在西部大面积生根，正说明了西部人普遍存在的神化意识，正展现了西部人向自然求生存的一面；而那些神话传说、英雄史诗和乐观幽默的机智人物故事（如阿凡提等），则是西部人征服自然的情景。它们恰如其分地代表了西部人生命中的两极：强悍与软弱、征服与崇拜，而神化意识使这两极始终处于极端状态：主体性神话与自然神话。

　　几乎每一个西部人的生命中都同时潜伏着两个神的形象：主体神与自然神，而且时时处于冲突、对抗状态。这种冲突与对抗便投射为西部人性格的巨大起伏与落差，投射为征服欲与崇拜欲，投射为极度地妄自尊大和极度地妄自菲薄，投射为壮烈、夸张、离奇、硬而重的语气，投射为西部文化、性格、生活、时代中的"两极震荡"（肖云儒语）。主体性神话构成西部人勇武强悍、乐观自信、坚韧不拔、独立自在以及"开放开拓"、"达观精神"和积极投入每一个新的时代潮流的"当代性"的一极；自然神话则导致主体精神的失落和对肉体存在的满足，从而形成西部人性格中的依附性（如对土地、对人）、脆弱卑微、自私自利、苦难感、原罪意识以及"忧患意识"、"封闭守成"和回首往昔的"历史感"的一极。这两极在西部人的精神性格中相互对抗、相互认同，轮流支配着他们的思想与行为。这使西部人往往在被征服者面前编造主体性神话，在征服者面前呈现自然神话。然而主体性神话却始终代表着西部人的生命意志与生存愿望，代表着人的本质实现的必然趋势。因此说，由自然神话向主体性神话的转化是西部人生命发展的必然过程，是西部人表现出强大生命力、生存能力和自强自救的根本依据。

其次，西部精神是西部人生命中主体性神话的胜利。西部人与大自然、与异己文化势力、与新的时代潮流交往的历史，是生命中主体神战胜自然神的主体性神话确立的过程。这是一个漫长而艰辛的过程。在这一过程中，西部人在逐渐地征服自然力、吞噬异己文化、适应时代更迭。同时，这也是一个自救的过程、自我分裂的过程，西部人从乞求自然神、宗教神、外来神的悲悯和庇护，一步步摆脱并征服着这些外在的神，一步步塑造起主体神的形象，一步步实现自我拯救。我们从当代西部可以发现，西部人从心态到行为方式、生活境况的现代化程度，虽无法与沿海一带开放地区相比，却至少不逊色于内地，甚至高于内地的大部分地区。20世纪80年代，全国各个领域内"西部热"的出现，正标志着西部人的主体性神话趋于确立和胜利。西部人世世代代、生生不息战胜自然、吸收异己、确立主体性神话的势力形成了一种强大的生命传统，形成了自己独特的精神性格，形成了西部精神；"西部热"的兴起也表明了这种精神已远远超出了这块土地，成为一种举世瞩目的、具有人类意义和世界意义的生命现象。

西部诗潮正是这种西部主体性神话的一次超时空的集中的呈现。昌耀诗歌中的忧患意识、生命的悲剧意识、黄土地诗歌中的命运悲剧呈现了确立主体性神话的艰辛；杨牧、章德益诗歌中高大的自我形象和磅礴的气势则是西部主体神形象的延伸和升华；周涛、林染诗歌有一种"凯旋"的西部主体神普视自然的灵光；李老乡和一些青年实验诗人的作品呈现的则是西部主体神自由、乐观、轻松的独立精神。

最后，建立在主体神话意义上的西部精神是一种永恒而神秘的存在，并在不同的历史时期以不同的方式和形态表现出来。一个民族的精神特质是恒定的，就像人们针对单个人所说的"江山易改，本性难移"一样；也和人的个性气质一样，形成于童年时代，并埋藏在民族无意识中一代代遗传下去，塑造着它的传人的筋骨和血肉。但随着年龄与境遇的变化，这种恒定的精神特质会呈现为各种不同的变体。西部精神中始终蛰居着"自然神"与"主体神"两个原型及其构成的极端对抗性关系，并一代一代主宰着西部人形形色色的思想与行为。

西部农业人口表现出的强烈的土地崇拜和山神爷、土地爷的牌位，仍然是"自然神"的投影；而西部游牧民族的强悍勇武与强大的征服欲正是"主体神"力量之写照。西部电影《红高粱》崇尚的酒神也正是"主体神"的一个变体。

"盲流现象"，许灵均、高加林式的痛苦以及西部诗乃至整个西部文艺中普遍表现出的悲剧感，正是"自然神"与"主体神"两个原型对抗的化身。在这种对抗中，"自然神"与"主体神"以双方的"合理性"、"普遍性"（黑格尔语）和强大威力构成了剧烈的"悲剧性冲突"。这一冲突在每一个人的生命深处都像两根交织着的神经，因而一旦对冲突一方造成伤害或两败俱伤，便会造成精神上的疼痛和悲剧感，并以某种暴烈的方式表现出来。如果我们有更大的兴趣去系统阅读一遍西部的历史与文化艺术，便会在各种各样的西部思想行为中发现自然神与主体神原型及其对抗是贯穿始终的。

由此，笔者不敢苟同肖云儒先生关于西部精神是一个"多元动态结构"的说法，"多元"与"动态"仅仅是就作为西部精神表现形态的诸如文化、历史、现实生活等等而言的，而这些却不是西部精神本身。根据上述初步而粗略的讨论，我们认为：

① 西部精神是基于西部人与自然的最初关系，并潜伏在西部民族无意识中永恒而神秘的存在。

② 西部精神是以两种不同的自然观为轴心展开的主体神战胜自然神的西部主体性神话的胜利，是潜伏在代代相传的西部人生命中的精神特质。对西部诗而言，西部精神是西部诗歌主体所面对的一个永恒的客体世界。

第二节 回顾与评述
——揭开西部意识之谜

西部诗进入热潮初期并走向自觉的主要内驱力和标志是西部意识的全面觉醒。

西部意识在1985、1986年的西部热潮中被人们做过各种各样的注释,由于当时逻辑和概念上的错乱,人们往往将"西部精神"与"西部意识"混为一谈,很少有人把西部意识真正放在西部文艺的主体意识的位置来认识,但其中有不少观点也确实触及西部文艺主体意识的要害部位。这里,我们依照当时对这两个未被区分的概念的混合表述,来整理一下在当时有价值和影响的西部意识观点。

一、开拓精神

这是对西部意识最早、最普遍的认识,它缘起于新时期以来国家对西部地区进行重点经济开发的决策。孙克恒、唐祈、高平指出:"西部诗歌以其坚实的肌体屹立于大西北昨天、今天、明天的交叉口。它的精髓,则是在新的历史时期为社会主义理想所鼓舞的积极开拓与热情献身精神。"[①]

开拓精神作为新时期最早的西部意识,立足于西部地区的地域、经济现实和时代要求,将西部意识确立在一种崇高的基调上,揭示了西部意识的最初动因和人们对西部的一种理想化的反应。但仅仅以开拓精神单一地去概括西部意识,并不能揭示其缘起的复杂、丰富的内涵和动因,而且以此我们也无法有力地区分中国西部文学与美国西部文学的主体精神,更有可能将西部文艺概念化、单一化、模式化、口号化和价值取向功利化。

二、当代意识

人们又进一步认识到了西部意识应当是当代人以自己拥有的特殊的时代精神对西部精神的感应。周政保先生在他的一系列论述新边塞诗的文章中一直以考察其"当代性"为线索,认为"新边塞诗"是"一种当代人抒写当代边塞的诗"。

当代意识揭示了西部意识产生的时代根源及西部精神与时代精神相同一和相投合的一面。

三、审美意识

从审美的意义上意识到西部的存在似乎更加切近西部文艺的主体意识。一种文学的主体意识最本质和最终的归属应当是审美意识。西部文艺的滥觞和西部意识的成熟,用谢冕先生的一篇论述西部文学的文章题目来表述,即是一种"文学性格的抉择",文中说:

中国西部之成为文学(当然也包括艺术)的新大陆,从而吸引了文学探险者的新的关注,便是又一个大的文学流向——从精细走向粗放,从文雅走向原始性的"蛮荒"——提供的新信息。这一新的信息体现出来的文学的频繁脉

[①] 高平:《西部诗歌!拱起的山脊》,见《中国当代西部新诗选·代前言》(孙克恒选编),甘肃人民出版社,1986年版。

息说明生机,同时也说明着文学新阶段的抉择。这种抉择从根本上说是文学与新时代的谋求适应,是文学基于自身规律的自然寻问,而不带任何强制性的结果。①

这种观点与别的观点不同的是:它是从文学艺术的自身规律出发意识到西部的,而不是从西部出发去确定西部文艺的主体意识,也不是任何第三种力量使然。而且谢先生强调了这种文学的审美选择与新时代精神性格的同一,实质上也包含着当代意识。这对西部文艺来说似乎更本质些,更直接些。

四、历史意识和历史使命感

西部复杂的历史沿革和在当代社会所面临的历史性转折与飞跃,自然会使人们在历史的纵深感和使命感中意识到西部。谢昌余先生在"中国西部文艺研讨会"上的发言中指出:

西部文艺的提出不是心血来潮,不是忽发奇想,而是一种历史责任感的驱动。……表明我们西部文艺工作者的历史使命感增强了。②

历史意识当然有助于西部文艺审美状态的纵深感和悲剧、崇高风格的形成,但过分强调或单一地突出历史意识也有可能导致西部文艺停留在西部社会历史层面,成为时代风貌和历史转折的简单图解,甚至阻隔文化意识与生命意识的掘进,尤其是就诗歌这种更内在的艺术形式而言。

五、文化意识

在那个文化意识全面复活、谈论文化成为时尚、东西文化大交流、民族文化处于裂变的时代,再加上西部文化自身的复杂性、特殊性和作为民族总体文化的缩影的地位,人们从文化角度意识到西部的存在是必然的。几乎所有谈论西部意识的文章都要程度不等地涉及文化意识。余斌先生在《论中国西部文学》

---

① 谢冕:《文学性格的抉择》,载《当代文艺思潮》1985 年第 3 期。
② 载《当代文艺思潮》1985 年第 3 期。

的长文里正是按照文化源流和文化地理确立"西部"概念、划定西部文学疆域的;肖云儒先生从文化角度对西部进行了纵横把论;任民凯在论述西部精神的时候认为"西部精神是西部文化与原始人性相结合所体现出的价值总和"[①];管卫中先生以《西部文学:在西部文化土壤上》的专文论述了西部文学的文化意义[②];而大批西部作家、诗人则以呈现西部的现代文化意识来重新审度古老的多色调的西部本土文化。文化意识的树立无疑拓宽了西部文艺的主体视野。

六、生命意识

这是在当时较少被人们意识到却在西部诗中具有重大意义的一项西部意识内涵。青年诗评家唐晓渡在论魏志远的西部诗时指出:

> 我是在未能充分展开讨论的情况下使用"西部诗"这一概念的。它首先被当作一个题材范围,进而被当作某种精神表现。我极其主观地将这种精神表述为生命于蛮荒和神秘中之不可思议的顽强呈现。[③]

可以看出作者是在生命意义上来注视西部的。这种意识尽管在当时还不能得到广泛认可,也没有足够的作品加以印证,因而显得有些过分主观,但生命意识作为西部诗主体意识的一项重要内容却更加吻合于西部精神的固有内涵,因而也更加接近西部意识的实质。生命意识的觉醒为西部诗的拓展提供了一种比文化意识更可观的前景。

七、对西部精神的自觉意识

这是肖云儒先生的概括。论者明确意识到了西部意识与西部精神的主客体关系,并将西部意识真正放在了西部文学的主体意识的位置上加以阐发,他指出:

---

① 任民凯:《西部文学与西部精神》,载《当代文艺思潮》1985 年第 1 期。
② 载《当代文艺思潮》1985 年第 5 期。
③ 载《绿风》1986 年第 4 期。

西部精神就是蕴含在西部社会生活中的精神,西部意识就是意识到这种精神的自觉程度。

　　……西部艺术意识,主要是指创作主体在题材选择、思想提炼、素材取舍、人物塑造以及结构、语言各方面,在生活、构思、写作的全过程中,对表现西部生活特点,发掘西部精神内涵,再现西部人的气质,追求艺术上的西部色彩、西部独特之美有比较明确的自我意识。简单地说,就是作家随时随地意识到自己是在写西部、写西部文艺,是在走自己的路。[①]

　　这些表述无疑是切中要害的,且使西部精神、西部意识两个概念各得其所,作为对西部意识的一个概括性的理解是简明、清晰且具有一定包容性的。但肖云儒先生在其专著《中国西部文学论》中却将西部文艺的主体意识的复杂内涵做了较简单的处理,他将"西部主体意识"归纳为"西部历史文化意识"和"西部艺术审美意识"两种内涵。尽管他以"自在""自为""自觉"三个阶段叙述了西部意识逐渐明确的过程,但对西部意识具体内涵的动态展开过程的论述还是不够充分的。因而,西部意识在这里仍有做进一步阐发的必要。

[①] 肖云儒:《关于中国西部精神》,载《中国西部文学》1986年第3期。

第二节 西部意识
——动态展开的西部诗主体精神

西部及其特殊的精神品格是一种永恒而客观的存在，而人们意识到西部及其精神的存在却是一个从无到有、由浅入深、由不自觉到自觉的动态过程。西部在诗歌世界的被发现正是如此。这里我们即从西部诗潮之前的"西部诗"（姑且称之为"前西部诗"）谈起，对西部诗主体意识作一纵向的剖示。

一、古代边塞诗：地域意识的观照

西部诗主体意识的最初形态是以军旅生涯为核心的古代边塞诗所呈现出的地域意识。古代边塞诗的作者几乎全是作为戍边官兵的军旅诗人，他们用诗歌宣泄对战争和军旅、戍守生活的慨叹，有关西部边塞的内容基本上都是对西部地域和自然气候的切身感受，并以此来烘托军旅生涯的艰辛、反战心理、思归思妻心理与戍边将士的勇武和气概以及忠君报国、气吞山河之志。从传说中周穆王姬满乘"八骏"遨游西域，"觞西王母于瑶池之上"并与西王母对唱，西王母所唱的"白云在天，丘陵自出。道里悠远，山川间之""徂彼西土，爰居其野，虎豹为群，乌鹊与处"——最早的诗歌总集《诗经》中一些塞上驻军的作品，到唐代以高适、岑参、王昌龄为代表的成熟的古代边塞诗，再到宋代范仲淹写于塞上的《渔家傲》和金、元、清诸朝的边塞诗名篇[①],直至现代毛泽东在塞北写的《沁园春·雪》等,西部地域和自然景观一直充当着诗人寄寓胸怀的客观对应物,将士的英勇、豪放、壮怀激烈,政治家的远大抱负和军旅生活的艰辛、悲苦与西部地域、自然气候的博大、险恶、荒疏达成了完美的契合。如王昌龄的名句"青海长云暗雪山,孤城遥望玉门关。黄沙百战穿金甲,不破楼兰终不还"(《从军行》),高适的"大漠穷秋塞草衰,孤城落日斗兵稀"(《燕歌行》),尤其是岑参的《走马川行奉送出师西征》:

君不见走马川行雪海边,平沙莽莽黄入天。轮台九月风夜吼,一川碎石大如斗,随风满地石乱走。匈奴草黄马正肥,金山西见烟尘飞,汉家大将西出师。将军金甲夜不脱,半夜军行戈相拨,风头如刀面如割。马毛带雪汗气蒸,五花连钱旋作冰,幕中草檄砚水凝。虏骑闻之应胆慑,料知短兵不敢接,车师西门伫献捷。

这些诗句中所描绘的严酷的西部自然环境与昂扬残酷的战争氛围浑然一体,西部地域特征成了触发军旅诗人壮志情怀的契机。而在范仲淹的《渔家傲·秋思》中,"衡阳雁去无留意"和"羌管悠悠霜满地"的塞北秋景则又引发了这位军旅诗人"人不寐,将军白发征夫泪"的文人式的感伤,延续了唐人"战士军前半死生,美人帐下犹歌舞"的厌战情绪。毛泽东在战争年代写于陕北塞上的《沁园春·雪》又以大河上下、长城内外壮丽的雪景抒写下一代风流的博大胸怀。我们很难想象在江南的湖光山色、风和日丽中诗人能够爆发出如此壮烈的情怀。反过来说,这些诗的西部意义也仅止于地域性,这一时期诗人们意识到的西部只是一个地域概念,也就是说,这个时期的西部意识大致上等同于地域意识。这是西部意识最早的也是最表层的形态,人们甚至还没有意识到西部人和他们的生存状态,也没有意识到西部的文化和它的绵延的历史感,而仅仅将西部的地域特征直接地转化为一种苍凉悲壮的美学格调。

---

① 参见浩明:《乌鲁木齐诗话》,新疆人民出版社,1989年版。

二、新诗史上的前西部诗：社会—历史意识的观照

新诗进入20世纪40年代才意识到了中国西部的存在，由于社会结构的历史性错动，诗人们首先是历史地、社会地意识到这一存在的。至20世纪中期，西部这块亘古不变的社会板结（一种宗教性的小农经济结构和部分地区的农奴制，民主革命似乎没有触痛西部这根古老而偏僻的神经）开始分化瓦解，开始向另一种新的社会结构发生历史性过渡，真正的西部人开始主宰自己的这块土地。因而这个时期的前西部诗便以某种史无前例的兴奋感冲破了古代边塞诗的地域意识层面，深入到了西部人组成的社会—历史之中。

新诗史上的前西部诗主要指40年代的仿陕北民歌诗和共和国初期李季、闻捷、张志民、艾青、贺敬之、戈壁舟、铁依甫江、克里木·霍加等一批诗人的创作。诗人们开始面对这块养育了黄河、长江，养育了敦煌艺术、丝绸之路、陕北民歌和耀眼的古代文明，养育了现代中国革命的古老土地，面对首先在这块贫瘠而险峻的土地上溃决的历史。在与中国新诗同步的几十年中，西部发生了巨大的历史转折，许多少数民族如藏族、哈萨克族等先后摆脱了千年的农奴制，西部社会完成了一次质的进化，历史行进的脚步无疑撞响了诗的神经，惊醒了前西部诗的历史意识。诗人们力图借助并改造这块土地上既有的传统艺术形式，现实主义地反映出历史变迁在这块土地上的投影。曾以感伤主义著称的现代派诗人何其芳率先与柯仲平、李季、公木等一大批诗人投入了对陕北民歌的搜集、整理、学习、借鉴的热潮之中。

李季从40年代起操起地道的陕北民歌腔，唱起了黄土地的现代史，留下了《王贵与李香香》《杨高传》等著名篇章；50年代又从石油的喷发口上切入了西部地区新的历史风貌及其带来的西部人崭新的情韵，为新诗史奉献出既是最早的工业诗又有浓郁的西部气息的《玉门诗抄》和《玉门诗抄二集》等诗作。闻捷对西部历史、社会结构的变迁切入得更深、涉及面更宏大，史诗式的巨著《复仇的火焰》真实地记录了哈萨克族对新的历史时期的接受过程，成为哈萨克族心理的当代史，他的《天山牧歌》则展示了西部人在新的历史时期中的劳

动、爱情景况（如《吐鲁番情歌》《果子沟山谣》《苹果树下》《河边》等篇）。

这种社会—历史意识的观照使前西部诗的触角透过了西部地域特征的表层深入到人类生活的内部，但这一时期由于这种强烈的历史感和功利主义文艺思想的影响，前西部诗人过分地追求历史使命感以使自己成为历史的主宰者和弄潮儿，在艺术上单方面地强调民族民间形式和大众趣味，尽管这标志着历史上大众艺术第一次成为正统艺术，但却使诗歌对西部的意识没有形成主体的自觉。

三、新时期出现的西部诗潮：一种动态的、复合的主体意识的观照

新时期出现的当代西部诗潮所呈现出的西部意识，是一个动态的、复合的概念，它的形成，里程碑似的标志着西部诗的全面成熟和西部诗歌方式的自觉。

1. 西部意识的新时期阶段，已不再是第一的、浅层次的地域意识和社会—历史意识，而是以自我意识的觉醒为前提的社会—历史意识、当代意识（或曰时代精神）、文化意识、宏观意识和自觉的审美意识、生命意识、语言意识的动态过程和西部整合

它不仅仅是指意识到西部精神的自觉阶段，而更多的是对西部精神的自觉反思和这种反思的自觉的艺术表现，这种反思和表现必然是以总体背景下自我意识的觉醒为前提的。一切文化的、美学的、社会—历史的、生命价值的反思都从自我意识的树起获得了可能性，整个新时期文学最基本的主体意识正是自我意识，而被人们念熟了的人道主义、现代意识、忏悔意识之类均是自我意识觉醒的具体表现。西部诗主体形象的塑造无疑潜在地受到早期朦胧诗呼唤自我的感召，朦胧诗人们的理性自我有力地促动了西部诗中民族的、时代的、地域的、一代人的自我意识的确立。更具西部意义的是，西部诗的主体形象和自我意识以种族、时代的身份延续了西部精神中"主体神"的威力，这种"神性"的威力使西部诗主体形象由对现代文明的盲目崇拜、消极抗拒发展为极力主宰、驾驭并进而操作这种文明，使西部人在诗歌的世界里又一次创造了新时代的"主体性神话"。西部诗人们正是以贯注着这种"神性"力量的自我，将沉

重的西部和广阔的时代放在自己的肩上,并将自己化身为这个时代的西部开始歌唱:

全世界最崇高的山峰就属于我／全中国最浩瀚的大漠就属于我／我的位置在这个边远的角落／鲜花照样在我身边开放／星光照样在我头顶闪烁

(周涛:《我的位置在这个边远的角落》)

我是一粒草籽／绿洲把我托付给漂泊的风／虽然我渺小／但我也有翡翠色的梦／我梦想着,这颗星球都被绿色覆盖／而不再有绝育的土地／拒绝春的温存

(章德益:《一粒草籽的梦》)

我是青年——／我的血管永远不会被泥沙堵塞／我是青年——／我的瞳仁永远不会拉上雾幔／我的秃额,正是一片初春的原野／我的皱纹,正是一条大江的开端……

(杨牧:《我是青年》)

于是西部苍劲的群山、旷达的草原戈壁、壮丽的雪巅冰川、神秘的驼队、剽壮的马群都成了诗人们的代言者,在诗人博大的、神性的自我世界中获得了崭新的生命。

同朦胧诗人一样,西部诗人所拥有的亦是理性自我、群体自我,这便从根本上决定了西部意识的走向,即由对当代意识的感应、对社会—历史的反思到宏观背景下的文化反思,而对生命价值的追寻总体上是在理性自我、群体自我向感性自我和个体意识过渡之后才开始的,只有极少数的例外。

2. 当代意识与社会—历史反思

我们仍然相信"西部诗潮是一件时代的产品"这样的说法,我们无法低估这个时代的意识——当代意识在塑造西部诗歌主体形象上的巨大作用。当代意识,具体地说是一种当代人的自我意识,它的核心依然是科学与民主。科学与民主本来是一种用以谋杀"神"的武器,但当它们一踏入西部土地,便旋即又成为新的神——一种新时代的主体神的形象,因而它们一来到这块土地便与这里的"自然神"及其信徒们展开了战争,形成了20世纪的黄帝与蚩尤之战、共工与颛顼之战。这种由现代文明衍生出来的意识形态与这块原始的、古老的、

荒疏的土地祖传的意识形态有着多么大的反差啊！正是这一巨大反差充当了诗人们反思西部社会历史及围困于其中的诗人自身命运的有力支点。站在这个支点上，诗人们痛苦地在昨天与今天之间摇摆，而且对明天感到迷惘，他们时而迷恋于这块古老土地的淳朴、温情和西部人强悍的原始生命，时而又因对明天的向往忍痛割舍昨天，时而又以巨大的热情走向明天。

周涛的《牧人集》很有代表性地呈现出西部诗人的这种"当代犹豫"，他一方面赞赏那"以驾驭最野性的烈马的姿态／勇敢地驾驭命运"的牧人，迷恋那"永远拒绝了城市繁华的港湾／在大自然独自支起一个小岛"的毡房，另一方面却又在祖先留下的那笔永恒的遗产——荒原上忍痛祭奠历史。诗人甚至直截了当地说：

正是因为我爱他们／才把这价值万金的遗产／当作一无所有的荒原／ 为了历史的荣誉和未来的幸福／决不能用祖先的花环／为今人打造一副锁链／我们这一代／不能让我们的时代／成为历史的一声长叹／／即使我们／在荒原上建成一座宫殿／也希望自己的后人说：／他们没留下什么／留给我们的／仍然是一片待垦的荒原

（周涛：《荒原祭》）

在当代意识的照耀下，展开对社会—历史的反思是西部诗初潮期的一个总主题，大部分的西部诗人几乎全部陷入了这一主题，即使沉入生命意识较早的昌耀也不例外，他的《山旅》《划呀，划呀，父亲们》表现出明显的对社会—历史的关注和反思。

3. 文化意识

西部诗正是站立在这样一个时代的交叉点上，从在荒原祭奠历史到重建家园的激情，赋予诗人们充当弄潮儿和时代主人的冲动，而西部荒原更加深层地象征着新时代烛照下的历史之废墟，西部人情风俗使人们感受到更加深刻的历史的创痛，于是西部诗人们接过了朦胧诗人们未及展开的主题，与全民族文化大裂变时期的到来同步，从社会—历史意识迈入了对文化意识的观照和反思。

文化意识，80年代中国的文化意识，就是文化地（综合地和历史地、世界地）去认识社会、认识时代、认识人的一种精神现象。相比于此前的单纯社会——历史地、此时此地地去认识、表现事物的方式，文化意识显然具有更广阔的意识空间和纵深感。

文化意识在西部意识中的核心位置本质地规定了西部诗潮的几乎全部成败：其一，文化意识作为西部诗最重要的主体意识，潜在地奠定了西部诗潮实质上是一个文化诗潮。在80年代中国的几大诗潮中，西部诗潮不仅以鲜明的民族性与现代感较强的新诗潮构成了防止诗坛倾斜的平衡杠杆，而且以地域性文化开掘与历史性文化开掘为目标的现代史诗诗潮一横一纵地形成了中国新诗史上规模最大的文化诗潮。其二，文化意识激发了诗人们对西部精神的深层体验，源远流长的忧患意识、浓重的悲剧色彩、漫长的历史绵延感都不是单一的社会反思和以政治意识为核心的历史反思所能企及的。其三，文化意识确立了西部诗潮中诗人们的文化本体观，使西部诗从骨子里丧失了艺术探索的某些尖端和前卫精神，使其在艺术上稍逊于新诗潮和现代史诗，而将发现西部文化的内在肌质的意义夸大到了超过艺术发现的程度。其四，文化意识在某种程度上招致了西部诗歌人文精神的淡化，人的发现被作为文化发现的一种手段，人被当作文化符号来表述，而失去它自身的丰富内涵，这一点在典范性的西部诗（新边塞诗和林染们的敦煌诗）中表现得尤为突出。其五，文化意识在摆脱了政治意识所导致的某些概念化、类型化、模式化的创作之后又走入了一些文化概念、文化象征的类型和模式，这便使西部诗失去了它的丰富的人文血肉和艺术肌肤，也从骨子里规定了它的有限寿命，如野性精神、原始野性、神秘感、孤独感等等都先后成为教条性概念。

4. 与文化意识互为因果的是宏观意识

意识到文化不是一件容易的事，至少固守在某一特定的文化圈内是意识不到这种文化存在的。也就是说，文化意识是纵横比较和超时空视野的宏观意识的产物。如果拒绝接受某些新的文化意识的冲击，同样也不可能冲出特定的文化圈，从而意识到宏观空间的存在。西部意识中所包含的宏观意识正是世界各民族文化大撞击、大开放、大交流、大融合的直接或间接结果。宏观意识具体地说就是意识到特定文化圈之外的空间，大至宇宙、全球，小至东部、中部和南部；前自蛮荒的远古，后迄未来的世纪。这种宏观意识凝聚着人类对自身的反观，人类在宏观的背景下看见自己怎样丢掉尾巴成为自己，怎样在自己无穷的创造力的重压下在这块起伏的土地上艰难地行走，又怎样像流星一样逝去，留下自己的灿烂……

宏观意识在西部诗中的表现不是以标志词的出现为标志的。写"宇宙村"的不一定具有宇宙意识；写"海洋""陆地"的不一定具有全球意识；写"图腾"的不见得就具有类意识和种族进化感；写"宇宙飞船""飞碟""太空人"的也不见得就有超前意识，同样没有出现这类标志词的诗作不见得就不具有这种宏观意识。西部诗的宏观意识深深地刻写在探求文化的深度之中，刻写在抒发悲剧感的情感之上，刻写在林染笔下驼队的沉默之中，刻写在周涛笔下神山的神秘之中……

5. 崇高、悲壮的审美意识

西部世界在时代的、历史的大舞台上表演着民族文化大裂变、大交会和宏观时空巨大的体积感、重量感与西部雄奇、壮烈的地域特征以及多民族大融合、大迁徙的漫长历史，轻而易举地使西部诗潮形成了自觉的审美意识——对崇高和悲壮的追寻。早在中世纪朗吉弩斯就在他的《论崇高》中指出了崇高是由于"大"而产生的一种感觉。我们说，崇高与悲壮是"伟大"的幻影，伟大的时代、伟大的地域、伟大的民族、伟大的思想、伟大的情感、伟大的悲哀、痛苦和死亡等等无一不是诞生崇高美的精神实体，而这一切无一不是西部所潜藏的宝藏，这一切又与西部诗人群体自我的巨大感吻合在一起，这正是西部诗落入崇高范畴的根本依据。壮美是力度、烈度、强度、硬度、浓度的光泽，西部的人、西部的群峰、漠风、马群，西部的太阳，西部的爱，西部的战争、酒、信天游、腰鼓舞等等又无一不是这几个"度"的聚合。西部的文化精神、地域和所处的时代以及孕育于其中的博大的自我和宏观的意识空间都在这一审美选择中得到同一。

6. 生命意识和语言意识

像所有文学艺术创造的主体意识一样，西部意识是一个流动着的、不断嬗递不断展开的概念。随着以文化为标志的西部诗的日益模式化，随着中国诗人的精神视野中个体意识的复活和诗歌本体观的流变，随着时代内涵的转换，西部意识约定俗式的构成因素正在发生实质性的变更。原有的一些西部实力诗人正在悄悄地换季，一批新生的年轻的西部诗人已开始锋芒毕露，他们所呈现出的大致趋近的意识走向，是逐渐地走出狭义的文化意识，而开始了对当代西部人的生命状态的探寻和与西部生命相对应的西部语言方式的自觉实验。其实这一流向在昌耀早期的作品和杨牧、周涛、林染后期的作品中已露出端倪，迄至以张子选等人为代表的从大学校园走出来的实验诗人，生命意识与语言意识已开始取代狭义文化意识，成为西部诗将要展开的新的主体意识。

尽管我们不否认任何一株奇异的生命之树都是在特定的文化土壤中生长起来的，但是生命形态中却潜藏着比文化形态中更直接而且更本质、更深刻的人文动因和诗歌因素，而且一个不容否认的事实是：在中国新时代文学中生命意识的觉醒对于文化意识的觉醒来说确实存在着某种历时态的关系。文化意识是伴随群体意识和理性自我而觉醒的，而生命意识的觉醒则是以个体意识和感性自我的被确认为前提的，至于这是一种进步还是一种倒退，则是一个艺术本体观的问题，此处我们无意于卷入这类官司。我们只承认这是一个事实，并且认为西部诗歌流程正是在这一事实中与整个诗坛的实验进展保持着同步。

西部诗披露出的这一尚在形成中的走向意味着曾经处于西部意识的核心位置的文化意识正在为生命意识和语言意识所取代，意味着西部诗本体观和美学特征的一次深刻变革，意味着西部诗既已形成的创作程式开始溃决，或许，还意味着西部诗的一个新的、更开阔的前景正在打开或者正面临覆灭的险局等等。不管怎么说，生命意识与语言意识的觉醒，在力图开辟西部诗的另一条传统，一条不以文化来命名的传统。

第七章

西部诗歌中心意象破译与象征解析

第一节 西部诗歌——意象的蘑菇云

此刻，西部诗潮以一种纯粹艺术现象的身份进入这个题目之中。那么，我们所面临的最重要的问题便是：西部诗歌艺术构成的主要方式是什么？我们又如何根据这种方式对西部诗进行普遍的认识？

我们已知晓西部诗潮是一个由多种支系汇聚而成的多声部、多色调的交响，因而要在诸多差异之中找到西部诗共同的基本的艺术构成方式自然是相当不易的，势必要有许多例外。但我们认为：一个诗歌潮流的基本的艺术方式是由它的共同的文化艺术背景和它的初衷、目的与性质决定的，因此，根据这一普遍规律去确认西部诗的基本艺术方式仍然是有意义的。

一、诗歌，一种语言现象

我们坚信这样一则信条：诗歌最终是一种语言现象。诗歌中的那些被特定时空给定的东西，诸如某某精神、某某意识或者某某文化，终将被时间之河一层层地冲洗殆尽。就拿古代边塞诗来说，它们所荷负的"厌战情绪"、"思归情绪"、对敌人的仇恨和对将士们的勇武之赞美，对我们现代人来讲究竟还有多重要已经很难说了，而我们所欣赏的正是它们峭拔的精美语言。

然而诗人却始终不可能越过这些"泥沙"直接去构制一种纯粹语言的标本,恰恰正是这些"泥沙"规定了诗歌对语言方式的选择。从另外一个话题上说,诗歌对语言中潜藏的诗性的开掘是多方面、多层次和多种多样的,或侧重声音功能,或侧重造像功能,或侧重色彩功能,或侧重意义功能等等,而一个特定的诗歌潮流对语言功能的总体选择也正是由这些"泥沙"规定了的。

二、西部诗歌的语言与意象营造

西部诗歌正是受制于它所处的文化时空而选择了语言造像功能,以意象经营为其基本艺术方式。

这首先取决于它所处的文化艺术传统。

我们已经知道,在当代诗歌浪潮的总体平衡中,本土传统文化始终是西部诗潮的一大支点。从远传统看,"象"是中国文化的基本要素之一,"意"则是另一个基本要素,而第三个基本要素"言"则是"意"和"象"的统一体。这个基调从《易经》开始就确立了。在文化流变的过程中,这三个基本要素全部而且集中地体现在诗歌艺术当中,决定了中国诗歌之"言"始终是"象"与"意"的辩证体,形成了中国诗歌艺术的基本传统:"意象经营"。从《诗经》的"关关雎鸠""杨柳依依"到《楚辞》的"香草美人",再到唐诗宋词,莫不如此。而作为西部诗先祖的古代边塞诗那种"大漠孤烟直,长河落日圆""千树万树梨花开"的情形,尤其是意象经营的盛典。从作为近传统的新诗史看,虽然这种带有明显的殖民性质的艺术样式(新诗)曾被欧风美雨涤荡了它本应延续的意象传统,但新时期以来,朦胧诗人们却从别人的河流中索回了自己流出去的水,又使意象这条一度干涸了的内陆河重新开流,于是意象经营成了20世纪80年代前半期中国诗歌的共同艺术方式。这些无疑在暗中塑造着西部诗的艺术"形象"。

其次,那是一个需要"摄影师"的时代。

社会、文化高速度、高密度的历史转折,使时间静止为空间,使中国进入了一个立体的时代。从通常的美学道理便可知道,立体空间只能由物象来体现。

不是吗？有那么多的即将成为"文物"的人和物需要抢"拍"，有那么多的刚刚诞生的人、物、事及由此引发的心理和精神需要艺术的快速镜头和特写镜头。而在西部这个历史更迭的悲喜剧更加集中的舞台上，则有着更多的"文物"和"新产品"。因此说，西部诗选择语言的造像功能和意象经营手段，也是它所处的时代与社会历史背景决定的。

我们可以认为任何一个民族或任何诗歌都对语言的造像功能有程度不等的开掘，或者可以说不管自觉与否，也不管是否将造像功能看作语言的主要诗歌功能，但诗歌语言总要呈现某些意象。然而，我们说西部诗的意象却是着意营造的象征意象。

意象有两种基本类型，一种可称为经验性的直觉意象，另一种便是超验性的象征意象。

经验性的直觉意象几乎在任何诗歌品类中都可以见到，尤其是在一般抒情诗中。其特征为：

① 它是某种直觉、记忆、情感、无意识的线性对应物和载体，即该意象与某种特定的直觉、记忆、情感、无意识经验的表象呈一一对应关系。其结构为"A—B"。

② 也因此，我们对它的再感知只能做一次性的联想，而不会扩大指涉的时空范围。

③ 直觉意象的意指能力不可以进入超验时空，因为它无法进入理性的版图。它仅仅作为唤醒某一直觉、记忆、情感、无意识的信号和标记。

而超验性的象征意象的特征为：

① 它是升华了的或理性化了的直觉、记忆、情感的空间对应物，即它与某一特定的直觉、记忆、情感、无意识及与之同类的或相关联的别的直觉、记忆、情感、无意识呈空间对应关系。

② 我们对它的再感知可进入更大的联想空间。

③ 象征意象所指涉的范围更多的是超验性的和理性的。

西部诗歌中的意象多为超验性的象征意象，或者说大都可以看作象征意象，如西部太阳、驼队、荒原、鹰等等，这些意象我们如果将它们与某一经验事实去印证便会损害它们的意义和价值。

那么，西部诗歌中的象征意象又与欧风中的百合、玫瑰、郁金香以及屈原的"香草美人"、李商隐的"春蚕""蜡泪"有何不同呢？

这又是由西部诗歌所处的文化社会背景与西部诗潮自身的性质决定了的。我们认为，这个处于裂变中的历史进程最容易使人们进入历史文化的整体思维之中，因而我们说这个时代本身具有历史文化的象征意味；同时它处于这一文化裂变的子宫位置的西部，不仅充分地具备着这种历史文化的象征意味，而且兼具地域文化的象征意味，这便使西部诗中的象征意象是一种文化象征意象。

这也取决于西部诗潮自身的性格。我们已经知道，西部诗潮本质上是一个文化诗潮，即出于某种文化的动机，以某种文化心态达到某种文化的目的。因而它所营造的象征意象自然要笼罩在文化象征的阴影之中。

文化象征意象的经营正是西部诗呈现出的总体的艺术方式。尽管这一方式经历了从早期西部诗（新边塞诗）的不自觉阶段到西部意识强化后的自觉阶段、再到在西部实验诗人手中走向解体的曲折过程，但它却是贯穿西部诗潮始终的一种艺术方式，并创作出宏大的西部诗文化象征结构，文化象征意象宛若西部天空升起的蘑菇云那样浓密而久久不肯散去。

第二节 太阳·荒原·马意象群——父性文化象征系列

意象是抽象的，这是它与客体表象、经验性印象和现实中的普通形象的一个重要区别。它是主体与客体、经验与超验、感官与意念的高度聚合。这种聚合使一种自然物象在升华为意象时实质上经过了一次灵魂与实在的分离，最终成为自己灵魂的雕塑。中国诗歌从古至今实质上始终以提纯意象为其基本手段，或者说意象是中国诗歌的基本元素和细胞。有时候一首诗便是几个中心意象率领的一个意象群，有时候一首诗实质上就是一个意象。在单个作品或一个诗人的作品中，一些出现频率较高的中心意象暗示着他个人的精神风貌、心灵历程和心理内涵；而在一个诗群或一个大的诗潮中出现频率较高的中心意象，则暗示着其所处的时空中的主要的文化心理内容的总体面貌，从而成为一种文化象征。所以，我们对一个诗群或诗潮中心意象文化象征的破译，实际上是在探测某一文化时空中的集体无意识内容。西部诗潮作为一个地域性文化诗潮，其所营造的中心意象便必然凝聚着西部现时态的文化心理及其深层的集体无意识因素，甚至有些意象我们可以直接看作复活了的原型。这里我们仅就西部诗潮中的两个意象群做一试探。

一、太阳·荒原·马：英雄情结与父性文化象征

太阳、荒原和马是西部诗中最普遍、最具凝聚力的意象，尤其是在新边塞诗中。尽管它们在各个西部诗人的作品中出现的频率高低不一，而且各个诗人使用它们的具体角度、方式和赋予它们的象征意味也有着细微的差异，但总体上看这三个意象在西部诗中已形成统一的、具有很大辐射能力的象征意蕴，进而成为西部诗的中心意象。

1. 太阳

从"大漠孤烟直，长河落日圆"到杨牧诗中的"夕阳"、章德益的"西部太阳"、周涛诗中反复出现的"黄昏"与"黎明"的太阳、何来的"古渡口的太阳"和"上路吧，太阳老弟"……太阳意象一直给人们一种悲壮、肃穆、庄严的伟力。这种感觉的来源绝非仅仅是太阳的自然特性和由太阳组成的自然景观，我们认为更重要的是来自太阳的深层文化象征意义。太阳几乎在各个民族中都是某种神性的主宰力量和雄性精神的化身。在西方，太阳与英雄和上帝联系在一起；在古希腊神话中，太阳神阿波罗是力量、意志、悲壮的造型化；在被荣格引作例证的那部希腊抄本中，太阳的象征意义得到了这样的阐释："……那些看得见的诸神的道路将经过太阳的圆盘而出现，那太阳是我的父亲上帝。"[1]中华民族是一个不惜生命追赶太阳的民族，在中国，凡与太阳有关的神话都是塑造英雄的，夸父、后羿等都是用太阳塑造起来的英雄原型，而佛祖背后的那个光环说明东方民族对太阳的宗教性崇拜。

在西部，这轮照耀着那些艰难跋涉的生命的太阳，更是悲壮的神性英雄的象征。西部诗中的太阳意象正是西部各游牧民族所崇尚的、在与自然神搏斗中形成的主体神原型和当代诗人无意识的英雄情结的诗意复活。在太阳意象中蕴藏着高大的主体形象、悲壮的民族精神和英雄受难的历程，蕴藏着西部文化原初的动机和渐渐形成而又渐渐面临毁灭的理想，蕴藏着西部主体神巨大的影子。

---

[1] 荣格：《心理学与文学》，冯川、苏克译，三联书店，1987年版，第105页。

西部太阳，显示着其博大的文化心理辐射面和英雄气质：

哔剥燃烧的西部太阳／汩汩流淌的西部太阳／伐古歌谣为薪的西部太阳／用黄土捏就用血汗揉就用黄河水塑就的，西部太阳／古朴浑穆，铸进五千年古铜的光芒……／／庄严地，旋转／五千年如一瞬／一瞬间又包孕着五千年／超越无数代生死的痛苦／旋转为一团燃烧的民族魂……

那被废墟奉为祭水／那被土地奉为精血／那被黄金铸为宇宙的年轮／那被一块古陆捧为民族裸赤之心的／是中国的西部太阳吗？／／……

（章德益：《西部太阳》）

在这里，太阳是五千年文化熔铸而成的西部民族之魂，它既是诗人凝视西部文化之辉煌的"一颗充血的历史瞳孔"，又是西部文化的本质。杨牧的《夕阳和我》树起了一个寻找太阳、渴望旭日东升的自我英雄主义的形象："头颅呢？／太阳呢？／头颅里的太阳呢？／太阳下的果园呢？"诗人深思着，寻求着这块土地上崭新的太阳，因为他亲眼看见"夕阳坠向了地平线"，因而诗人注定要成为夸父追赶太阳主题的传承者，要成为英雄的一代，所以他感到"我的形象也一定很高大"，"我知道，夕阳的光／只能够着我的下巴"。其实，诗人树起的英雄的自我，正是西部主体——太阳精神的延续。何来在《古渡口的太阳》中对太阳陶醉于自己制造的黄昏之意，并"沉醉地与之融为一体／甚至如此忘情／淡然一同消逝于／无边的静穆和幽暗"透出一种惋惜之感。因而诗人面对这轮停滞的没落的太阳，喊出了"上路吧，太阳老弟"。

在西部诗中，太阳是一名受难的英雄，黄昏与夕阳是诗人们感受到的基本现实。太阳意象凝结的这种苦难及其所导致的英雄悲剧或许是诗人们普遍潜在的英雄情结和苦难感、西部文化所面临的新的文化因素的挑战与西部主体神的英雄本质之间的悲剧性扭结之投影。

2. 荒原

这不是纯自然的荒原，也不是艾略特的荒原，而是西部太阳照射下的荒原，是困守在西部的主体神所面对的荒原。它是一个与文明相对立的原始生命力场，同时它又与生命的延续构成某种对抗性关系。而西部荒原的诗意化则有赖于诗人将它当作一块未经开拓的精神文化空地和诗人生命意志与想象力的承受者。它给了诗人生命力之强大，却又使他必须承受一份注定的孤独。昌耀的《记忆中的荒原》（《慈航》）正是这样一块养育孤独生命的不朽的净土，在这块精神的净土上，生长着"那在疏松的土丘之后竖起前肢／独对寂寞吹奏东风的旱獭"，"那在闷热的刺棵丛里伸长脖颈／手持石器追食着蜥蜴的万物之灵"。诗人从这些孤独而坚忍的生命中看到了"他昨天的影子"。人与自然的诗性的冲突与和谐就是在这块荒原上展开的，荒原迫使人们丝毫不能忘记自然、疏离自然，使人最终成为"被文明追逐的种属"。因而昌耀在《莽原》中说："——正是为了这大自然的回归，／我才要多情地眷顾／这块被偏见冷落了的荒土？"同样，荒原在杨牧那里是一块使他永生的圣土，他在《边魂》系列组诗中的《圣土》前加了泰戈尔的一句诗做题记："你已经使我永生／这样做是你的快乐。"这句诗作为全诗的主题，披露出了荒原意象在杨牧心里的宗教性的象征意味。周涛的《荒原祭》为荒原意象增添了另一种阐述的可能性，诗人将荒原意象置于时间的序列之中，荒原既是曾在这里获取过生命的祖先们留下的一笔永恒的、价值万金的遗产，又是一块迄今一无所有的文化空地，因而荒原是诗人祭奠祖先的"历史的祭坛"，又是需要一代一代开垦下去的文化创造的力场。

3. 马

西部诗歌是片巨大的草原牧场，到处都有牧马的诗人。马对游牧民族和战争生涯来说，其远比牛对农耕民族的意义重大；而马对西部诗歌的意义却与对游牧民族和战争生涯的意义同等重要，马是西部诗意象结构中不可分离的一个支点。它是西部人原始生命力的最杰出的象征，许多西部诗歌中的英雄原型是在马背上诞生的，它的狂悍刚烈、桀骜不驯，它的高贵潇洒、恢宏独立，显示着狂放的野性，隐含着西部主体神征服一切的西部精神。在西部诗的牧场上，一个出色的牧马人是周涛，他那由马的意象组成的《野马群》成为西部精神的著名象征，也成为新边塞诗的总体象征：

兀立荒原／任漠风吹散长鬃／引颈怅望远方天地之交／那永远不可企及

的地平线／三五成群／以空旷天地间的鼎足之势／组成一幅相依为命的画面／／……在那桀骜不驯的野性的眼睛里／是很难找到一点温顺的啊／汗血马的后代／突厥铁骑的子孙／一次酷烈的战役之后／侥幸生存下来的／古战场的遗民／对于残酷搏杀的遥远的记忆／和对战死者固执的忠贞／使它们成了／这块荒凉土地的见证／昔日马中的贵族／失去了华贵的马厩／沦为荒野中的流浪者／面临濒于灭绝的威胁／与狼群周旋／追逐水草于荒漠／躲避捕杀的枪口／但是即使袭来旷世的风暴／它们也是不肯跪着求生的／一群呵……

另一位谙熟马性的牧马人是青年诗人张子选。他所放牧的已不再是周涛意念中的马，而是真实的大草原上的马、牧马汉子胯下的马。在他的诗中，马的意象被置于一个现实的、真切的阐释范围之内，在那里，马与刚烈勇敢的驯马手、牧马人和严酷的自然背景交融于一个相互映衬、相互冲突、相依为命的情景之中，使西部精神得以在一个个真切而实在的现实氛围中凸现出来：

四处游牧的马群／使草原大得永无止境／使人在大风雪之夜／总是等不来由远而近的马蹄声／一辈子也等不来多少马蹄声。

他爱你这没有好骑手的烈马／直到从马背上坠落下来／躺在石头上毫不在意地流血／临终前给你留下一声死也不肯瞑目的遗憾／遗憾自己没法摔倒他的那匹马／临终前，驯马手哈特只给你留下一句／你独守了一辈子的话／——能摔死他的才是真正的好马／才是一匹让人流泪的好马呀。

（张子选：《西部　西部（组诗）》）

张子选诗中的马的意象除了我们一般认识到的象征意味外，还被赋予了一种动人的情感意味，一种西部人特有的、用西部方式表达出来的情感意味：

每逢大风雪之夜／总有去了就回不来的牧马人／变成身披黑斗篷的风神／惹得部落里的寡妇们都要冲出家门／纷纷搂住随便哪匹马的脖颈／像搂着她们自己的男人／彼此撕肝裂胆地／痛苦一阵，安慰一阵／然后沉默，然后就是拉扯大自己的每一桩心事／拉扯大孩子们的哭声／还做牧马人。

（张子选：《西部　西部（组诗）》）

在严酷的自然背景中，人与马相互有一种质朴、真诚的信赖和依恋，马被赋予一种发自生命深处的美丽凄楚的人情味。

太阳·荒原·马意象群生成的共同心理依据是西部诗人普遍潜在的英雄情结和原始英雄主义精神。自然的暴力、历史的风雨、个人经历的苦难是英雄情结和原始英雄主义生成的渊源和土壤。这种精神文化现象不仅是西部诗人共同的心理，也是整个西部人普遍的文化心态，建筑在这种心理之上的文化创造形成了一个西部特有的文化传统——父性文化传统，一个充满了主宰力和扩张性的文化传统。西部诗正是这一传统的精神结晶。在那里，父性主体神如那轮不朽的西部太阳，照耀着那养育生命、养育创造力的亘古荒原，照耀着那野性狂烈的野马群。从那流浪的野马，从那荒原上如血的残阳，我们听到英雄在受难的声音，我们看到西部诗正是这样一座英雄悲剧的建筑，一座雄性美与悲剧美的建筑。

二、由太阳、荒原、马编织的意象网

中心意象的意义在于它对旁枝意象的统率作用和支配权力。它将旁枝意象的阐释范围安置在它的辐射区域之内。一首诗或一个诗潮往往是由一个或数个中心意象编织的意象网。

中心意象与旁枝意象之间的组合关系通常依据两个基本原则，即罗曼·雅克布逊的相似性原则与毗连性原则。①相似性原则由"替换型反应"组成并列关系，毗连性原则由"谓语型反应"组成主谓关系。前者为隐喻，后者为换喻。太阳、荒原、马作为西部诗的一组中心意象，便依据这两个基本原则演化、派生出一系列旁枝意象，遮蔽了西部大半壁诗天。

太阳意象在各个不同层次上的替换型意象至少有：上帝、胡大、神、英雄、山岳、牧人、西部汉子、父亲、套马手、驯马手、开拓者、绿洲、新大陆等；谓语型意象常见的有：落日、夕阳、黄昏、朝霞、旭日、寒冬、暖流等。

---

① 罗曼·雅克布逊：《隐喻和换喻的两极》，张祖建译，载《西方文艺理论名著选编》下卷，伍蠡甫主编，北京大学出版社，1987年版。

荒原意象的替换型意象有：古海、西海、戈壁、大漠、旷野、祭坛、圣土、净土、莽原、高原、孤独、废墟等；谓语型意象有：荒原、贫瘠、空旷、沉寂、沉落等。

马的意象的替换型意象有：野火、男人、拓荒者、流浪者，此外兀鹰、骆驼、牦牛、蜥蜴等动物意象在象征原始生命力时也可与马替换，但它们所显示的其他品格不同：兀鹰主机智；骆驼和牦牛主韧性，并且有较重的文化意味，因为它们一直被当作传递商业文化的"沙漠之舟""高原之舟"；蜥蜴以弱小显示生命力之强大；而马则主潇洒豪放、狂傲不羁。马的谓语型意象有：奔腾、开拓、燃烧等。

这些由太阳、荒原、马及其旁枝意象组成的意象云，正是西部父性文化传统、西部诗中原始英雄主义、悲剧感和雄性精神的杰出象征。

第三节 土地·月亮·河流
—— 母性文化象征系列

土地·月亮·河流是西部诗歌中另一组具有总体结构意义的中心意象。它们所构成的意象群形成了与太阳、荒原、马象征的父性文化传统相对应的母性文化象征系列。土地、月亮、河流与太阳、荒原、马以天地、昼夜、阴阳、公母的自然辩证关系孕育了整个西部诗的总体结构，且使这个结构以及西部概念产生了一种神秘的东方哲学意味。

土地·月亮·河流意象遍及西部各个诗群，但最为集中地呈现这一意象群的则是黄土地诗歌。在那里，这一意象群形成了一个自足的结构系统和深层的文化象征意味。

一、土地·月亮·河流：地母原型与母性文化象征

1. 土地意象

在东西部的这块黄土塬上，土地以其温厚和天赐的爱心直接滋养着生息其上的人们，在这里，土地是人的母体、文化的母体、一切创造力的母体，所以东西部的土地不再以西西部的那种养育孤独和恐惧的荒原面目出现，而是以慈爱的母亲的形象吸引着人们的挚爱与崇拜。因而在黄土地文化中潜伏着一个

根深蒂固的地母原型，而且成为这块土地上的主体神。在这里的民间剪纸艺术中，几乎所有的土地造型都是一个横卧着的以双峰为乳的母性形象，其中渗透着黄土地人对母亲、对土地、对女性的无限崇拜。这种"土地为万物之母"的观念在整个中华民族文化乃至世界上所有的土地民族中是普遍存在的，在中国古代的昆仑神话与蓬莱仙话两大神系中，象征着土地文化的昆仑神系是以女娲和西王母两个人面蛇身的女性原型为标志的，她们是生殖、繁衍与生命之源的象征意象。

杨牧的《海西运动》中将昆仑山、天山、阿尔泰山形容为地母的双乳哺育起来的"英俊三少年"，将塔里木岛陷为盆地、准噶尔岛陷为盆地喻为地母的两个哺乳后塌陷的慈乳，便是源于地母原型的想象。这种原型在埃及和巴勒斯坦叫作阿斯塔尔忒，在巴比伦叫作伊斯塔，在希伯来叫作圣母，其意均为赐万物以生育、繁殖与生命之源的天后或万物之母。地母原型是黄土地诗歌的核心和力源，黄土地诗人几乎无不以地母之子自拟，报以自己由衷的爱恋与崇拜。叶延滨把整个黄土地叫作"干妈"，把"干妈"给予他的母爱叫作"乳泉"，这便是他黄土地诗集的名字。梅绍静在高原母亲的怀里显得无比娇嗔，泪水、欢笑、幻想都是那么天真烂漫，像跟妈妈回娘家的小姑娘，其实，她正是以那个"唤梅"的母亲之女自拟，所以她的诗集命名为《她就是那个梅》。肖川歌云：

我的心仍属于黄皮肤的母亲，/属于这沉甸甸的土地，/不属于轻浮的云、游移的雾和没有骨架的风。/我恋着这片土地，/深情地捧起一抔黄土，/捧着塞上的心，捧着母亲的叮咛和嘱托，/……哦，塞上——生我育我知我爱我/与我息息相通脉脉相牵心心相印的/土——地——哟——

（肖川：《塞上的土地》）

姚学礼创作了一系列以神话传说为契机歌颂地母的诗作，其中女性与土地两个意象也是相互隐喻的，在《成纪行》中诗人唱道：

呵，我的深厚深沉的西北黄土地呀／你生出了和自己一样粗犷的威武，仍然雄壮般沉默／你生出了和自己一样辉煌的业绩，仍然神圣般沉默／你生出了和自己一样豪放的诗篇，仍然旷达般沉默。

在尚飞鹏、路漫等青年诗人的诗作中，地母原型得到了自觉的呈现。在尚飞鹏的世界里，土地与太阳、女性与男性、阴和阳是其整个想象力的两个同构性的支点。

土地与母亲在黄土地诗歌中已成为两个可以互训、互译、互喻、互为象的叠加意象，人们在那里看到了闪烁于远古的地母原型，看到了母性文化创造的动力源，看到了黄土地文化的主体神的真切面孔。

2. 月亮意象

清冷而幽静是月亮的秉性。这枚亘古的铜币，在中国文化中有着丰富的象征意蕴和悠久的审美传统。它是爱、思念、美的化身，因为后羿的老婆嫦娥飞到那里去了，月亮成了女人的世界，那里唯一的男人吴刚被判终身苦役，无休止地砍伐那棵永远砍不倒的桂树。桂枝、桂花何其美也，为什么要去砍呢？证明男人是这个世界的破坏者。这是一个女人的世界，它盘踞在整个黑夜——世界的整整一半。由此，月亮在中国成了东方女神的象征、爱和美的象征。在西部诗中，月亮与地母、与飞天、与西域古乐、与伎乐天、与红柳、与沙海美人鱼、与满载丝绸的驼队、与西部硕大的静谧和苍茫的神秘感联系在一起，与美女情结、女性崇拜、土地崇拜联系在一起，成为西部母性文化传统之象征。西部，早已有"明月出天山"的古韵，在当代西部诗中，古老的东方女神已成为诗人们追求爱与美、礼赞女性的一个原始意象。这是林染的《敦煌的月亮》：

当那些／裸着双肩和胸脯的伎乐天／那些瀚海里的美人鱼／起伏着手臂摇动月光／我听见了她们的唱歌／／银色的漠海情思澎湃／珊瑚的红柳／一丛丛燃烧着／火焰是黑色的，浓黑色的／／她们从沙丘舞向沙丘／飘带撩动星群／猩红色的星群在沉浮／／我的三危山也在沉浮／她们会舞到我的山岩上／把我带进波涛下的花园／／永远沉寂的花园／永远动荡的花园／／美丽而冷酷的夜色／你不要退去

这是路漫的黄土世界中的《圆月·回音之四》：

终于，这夜并不黑暗：／竖琴自远方流过，泉水弹拨出音乐／静穆也如琴

如水,这夜并不黑暗//你是东方之神,给夜以温馨:竖琴自远方流过,泉水弹拨出音乐/这夜并不黑暗:神秘也如琴如水

还有叶延滨的《高原月》、肖川的《望月》、高平的《凉州的月亮》等等。月亮,凝聚着诗人在这块温热的土地上对美、对爱、对人情的渴望与追求。这轮亘古冷月,犹如东方女神美丽动人的眸子将爱与美的目光投向西部——这世界荒僻的一隅。

3. 河流意象

河流是人类文化的摇篮,尼罗河哺育了古埃及文明,两河流域哺育了古巴比伦文明,在中国,黄河、长江分别哺育了华夏文化和楚文化两大文明体系,因而人类文化史不可避免地赋予河流以母性的意义,河流因而赢得了人类的崇拜。在中国,河神为女性,是伏羲与女娲之女,名宓妃,又称洛神,即曹植《洛神赋》中所赞美的那个美丽的神女。西部是江河之源,因而也是中华各民族文化的发祥地,所以河流意象在西部具有十分重要的文化象征意义。黄河、塔里木河都被称为母亲河,长江、雅鲁藏布江、额尔齐斯河、伊洛瓦底江、疏勒河等也都是生命与文明的摇篮,它们共同象征着母性、乳汁或美神,象征着母爱之河、情爱之河:

把清甜的乳汁/捧给每一株小草,/用温热的情爱,/暖透每一个心窝。//我是奔腾不息的黄河,/奔腾不息的黄河是我!/请不要担心我的衰老,/纵使入海,我也要鼓帆扬波……

(闻频:《我是黄河》)

她的凸起的双乳/和冰雪一样白嫩/滴出了长江黄河

(高平:《雌性的大西北》)

一条大河呵,哺育我长大的一条河/呼唤着你,我扑向母亲,扑向山窝/扑向你,按捺不住心头奔涌的亲切/扑向你,唱不完心头火辣辣的乡土歌/……呵,一条大河就在我眼前流过/可爱的故事待我多么意厚情烈/唱一万遍也喜欢重复的歌呀/我的泪珠儿打湿了家乡的大河。

(姚学礼:《一条大河》)

在西部诗人中，很少人没有写过河流，尽管在他们的诗中，河流的具体名字、写法、境界各不相同，但把河流作为母性的象征却是共同的。在西部每一条河都是母性之河，她从人类生命之源流出，流出源源不断的情、源源不断的爱、源源不断的美，灌溉着人类，哺育着生命，滋养着万物之灵。

土地·月亮·河流意象群生成的种族性文化心理依据是作为内陆区域的西部诗人生命中潜在的地母原型、土地崇拜、女性崇拜和对水的渴望等。它们在西部诗乃至整个西部的象征意蕴正是那源远流长的母性文化传统。在东西部，这一传统远远强大于父性文化传统，并有着与西西部的父性文化传统相平衡的意义。因而东西部的西部诗普遍地呈现一种阴柔气质，甚至有不少诗人以直接写女性来表现这种气质。陇东黄土地上的姚学礼执着于这块乡土，执着于母性文化体验，他借题于神话传说《泾河龙》《水泉寺女子》《草腰沟婆娘》以及《金瓶梅》《红楼梦》等小说的《〈金瓶梅〉纪事》《大观园里》等写了一系列关于女性的诗和发生在乡土上的现实的爱情诗。诗人相信了他所编织的神话，他相信他所讴歌的陇东的山山水水便是神话中一位美丽的女神之躯，所以那里流淌着生命和爱情。肖川有着很深的母性崇拜意识，他写土地的诗、写女性的诗（如《金子一样黄澄澄的土哟……》《古塬》《那女子住在墨染的塬上》等）对母亲、对女性有着至深的礼赞，呈现出明显的地母原型和美女情结。因此他相信西部《至少一半是女人》；而在高平看来西部整个是一个女人——《雌性的大西北》！

二、母性的天空：土地·月亮·河流意象云

以土地·月亮·河流为中心意象，西部诗繁衍出了弥漫于西部诗天的阴性意象云，宛若明月高照的夜晚笼罩着一层轻纱般的薄雾，使整个夜空散发着朦胧而神秘的诱惑。这层阴性意象云以土地、月亮、河流为中心按照雅各布逊所说的相似性原则（即替换型反应）和毗连性原则（即谓语型反应）板结在一起。

土地意象所生成的隐喻性替换型意象有：母亲、地母、干妈、奶奶、女性、乳泉等；换喻性谓语型意象有：哺育、繁殖、生育、苍老、温厚、沉默、

悲哀等。

月亮意象所生成的隐喻性替换型意象有：女神、美神、美女、爱情、眼睛、飞天、美人鱼等；换喻性谓语型意象有：照耀、歌唱、思念、美丽、幽默、温柔等。

河流意象生成的隐喻性替换型意象有：女性、母亲、乳汁、女神等。另外，河流尤其是黄河常常与龙互喻，作为中华民族精神和历史的象征以及中华文明史的象征。河流的换喻性谓语型意象有：奔腾、腾飞、流淌、哺育、涌动等。

以各个中心意象为原型派生出来的意象系列，既是构成西部诗歌形式的基本元素，又内在地规定了诗人们的想象力和意识空间，也从一种诗性本质意义上决定了西部诗所占有的文化层次和精神品格。所以，与其说是诗人们创造了西部诗及其意象，毋宁说是这些意象创造了这些诗人和他们的作品；与其说这些意象是诗人们歌唱西部而创造的，不如说是西部给予了诗人们这些意象，以及它们的意义和美丽。

第八章

悖论：艺术与文化
——西部诗本体观批判

第一节 诗文化与文化诗
——诗歌的三种基本文化模态

在笔者看来，西部诗的潮起与潮落、成功与失败全都仰仗着"文化"这个词。这个词有着众多的歧义，在这里，我们把它诠释为：①文化是与自然、生命相对的概念，即自然与生命的文明化和规范化，它统括了一切物质的、观念意识的和行为方式的创造物；②文化是指人类生命的理性化和秩序化；③文化是人与世界的符号化与编码化。

从人类发展的总体进程和初衷来看，文化是人类生存的手段，但在人类发展的具体过程中却被当作生存的目的。

西部诗潮作为一个文化诗潮，它的动机出于文化，目的指向文化，它的轰动效应更大程度上是由于它投合了某种文化心理市场，同时它的逐渐缄默，也多是由于文化心理市场的"疲软"，一言以蔽之，它把文化当作诗的本体。

我们曾经通过屈原和南朝民歌认识了楚文化的浪漫与灵秀，通过李白、苏轼、郭沫若认识了蜀狂人的豪放飘逸，通过杜甫、白居易认识了中原文化的沉郁、忧患，通过北朝民歌、西部诗认识了游牧文化的粗豪剽悍……德意志民族的智慧、法兰西民族的优雅、美利坚民族的超脱、俄罗斯民族的抒情等等，我们都可以从其代表诗人的歌声中领略到。诗，是一种文化现象，一种文化气质的凝聚和升华。任何一种诗的大树都崛起于和它相适应的文化的土壤,而且它一经长成便又加入了这种文化,成为这种文化的一种新的因素和新的标记。然而诗作为一种文化现象,对它所赖以生长的文化母体的态度却是复杂的、多种多样的。这种复杂多样的文化态度内在地确定了诗歌文本的文化模态,成为我们考察诗文化现象的基本依据。这里,我们便以西部诗所处的时代的诗文化现象为依据对诗的不同文化模态做一番新的审度。

诗文化现象所呈现的文化态度有两种根本不同的情形:一种是不自觉的文化态度,一种是自觉的文化态度,这两种态度的一个根本的分界线就是文化意识的觉醒。

一、顺应型文化态度

我认为20世纪80年代诗人们意识到的最深刻的事实便是人与文化的关系。80年代以前诗人们是没有意识到这种关系的,他们的诗情被局限在政治意识和特定社会历史时空的小圈子里,尽管他们的创作也同样应该被认为是一种诗文化现象,而且客观上也往往呈现出顺应或者对抗的不同的文化态度,但是他们的诗情和冲突是发生在特定文化圈内的政治的和社会的激情与冲突,而远非自觉的文化反思。总体而言,这种不自觉的文化态度只能是顺应性的,很难为其文化母体增加新的文化价值,因而也很难以一种新的文化因素加入它的文化母体。保持这种文化态度的诗歌在80年代以前一直处于主潮的地位,甚至延续到80年代初的早期朦胧诗时代,而且至今有不少诗歌仍保持这种不自觉的文化态度。

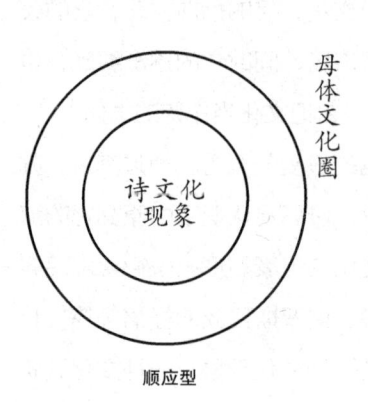

这种诗歌的主要特征是抒情,而且这种情感往往是在某种伦理观念和政治意识中发出来的普遍的社会性情感,因而它的价值取向和标准本身便是特定的文化所赋予的,这样便与它的文化母体呈顺应性关系而不可能对其文化母体发生实质性的触动,也就是说

顺应型

这种文化态度的诗文化现象始终处于特定的文化圈内。（如左图所示）

二、对抗型文化态度

20世纪80年代前期，随着文化意识的觉醒，中国诗歌的主体意识中出现了自觉的文化态度，这种态度的一个主要表征便是诗人们力图跳出特定的文化圈，用现代理性（一种新的文化意识）反观自己的母体文化。他们在反思中认知自身所处的文化土壤，在一种悲剧式的兴奋中展开了文化批判，以一种叛逆的方式为自己的母体文化创造新的价值。

这种文化态度的直接标志便是狭义文化诗的出现，即"现代史诗"和"西部诗"这两个从历史和地域纵横两个向度进行文化开掘的诗潮的出现。持这种文化态度的诗文化现象与母体文化的关系已不仅仅是一种空间关系（即诗歌文本与特定文化圈在客观上形成的那种关系），而且更直接地参与了对母体文化的价值评判与反思，它往往在母体文化圈之外获得了某种新的价值参照系和新的价值观，并以此构成对母体文化的反叛与挑战。"现代史诗"与"西部诗"便是以现代理性精神向民族传统文化提出挑战的。中国母体文化的价值标准一般是伦理道德的和情感的，而现代理性的价值标准则是科学的、历史的和理性的，这两个范畴的价值标准常常呈现出不尽如人意的冲突和错位。如"现代史诗"诗人们频繁涉猎的东方古典哲学中的《易经》、老庄、太极八卦等形而上学与现代科学的交融与冲突（见杨炼与岛子的一些诗作），还有江河的神话诗和杨炼的半坡、敦煌等组诗中呈现的现代意识与传统文明的撞击，再如"西部诗"中广泛表现的西部人的传统美德与现代世界文明的那种距离，集中地展现了道德、情感标准与科学、历史标准的冲突与错位，这种冲突与错位所带来的价值分裂便使这种诗文化现象与其文化母体之间的关系呈对抗状态，使其以崭新的方式加入了新的文化创造。如下图所示：

```
母体          诗文化
文化圈   →    现象      ——文化增殖——→    新文化圈
```

文化诗的文化模态对抗型

三、疏离型文化态度

文化意识的觉醒带来的诗文化现象的另一种文化态度是疏离型的。这种文化态度是以诗人们深刻意识到人与文化之间的冲突和个体生命意识的觉醒为前提的。人对自身的发现，使诗人们愈来愈不相信母体文化传输给他们的约定规范。他们认为文化是外在于人的，而且是用来操纵人、操纵世界的一种人为的阶段性的手段，是扼杀人、禁锢人的，人都是远非文化能够规范得了的；而诗则是人对自身的发现和表达，因而诗的创作本身便是对文化的一种抵制，或者干脆与文化无涉。但诗的创作却又必须借助于具有丰富文化意义的语言文字，于是便从反语义、反文化、反价值出发进而做到疏离文化。

这种诗文化现象出现的主要标志便是非文化诗的大量诞生，其创作者便是以出现于80年代中期的"大学生诗派""非非主义""他们""海上诗群"为代表的实验诗人。他们有的正面地用反讽、自嘲的方式反抗文化的约束（如"大学生诗派""莽汉主义"的创作），有的力图用各种语言方式去消解文化意义与价值（如周伦佑的《自由方块》），有的则直接陈述个人的生命状态，呈现出与文化的距离（如翟永明、柏桦、海子等人的创作），有的则用语义悖谬和直觉悖谬的方式创造新的语言空间以打破文化的意义秩序与价值秩序（如蓝马等人的创作）；而韩东在《有关大雁塔》这样一个很容易导入文化联想的诗题下，却没有出现丝毫的文化内容，而且诗人故意询问："有关大雁塔，我们能知道些什么呢？"全诗实际上应该是"无关大雁塔"。他们便是利用这些方式疏离着文化，寻找着一个远离文化的新的空间。然而，正是他们从理论到创作的反文化、疏离文化让我们认识到了诗是一种文化现象，认识到创作"非文化诗"依然是一种文化态度，而且持这种文化态度的诗文化现象依然要加入到母体文化的整个创造之中，依然会产生文化增殖效应，只不过它是以一种反面的方式加入文化创造的，因而它所产生的文化增殖效应是一种负效应，如下图所示：

母体文化圈 —— 诗文化现象 ——文化增殖负效应—— 新文化圈

我们目前所能见到的诗文化现象大致都隶属于这三种基本的文化模态，即顺应型、对抗型和疏离型。而在这三种模态中，呈对抗型的诗文化现象表现出对文化的特殊专注，穷尽某种文化的内涵，展示某些文化对抗是这种现象的主要行动，文化已成为它的直接本体，而我们所论述的西部诗正属此类。因此，我们将具体分析一下西部诗的文化构成与文化意义。

第二节 构成西部诗歌本体的文化冲突

在我们已经拥有的概念中，西部文化与西部精神实属两个话题，前者仅仅是后者的表现形态，而且在一定程度上并不能充分地体现并标志后者，因为文化在许多方面是违背这种基于某种自然观的生命现象的原初精神的。文化永远是生存之手段与方式，而生存本身才是目的。西部诗本该是直接面对西部精神，并对其做诗性的体验和表达，但西部诗却更多的是属于某种文化意识的延伸，它的本体建构在西部文化的历史性冲突之中。在笔者看来，这种文化冲突在西部诗潮中经历了一个由作为客观动机到作为主观目的的自觉化过程，也就是说，西部诗潮客观上是由文化冲突直接引发的，不管诗人们是否明确地意识到这种文化冲突，但正是文化冲突给了他们足够的兴奋、冲动和充沛的激情，给了他们说话的冲动，也造就了西部诗的基调和肤色。这种以文化冲突为不自觉的动机大约主要是在以杨牧、周涛、章德益为代表的新边塞诗和以梅绍静、叶延滨为代表的黄土地诗的初潮期，迄至 1984 年"西部"概念的提出、1985 年文化热的兴起，西部诗潮的这种潜在的动机才被诗人们明确地意识到，并旋即成了自觉追求的目标，于是表现文化冲突便成为西部诗潮的主观目的。

一、主客体文化冲突

西部文化的复杂因素导致了西部文化冲突的错综复杂。这里我们将列数几组对西部诗潮具有内在规定性的文化冲突类型。

诗人代表一个新的文化时代并融合了个人文化经历和与西部呈明显反差的内地文化心理与西部文化现状的冲突，我们简称为主客体文化冲突。这类冲突集中体现在西部诗初潮期，即80年代初期的新边塞诗与黄土地诗阶段。这一阶段，代表西部诗面貌的几乎全是内地西迁的诗人，他们各自携带着内地文化心理，携带着自己曲折的个人文化经历来到西部这样一块新的文化土壤之上，如50年代由朝鲜战场辗转而来的昌耀和举家西迁的周涛，60年代流浪、支边到西部的杨牧、李瑜、章德益，70年代被上山下乡的龙卷风吹入黄土地的梅绍静、叶延滨等等，他们在全面接受"西化"（西部化）的同时，深切而明显地体验了西部文化中深重的苦难，并与之构成强烈的反差。而时代的转机、诗人自我意识的觉醒，使这种反差迅速恶化为文化心理的剧烈冲突，诗人们代表这个新的文化时代展开了与西部文化的心理对抗。在这种冲突与对抗中诗人们各具姿态：杨牧、章德益以膨胀的自我形象显示了时代精神与主体力量之强大。杨牧在"行将交付今天的时候"认定：

我的形象也一定很高大。／／放大的影子／贴在昨天的门槛前，／我很高大。／我知道，夕阳的光／只能够着我的下巴。

（杨牧：《夕阳和我》）

章德益以"开荒者"的形象发难：

呵，这块大陆，还有创伤，还有苦涩／浊云，还像溃烂的脓汁，挤出在天边；／这个世界还有愚钝，还有枯寂／旋风，还像巨锹／乱葬着瘦死的时间；／云堆，还像乱坟岗，插着残月的墓碑，／葬着一万个凋零的春天；／天地还像闷罐，密封着十万年声息，／连太阳与月亮，也生锈于其间。

（章德益：《历史，在召唤开荒者》）

周涛则现出悲壮的告别姿态，大有"丈夫一去不复还"的气概：

牛像在低沉地埋怨，//羊像在凄婉地哀苦，//骆驼的怪叫像发牢骚……//但是决心不能动摇——//向旧的习惯告别，//把新的天地寻找。

（周涛：《转场》）

而叶延滨、梅绍静则凄婉地诉说黄土地上的苦难与悲哀，客观地呈现出都市文化心态与黄土地文化心态的反差。叶延滨的"干妈"、梅绍静的"唤梅的母亲"等都已成为黄土地的苦难与悲哀之象征。

但在这种冲突和对抗中，时代只给了诗人们激情与冲动，却未给予他们理性批判的足够武器，他们只能以情感的方式进入冲突，尤其是这一时期的黄土地诗人们大都主动放弃了主体力量，以某种同化了的心态和忏悔心理完成了这一冲突阶段，而当时大部分的西部本土诗人则更多地以西部文化的代言者与礼赞者出现。

二、现代文明绿色文化与西部文化原色的冲突

现代文明的绿色文化与西部文化原色之间的冲突，这一冲突在主客体两个层面上同时展开。这种冲突大约明确于诗人们文化意识觉醒之后（1984、1985年），由外部的文化历史性裂变投影到每个诗人的意识屏幕上，具体表现为：西部城市文化、工商业文化与西部农耕文化、游牧文化两种系列形态的冲突，现代文明中的科学和民主观念与西部文化心理之间的冲突，科学文明、商品竞争意识、历史变革意识与西部人伦道德之间的冲突，等等。诗人高平在《西北反差》一诗中这样描述现代工业文明与西部游牧、农耕和古老的商业文化的冲突：

小脚老太婆登上特快列车，//日立牌彩电骑着戈壁的骆驼。//穿西服的干部在小地摊上算卦，//超音速飞机从小土屋上空掠过。//导弹发射场裸露着古代钱币，//卷烟未抽的人裁碎了高等数学。//电冰箱装满了带泥的洋芋，//帐篷里牛粪火将啤酒加热……

诗人秦克温用"节奏"来体现这种冲突：

高原的节奏不再是散文，／不再是秦腔的慢板，／是跃动的诗行，／是急促的二流，／是主体电影的一组／永不定格的快速镜头。

来不及回忆驼铃的疲惫，／和羊皮筏子的颠簸，／以及老牛破车的摇摇晃晃。／时代列车就呼啸而来，／未来向现实直冲，现实把昨天挤走。／生活的浪花如惊奔的马群，／踏乱一切常规和因循守旧，／踏乱永久牌惰性，／致富路上各行各业都在竞走。

（秦克温：《西北高原的节奏》）

昌耀的《大潮流》《即景，五路口》《色的爆破》等诗作，更加生动地表现了这种加快的节奏所激起的"光明的大潮"之回声。早在1981、1982年他所写的《城市》便集中地抒写了城市文化与西部的冲突，他预感到"牧羊人的角笛愈来愈远去了"，而"新的文明和新的财富在颤动"，"新的城市站在值得骄傲的纬度／用钢筋和混凝土确定自己的位置。／每晚，它的风暴般颤动在空际的光之丛林是抒情的，／比羊角号更动人，更热烈／也更有永久魅力！"而最能表现城市文化与西部之心理冲突的一节诗则是：

城市，草原的一个／壮观的结构。／一个大胆的欲念。

三、西部文化性格的内部冲突

由游牧文化的扩张性与农耕文化的保守性决定的西部文化性格内部的冲突是在西部诗的主客体两个层面上展开的。游牧民族由于长期处于迁徙的流动不居的状态，形成了对陌生的自然环境具有很强适应能力的征服本能，这使他们在文化性格中养育了一种强烈的扩张性和征服性；农耕民族则长期固守自己的一方土地，从土地中挖刨生存的希望与基本条件，因而培养了他们的恋土意识，这种意识渗透在文化性格中便生成了一种保守心理，即：因循守旧、忍辱负重、麻木不仁、固守家园，最终归于土地。汉族的土葬与藏族的天葬实际上代表了农耕文化与游牧文化的两种不同的生存态度和命运观。我们不难发现，游牧文化在心理承受能力尤其是在悲剧承受能力方面远远强于农耕文化，因而当面对现代文明的挑战的时候，游牧文化的接受能力与适应能力要比农耕文化强得多。现代文明对具有游牧文化传统的西部居民来说，无异于重新适应一方陌生的水土，事实上以游牧文化传统为主的新疆、青海地区的现代化程度就高于以农耕文化为主的陕北、宁夏和陇东等黄土高原地区——尤其是就观念意识而言。

但在西北大部分地区，游牧文化与农耕文化两种传统是交织在一起并投射到西部人的性格之中的，因为西部大部分地区属半农半牧区，即使目前以农耕为主的黄土高原地区在历史上也有过相当发达的林牧业，并有20多个民族从这里过往，其中一些便属游牧民族。两种文化传统的交叉发展历史地决定了西部人性格中既有扩张、开放的一面，又有保守、封闭的一面，当他们面对外来文化和新文化时代到来的时候，便既有力图适应的一面，又有排斥对抗的一面，而且表现出自身性格中这双重因素的相互冲突，这在几乎所有的西部人中间都有着程度不等的表露，并表现在从生活行为到观念意识的各个方面。

西部诗人作为西部最敏感的神经和精神喉舌，更加集中而且清醒地承受着这种自身文化性格的冲突，不管是西部本土诗人还是内地西迁的诗人均不例外。这种冲突在西部诗当中，表现为诗人们时而热情地讴歌开放时代和现代文明的到来，时而又对西部文化传统、民情风俗，对牧人，对"干妈"，对蒙古包、毡房、窑洞温情脉脉的依恋；时而以强烈的现代理性精神剖析流溢在西部土地上的苦难和悲哀，时而又对现代文明的进程感到疑虑和抵触。在这里无须举例，几乎每一个西部诗人都程度不等地呈现出这种文化心理冲突和这种"西部式的犹豫"。

在更年轻的西部诗人那里，这些文化冲突中潜藏的内在悲剧意义得到了充分发掘。他们在原有的西部诗在这些冲突面前偏于抒发文化开发者的昂扬激情、赞美时代之进步或依恋西部文化故土的余温的基调上，敏感地意识到了这些冲突的悲剧性，这使他们普遍地失去了为什么东西讴歌的热情和对什么东西依恋的温馨。这一代人所达到的新的文化高度，使他们得以客观地观照这些文化冲突及其悲剧意义，因而这种现代人的热情与温馨在他们那里为一些孤独感、荒原感和世纪末情绪所取代，这尽管背弃了某些西部固有的文化信条，但却使这些文化冲突的悲剧意义得以真正的发掘进而完成了其审美化过程。

　　这些文化冲突的悲剧意义直接来自于黑格尔所说的两种带有理性上和伦理上的合理性的"普遍力量"与"理想"之冲突所造成的失败、伤害或两败俱伤。在西部存在的各种文化心理都具有这种理性上和伦理上的合理性，都是西部人长期形成的生存习性和理想，因而对任何一方的伤害都必然要造成悲剧。在年轻一代西部诗人那里，这种悲剧意义又进一步深入到了他们的生命体验中去，深化为一种生命的悲剧和生存的悲剧。似乎各种文化努力都代表着他们生命需求（或人性）的某一个方面，因而文化冲突造成的失败与伤害便必然导致他们孤独、凄凉甚至死亡感的生命悲剧意识，这种内化了的悲剧意识通体呈现在这批诗人或凄婉或倔强或狂诞的叙述语调之中，已不再是一种现实的世俗的悲哀和痛苦了，而成为一种真正意义上的审美实体了。

第三节 文化本体观批判

诚然，意识到文化，或者说将艺术触角由社会领域延伸到文化空间，是中国新诗在 20 世纪 80 年代的一项重大进展。文化诗的出现的确是中国诗歌史上的一次创举。然而文化尤其是狭义的文化动机、文化冲动、文化反思和文化目的在诗歌写作中的喧宾夺主也成为 80 年代中国诗歌的一大隐患。文化大模大样地做了诗歌的本体，尤其是在现代史诗和西部诗那里。

一、文化与艺术的分野

文化本体观将诗看作一个文化运演的场所和手段。诗成为文化这块金属放射出的光泽。其实质是由文化冲动代替艺术冲动，由文化冲突代替诗歌艺术内部的语言情节，由文化评判和文化建构的目的代替艺术体验和美感创造的艺术目的，归根结底是由理性去掩盖人的真实存在。

尽管我们十分明白，任何一个时空中的诗歌、艺术都处在特定的文化氛围之中，就像地球上任何一个地方的人都活在空气中一样，艺术涉入文化并最终成为一种文化是不可避免的。但我们依然认为，文化与艺术是两种根本不同的人类行为，而且这两种行为在动机、方式、目的、价值标准上往往是悖逆运行的，就像生与死两种可能时刻潜伏在人体之内一样，艺术与文化也是人类生存过程中两个相反向度上的可能性，艺术的动机和目的与文化恰好处在人类行为的两个相反的极点上。我们至少可以从以下几个方面来认识这一事实：

1. 认识与表达：文化与艺术赖以发生的不同人类需要

文化发自人类认识的需要，它就是这样一些人类认识世界、把握世界、操作世界的行为与结果，比如习俗、科学、知识、制度等等。艺术则起于人类表达自己的感受和内心体验的需要。譬如："情动于中而形于言，言之不足，故嗟叹之；嗟叹之不足，故咏歌之；咏歌之不足，不知手之舞之，足之蹈之也。"认识指向外部，表达指向内部；认识形成理性，表达属于感性和直觉。

2. 建构与解构、有序与无序：文化与艺术的不同方式与形态

人类认知的目的在于在观念意识和生存行为中建立某种世界秩序，以便于把握世界、操作世界和对世界再认知，从而进一步获得生存可能性。因而，文化的基本存在方式便是一个有序的世界结构。而人类表达的目的则在于消解某些内心的冲动，从而获得与外部的平衡，它与那个由文化营造的有序的世界结构相抵触或干脆无关，而且往往只有在解除了这种结构的时候，才可能实现真正透彻的表达。所以在文化看来，艺术是无序的。

3. 约定性与不约定性：文化与艺术的不同符号法则

人类建构共同的世界秩序的基本手段便是建立一套公共的约定的符号系统。因而文化符号的基本特性便是约定性，没有共同预约的符号不能被认为具有承载某种文化信息的功能。一种符号只有经过约定俗成才可能成为文化符号，如科学符号、语言文字等等，而艺术符号恰恰相反，如果一种艺术符号不断重复它约定好的意指，便会使艺术品丧失它的创造性。艺术的创造性正在于它不断地打破被文化约定了的符号意指方式和指称对象。

4. 远离自然与返归自然：文化与艺术的不同走向

人类文化的一个最大恶果就是一步步疏远自然，一步步退入自己建造起来的那个世界结构之中，那是一个用以操作、认知自然的符号的因所，而不是自然本身。这种背离的极端化必将导致人与自然的对立和对自然的破坏。原子弹

的出现便严重地威胁着整个地球，乃至危及甚至毁灭人类。更直观的事实是文化使人类自身躯体日益退化或者异化，比如知识分子的体力、视力的衰退和人类疾病在医学高度发达的情况下却不断增多等。而艺术的最终旨归则是开掘保持恢复人类的本性，使人类回到自然宇宙的本真状态之中，回到神话所描述的人与自然的和谐统一之中。这是两个背道而驰的人类愿望。

由此，我便得以清楚地看到文化本体观的症结在于，用文化建构的可能性来实现诗歌艺术的可能性。这最终是不可能的。

二、文化本体与诗歌艺术本体的博弈

西部诗歌由自发到自觉呈现出了它的文化本体观。它赖以发生的心理机制与社会机制都是由当代西部文化的裂变、冲突、变迁给定的，它的基本思维要素和意识空间便整个的是一个文化时空。加之社会性的文化讨论热潮对诗人们头脑中文化意识的强化，便使西部诗呈现出了自觉的文化本体观。

西部诗的迅速落潮，当然有多种多样的原因，其中最根本的一个原因便是由它的本体观决定的。正像它的发生机制来自文化一样，它的衰落也是由文化裂变、冲突、变迁的时空转换带来的，这正是文化本体观疏忽诗歌艺术精神的一项致命的报应。

文化本体观给西部诗歌带来的直接后果是：

1. 人的放逐

尽管在西部诗潮中偶有几位弄潮儿没有完全地随波逐流，他们在不倦地开掘着个体生命世界和人类生存之奥义，但就西部诗的主潮而言，文化意味的泛滥却淹没了富有活性的真实的人的存在。笔者在1988年漫评"现代西部诗大展"时就曾指出：

作为文化诗潮的西部诗，由于骨子里的以文化为本体的观念的深刻左右而扼杀了人的形象。人，在诗的广角镜中等同于硬邦邦的西部风景，并与这些风景共同构成了文化氛围的装饰品或者文化冲突的舞台背景，即使在那些以人为主题的诗中，人也往往是理性构想和传说氛围中的人。人被作为抽象的文化符号和空洞的雄性符号而忽视了作为一种生命符号的本质意义，而且诗人自己也被强大的西部氛围所淹没，或者被消融在西部风景之中。诗人的感性灵魂在紧张而沉重的"历史性幻想"中成为一种远离自身的虚幻的文化精神的替代物。人降低为风景，而风景中没有人。西部，仅仅成为一个空洞而抽象的雄性符号和一种文化象征。

尽管我们不能过分绝对地以这种论述去覆盖所有的西部诗，但我们仍然认为这是西部诗的一个致命的事实，且不说那些纯粹不着人迹的西部诗作，那些专门写人的西部诗作中的"牧马人""套马手""西部汉子""母亲"等等不也是一些有意设置的文化代码吗？

2. 自然的装饰化、背景化

除去个别真正意识到人与自然的关系对于西部、对于诗歌的特别意义的诗人的作品之外，那些大批量地充斥在更多的西部诗中的自然意象仅仅是作为文化意味的装饰、背景或舞台而置身诗中的。尽管诗人们不失时机、不遗余力地设置这种背景，镶嵌这些装饰，以表明其西部化的程度，但由于其无法遮掩的文化主题，这些背景和装饰始终不能成为诗歌所要寻找的自然，也始终不是真正的西部人所栖居的自然。

3. 诗符号意指关系的约定化

文化对象和文化意味的一致性与文化主题的雷同，使一批西部诗常用符号的意指关系和象征意蕴逐渐被约定，如"太阳""河流""戈壁""马""雪峰""驼队""盲流""男人"……这对于一种诗歌而言，既能表明其一致性和模式化程度，也是对其创造力的一种本质的囚禁。

正是这些恶果导致了西部诗高潮的急速衰落。文化本体观在完成了开拓中国诗歌意识空间的使命之后，同时也该被正在展开的真正的诗歌艺术本体所颠覆。

在西部产生新的、真正意义上的诗歌本体观是可能的，而且已经露出端倪。这种可能性在于：

① 在目前世界上任何一个人口居住区都没有中国西部更能使人意识到人与

自然的真实关系。在这里，存在与真实是那样易于触摸，人又是那样易于正面、客观地面对自然。而且在中国西部人与自然的关系绝非仅仅具有西部意义，它是整个人类与大自然的最原始的关系，因而它是超越地域的一种人类共同的诗性精神。

② 中国当代诗歌乃至世界诗歌的总体进程必将强化西部诗人们寻找新的、真正的诗歌本体。

③ 一种过渡性诗歌本体观的消亡势必遵循一个规律，即依附于具体时空的转换。就像80年代诗人们普遍地失去对社会现实问题的注意力一样，随着文化热潮的退却，新的西部诗人们也必将失去对文化的注意力，西部诗将会去寻找一种新的动机和目的地。一大批西部诗歌传人不是正在这样努力着吗？

第九章

默默穿越的季节

第一节 困境

——走向死亡的成熟

从 1987、1988 年起，曾经汹涌澎湃的西部诗歌浪潮渐渐进入一段宁静的流程。诗歌之光神圣的照耀开始在这块不平凡的土地上暗淡下来，西部沉默了！然而曾经主宰着这块土地的那种至高的人类精神依然在默默地流动着，在寻找着与诗神的新的媾和，因而在它沉默的肌肤内涌动着躁动的血液和顽强的骨骼。

深层的激荡正在水面上泛起微微的波澜，涛声又在遥远地滚动——西部诗正在缄默中穿越一个辉煌的季节！

正像西部诗潮的高涨是一次多种条件、多种因素、多种可能性的总聚合一样，西部诗的落潮也绝非单方面原因导致的。西部诗所面临的困境也是一种来自诗歌内外的一切制约性因素的综合。

就促成西部诗生长的外在因素而言，我们知道，西部诗潮的高涨本身是由缘起于经济开发的开拓精神、缘起于文化裂变的时代精神、缘起于时代风云的深沉激越的社会心理与西部精神和诗歌精神的一次巨大碰撞直接引发的，因而，随着文化大裂变爆发力的丧失、经济开发重心由西北向东南的迁徙、文化热与寻根热的冷却和时代雄性精神的缺乏持久力，尤其是"高处不胜寒"的社会性崇高、悲剧心理的疲软，既有的西部诗样式失去了它赖以生长的外部条件，失去了阳光、土壤和水分。时空的转换已经赋予西部诗一个更换血液甚至更换姓名、寻找新的切点的使命。

外部条件的丧失是西部诗落潮的一个致命原因，但却不是我们在这一节内讨论的重点。这里我们将要展开叙述的是来自西部诗内部的困境。

一、诗歌本体与西部诗既有方式的矛盾

诗歌本体所展开的层面已经不是西部诗既有的方式所能企及的了。中国新诗经历了 70 多年的历史，尤其是 20 世纪 30 年代与 80 年代，它一步步趋近了诗歌精神的深层本质，从社会历史层面上的政治、伦理性情感的抒发和宣泄到文化层面上的哲学、宗教性理性精神的建构，再到个体层面上的感性经验的披露，再到自然、生命、语言的同构性实验，诗歌这个被破译了几千年的谜面正在趋向于揭开它的谜底。为了更加清晰地把握诗歌本体动态展开的这一总体进程，我们不妨用精神分析的一般原理和太极图式将中国新诗由谜面向谜底趋近的过程做一剖析。

目前，人们大概都知道精神分析学家们把人的精神结构分为本我、自我、超我或意识（理性经验）、前意识（感性经验）、无意识（个体、集体）三个层次。在这里，我们做一个实验，将这三个层次的动态循环放在我们东方哲学

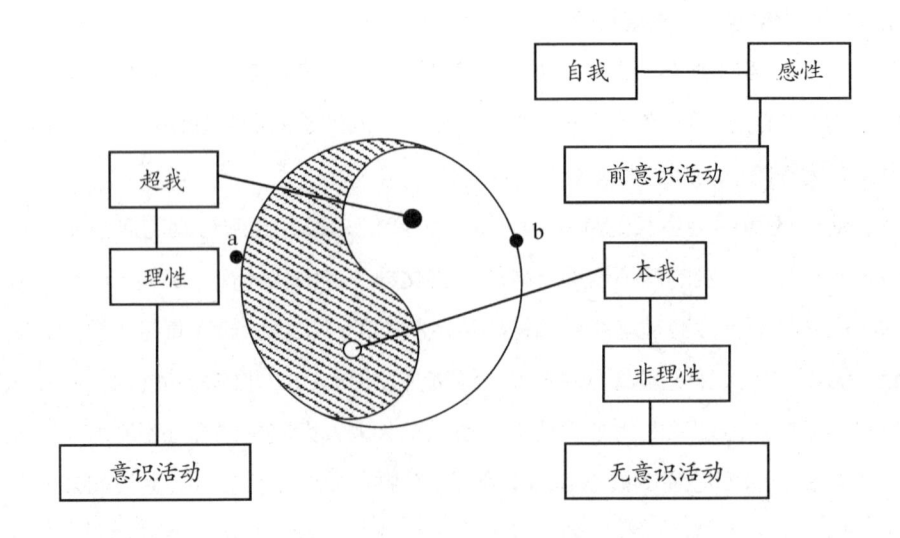

中那个万能的魔圈——太极图中做一观察。因为在一个活人身上这三个层次绝不可能是平面的、线性的和静止的，所以如果精神分析不是专门用于概念式的"死人"的话，那么放在这个周而复始的万能图式中是很有必要的。我们可以拟定生命本源"本我"为阴极，由后天的理性经验所塑造的"超我"为阳极，而由"本我"向"超我"或由"超我"向"本我"协调、运动的过程为"自我"，则可呈上面的图式。

那么，我们从古老的"言志""缘情"的说法和一些起码的诗歌常识可知，中国诗歌穷尽世界本体是从这个图式中"自我"运行的某一点出发的（如a点或b点），即从前意识活动中的感性经验出发向超我或本我两极运行（记住这是动态图）。比如从民间诗歌中的"关关雎鸠，在河之洲，窈窕淑女，君子好逑"到屈原的"路漫漫其修远兮，吾将上下而求索"是向忧国忧民的"超我"运行了，再到李商隐的"东风无力百花残"则是向"本我"运行了。新诗中从20世纪20年代徐志摩的"轻轻地挥一挥衣袖／不带走一片云彩"到30年代艾青的"寒冷封锁着中国大地"便是向"超我"运行。新时期诗歌的真正探索者是从"朦胧诗"算起，其应该是同时向"超我"与"本我"两极运行，具体地说是以"超我"的方式去拯救"本我"。及至"现代史诗"运动则在"朦胧诗"所确立的"自我"的起点上向"超我"的理性世界运行，这次走了很远，一直走到看见我们所画的太极图的时候。而在同时起来的实验诗人们那里则又向"本我"运行，这次也走了很远，一直走到海子看见死亡的地方。

需要我用太极图来着重阐释的是：在这两个方向上走到极致的时候，他们便走到了一起，这时候"超我"与"本我"、理性与感性交融为一体了。这个时候理性与感性，确切地说代表着理性至高点的哲学与个体的无意识生命一起汇入了集体无意识之河。如果为了再明白点，我们还可以把人类精神比作一个大烟囱，"超我"从出烟口走出去，"本我"从灶口走出来，它们全部到达了烟囱外面的广阔的集体无意识空间——大自然及其与人的最基本的关系。及至诗歌已全部面对一个可感而不可知且用现成的语言不可说的世界，诗人的使命在于为这个世界重新命名，这个世界唯一存在的方式便是它们的名字—语言—

诗！这一过程尽管可能不被许多人所理解，但它一点也不玄，而是这些年实验诗人们所创造的基本事实，比如"整体主义"诗歌和"非非主义"诗歌。"整体主义"是沿着"现代史诗"的路走过来的，如宋渠、宗伟、欧阳江河等，当他们穿过了太极图上的阳极 b 点时，便通体地进入了语言实验；"非非主义"是从反文化、反理性走向"本我"的，当他们穿过阴极 a 点之后便纯粹变成了一堆语言；于是这两个背道而驰的游子意外地回到了同一个家。而在翟永明、岛子的诗中，这两条相悖逆的路却是同时延伸的，他们同时穿过了阴阳两极进入了语言层次，以至我们在他们的语言中隐约看到了没有维度、没有方向、做"布朗运动"的自然意象，看到了女娲、夏娃这样的自然原型面孔，听到了鸟的语言、植物的语言。这，就是诗歌要寻找的人类家园。

现在我们再来看看西部诗（指定格了的西部诗）在太极图中的位置。这个以穷尽某种文化状态为起因、为旨归、为本体的诗歌潮流依然像群雕一样站立在"自我"的起点上，尽管这个"自我"的空间已经被塞得满满的了，如民族自我、时代自我、社会自我、文化自我、审美自我等等，而且这种"自我"已经到了瓜熟蒂落的地步，以至形成了一整套维护这种"自我"的观念意识、制作手段的心理定式，使诗人们无法走出这种"自我"封闭圈进而走向来自"超我"与"本我"的双重诱惑。而诱惑却又是如此生动地撞击着西部诗人们的灵魂。这，便是西部诗面临的第一大困境。

二、进入静态模式的西部诗

适应于各种文化本体观，西部诗歌形成了一整套成熟的艺术静态模式，使它在原有的路子上举步维艰。譬如：

1. 绝对的雄性精神和以母性面孔出现的雄性精神

我们说，这种雄性精神衍生出来的审美范畴如"崇高""壮美""悲剧美"等等，作为某一特定的力场内的审美形态和制作宗旨对诗歌来说是必然的、必要的，但却不是诗歌唯一的或最终的旨归。西部诗缺乏一种更加具有包容性的美学意图和手段，从而使自己适应于诗歌流变中出现的正常的力的转场，而使自己定于一尊。

而且我们认为，西部诗的这种雄性精神实质上是来自人们对文化、时代、民族的一种感受，而与诗歌形式没有必然的因果关系。尽管西部诗形成了一套制作雄性美的艺术手段，如选择大意象（像高原、河流、太阳、土地等）、利用特大意象与特小意象制造巨大的象差以形成强节奏（如林染诗中的沙漠与蜥蜴、周涛诗中的鹰与荒原等）、增大意象的象征内涵、大跨度的意象叠加等等，但即使这种大意象和巨幅象征给人造成的雄性感也很难逃脱总体上的文化象征中所获得的文化心理。比如，章德益的西部"太阳"的感觉与埃利蒂斯的地中海的"太阳"就有明显的不同，前者作为西部精神、西部人世世代代追逐的精神"太阳"，而后者却只能让人感到希腊半岛的明亮和地中海海面的柔和，这种差异自然来自文化象征的不同。

由于这种雄性精神是来自文化、时代、民族，而不是诗自身的属性，所以这种雄性精神自然便缺乏持久力，在文化、时代、民族心理的更替中自然会有疲软的时候，有让人感到累的时候，而西部则不会随着这种更替便从此消失掉。所以说西部诗若要持久地存在下去，就必须进一步开拓西部精神，努力找到这种精神与诗歌艺术的本质性联系。

2. 文化象征模式化

诗的、艺术的象征不同于日常语言与它的所指的固定性联系，因而当一个地域的或时代的时空一旦使它的象征意象具有了固定的所指，这种意象与这种诗也就到了行将就木的时候。如西方诗歌中的象征意象百合花、玫瑰、郁金香等，中国诗歌中的香草美人、红烛蜡泪、春蚕、月亮等等。西方到了维多利亚时代，中国到了五四前，这些都已变成了陈词滥调，于是便有了现代诗的出现。在西部诗中，这种"陈词滥调"已俯拾即是，而且形神俱似，如前述的高原、太阳，还有黄土地、黄河、马、牧人、沙漠、戈壁、鹰、绿洲、开拓者、雪野、草原、母亲以及一大批毫无差别的地名、人名、习俗等等，这些意象的象征意味早已尽人皆知了，这使它们像一匹匹拴在槽边只会吃草的老马一样再也没有大的用场了，要让它们"返老还童"则必须请庖丁来解"马"，然后卖骨头、卖肉、卖皮毛了。

　　静态模式的泛滥和一统天下带来的最常见的后果是雷同，雷同即千人一面、千篇一律、似曾相识、相似性大于特殊性，当然我们不能说西部诗全部雷同，但至少在几个大的支系内都是有严重的雷同现象的，它有碍于诗人们寻找更独特的体验和个性化的语言，使诗人们被笼罩在同一片文化的阴影之下。

　　3.西部诗歌所面临的第三个困境是诗人们自身的心理障碍

　　我相信大部分的西部诗人都已经意识到了本体观的困惑和模式化的形成，而且都承受着崭露出来的新的诗歌本体及其实验者们的诱惑。因而在西部诗的落潮期普遍地有一种"西部诗已是一块啃干了的骨头"的心理障碍。在这种障碍面前有两种已经出现的选择：一种是退而求其次，无法超越便自甘沦落，去写一些纯粹地区性、乡土性诗歌；一种是另谋高就，放下昆仑山去登峨眉山，离开青海湖去游西子湖，去写纯诗、非西部诗。当然艺术趣味是自由的、自主的，而且若是出于艺术探索的必然便无可非议。然而笔者认为，不管诗歌本体进程到了哪一步，诗人都必须有一块属于自己的天空和土地，并且必须在这当中发现自己的独立意义。而且西部自然仍然有着与诗歌精神尚待开掘的一致性，西部依然比任何一片土地都更能塑造一个诗人，在这个意义上说，这两种选择都有退却的意味。我们也已经看到了第三种选择：一些年轻的西部诗人正在潜入西部的深处去探求与诗歌精神和西部自然更加契合的西部生命与西部语言，这是一个无尽的诗歌宝藏和能源，它将足以养育一代新的西部诗人，养育西部诗潮的再一次崛起。

第二节 再度展开的西部：语言与生命
——以西部生命与西部语言命名的西部诗歌之遥望

困境是句号，也往往是开端，如果没有世纪初中国古典文学的困境就不会有新文学，如果没有英国传统诗的困境也就不会有惠特曼，不会有庞德、艾略特，不会有美国现代诗运动。欧洲文学的困境却成了拉美、非洲土地上文学之河的开端。旧有的西部死了（就诗而言，不包括民族、社会、时代、文化的评价），新的西部必将在诗人们的笔下重新展开，因为我们还拥有一个更加广阔的西部，作为一种生命存在和语言存在的西部。

一、西部生命

西部是一个巨大的生命力场，这块不寻常的土地养育着奇特的生命。如果诗人能够站在人类精神的总背景下深入体验这些奇特的生命，将是未来的西部诗跻身于世界诗歌之列的充足的保证。我们强调去认识、发现、表达西部生命这一新的主体意识的意义在于：

首先，使正在兴起的新的西部诗冲破文化意识的全方位笼罩，复活西部土地上丰富的个体人形象，使独立而丰富的个体人从文化符号还原为自然而真实的生命存在。

其次，使既有的西部诗从单纯地展开自然力的强大与神秘返回到人及其与自然的关系中来，从而突出人的主体性。

最后，使既有西部诗中展现的西部自然从作为与某种文艺心理和时代风貌之对应品的地貌意义上的自然深入到与西部人的生存相关联的生命意义上的自然。

因此，我们所要表述的西部生命是这样的存在：

1. 一种坐落在西部野性而蛮荒的自然之上的无限丰富的非理性实体

西部虽然有色彩斑驳的文化积累，从生产方式到意识形态都形成了较稳定的民族文化传统，尤其是宗教信仰，但西部文化始终没有摆脱原始的自然形态，也就是说外在于人的文化构建及其心理遗传始终没有能够真正改变西部人的原始野性和为西部严峻的自然所养育的强大生命力，在这一点上与内地形成强烈的反差，而且这种强大的野性生命力对外来文化的渗透具有巨大的吸收能力和同化能力，并通过某种文化形式保留下来、呈现出来，如西部各民族传统习俗中的赛马、叼羊、民歌、社火、秧歌舞、摔跤等都散发着浓烈的野性生命力。文明并不能使西部远离自然，做完全形而上的人类游戏，即使是宗教！

在西部诗既有的历史上，似乎也有不少人认识到了西部的原始野性、西部的自然力，但他们中的大部分却又努力寻找着这种原始野性和生命力与时代的、文化的对应关系，或做其他理性的自我诠释，而很少有人在个体生命存在的意义上去表现这块非理性的土地，即使那些声嘶力竭的"西北风"流行歌曲，只要认真听一听它的歌词，也会发现它依然是用一种理性精神去体会这块土地的。在目前看到的有影响的西部艺术品中，只有几部西部影片如《红高粱》《古今大战秦俑情》是真正自然地用"酒神"之迷狂和对这块母性土地的非理性崇拜去开掘个体生命的非理性矿藏的，但却又每每不能为过分理性的国人们所理解。

2. 一个阔大深远的无意识空间

"神性"的力量变幻莫测地主宰着这里的一切，这种"神性"不是别的，正是与西部自然力辩证而生的、我们在谈论西部精神时所称的"主体神"。主体神也不是别的，正是潜藏在西部的巨大的"种族力必多"，它潜在地操纵着西部人的生存行为和过程，并在这一过程中创造出各民族的无意识空间。这是一个隐形的力源，与它所造就的宗旨、形态及它所对应的西部自然地貌、它所发育的西部人的性情与行为一样神秘。但在这种神秘感与朦胧感当中，我们依然隐约地可以看到"主体神"和"自然神"这两个系列的原型意象，它们和中原神话中的女娲和伏羲、共工与颛顼、黄帝与蚩尤一样媾和着、对抗着、搏斗着，并在冥冥之中操纵着西部人的生活、生存、行为意识，我们所看到的西部人及其文化心理、性格与行为仅仅是它们的傀儡，为它们的威力所操控。而时代的、社会历史的、文化的因素及其对西部人的作用，也仅仅是主体神与自然神及其关系在特定时空中的具体范畴和演绎，它们不仅始终不能改变和抑制主体神与自然神的威力，而且要为这种威力所吞没。

基于对西部生命的这两种最基本的理解，我们认为，这种西部非理性世界和种族无意识是用一般的形而上方式和理性判断所无法穷尽的，更是用普通语言和我们所看到的通常的诗歌语言（包括所有的诗歌史和别的区域内的诗歌语言，也包括既有西部诗的语言）所无法陈述的。因而我们有必要自觉地去寻找一种西部语言，作为西部生命之唯一存在方式的语言。

二、西部语言

西部语言不是西部少数民族语言，不是西部汉语方言，不是与普通话不同的汉语，亦不是西部诗中已有的欧化诗语、古代诗语等等。

1. 西部语言将会作为西部生命之唯一存在方式的语言形式

它有着与和它所对应的西部生命相同、与别的诗歌语言不同的特殊质地。我们既已感到西部生命是一个为一般的形而上方式和理性判断所无法企及的非理性实体，因为我们日常操作的语言和其他诗歌语言是无法陈述这一非理性实体的，我们必须通过对既有语言的特殊的组合、搭配、排列和调遣来创造一种与之对应的新语言，方可发现、认识并表现西部生命。

生命体验归根到底是一种语言整合、调度过程。离开语言方式，我们无从感知生命的存在。结构精神分析学家拉康已用自己的理论和实验证实了这一事实。他认为无意识（即"幻想界"）依然是按照某种秩序和形式存在着，这种秩序和形式便是语言方式。艺术家与精神病患者的共同本质在于：他们在为他们的无意识——"失去了能指的所指"的世界寻找"能指"。通俗点说，艺术家与精神病患者在人们日常的语言方式中已无法表达自己的非理性生命内涵，他们只能创造一种不同于日常语言方式的新的语言方式方可确认并表达自己的生命存在。西部语言正是一个失去日常表达的西部非理性生命的"能指"系统，我们离开它便无法感知、更无法表达西部生命的存在。

2. 西部语言是一种受"种族力必多"操纵的"种族无意识"过程，是西部"种族无意识"活动的直接事实

目前，由于我们对这种西部"种族无意识"无法全面感知，尚不能进入具体的研究，所以我们无法知晓西部语言形式的具体结构法则。但我们可以根据人类无意识活动和西部种族无意识一般具有的特征来确认西部语言的一些基本方式。

首先，无意识活动通常是不符合现存理性和文化秩序、不为现实逻辑所认可的，因而西部语言最基本的方式是"非逻辑的"，即带有某种随意性、偶然性、突发性、荒诞性的。这种语言势必打破人们对一般语言的逻辑性期待和阐释，因而导致理解的困难。

其次，一种种族无意识必然与该种族所处的自然环境密切相关，因而，西部剧烈起伏的地貌、苍凉旷远的地形特征也就必然要投射到与其种族无意识相对应的西部语言中。

根据精神分析学家们的研究，无意识作为一种潜在的记忆，是由"词表象"构成的，无意识的活动便是无数"词表象"不断排列组合的运演过程。而西部种族无意识中的"词表象"正是来自西部各民族对西部自然的共同感知和命名，这些"词表象"也正是西部生命与西部自然相互对抗又相互融合的产物。由此，我们认为西部语言必然是以作为"词表象"的西部自然意象为基本单位的，而且其语感氛围必将由这些自然意象所包含的西部意味所笼罩。如西部自然意象中所表现出的高大、辽阔、险奇的感觉势必导致西部语言的突兀感、深远的传说氛围、奇谲的组合效果，以及强烈的起伏感和节奏感等等。此外，西

部语言的组合和语词的调遣必将绝对地服从以主体神形象出现的"种族力必多"的支持和控制，表现为一种神性的组合原则。

我们对西部生命和西部语言的构想绝非出于一种纯粹的虚构和假设，而且我们认定再度兴起的西部诗潮绝不是以文化、地域而是以西部生命和西部语言命名的，这也不是一种凭空的猜想，我们除了合理的理论推演外，还拥有一批正在朝这个方向摸索前行的年轻的西部诗人提供的不谋而合的诗作为依据。

这批被称为第二梯队的西部实验诗人正在较彻底地驱除笼罩、掩盖着西部生命本真和语言真相的文化语言的迷雾，将构成既有西部诗的文化冲突变为语言情节，将既有西部诗所呈现的文化悲剧意识深入到生命悲剧意识中去。他们不再高歌那些悬浮在意识上空的历史性幻想和形而上阴云，他们宁愿赤裸裸地与自然直接对视，他们感受到的自然不再是《海西运动》和《喜马拉雅古海》中的历史自然，也不再是《西部太阳》《敦煌的月光》中的文化自然，而是生命意义上的自然，是《躺在青春的草原》中的草原、《总是天空》中的天空、《高原深处的风》中的高原风、《大风雪之夜》中的大风雪：

每逢大风雪之夜／毡房外成群的风声／注定要吹瘦一两盏酥油灯／让你感到，牧马的汉子／留在你面颊上的每个亲吻／都格外寒冷。

（张子选）

他们在寻找着跋涉于这辽阔的自然之中的生命踪迹，并将它们熔铸为散发着种族无意识气息的叙述语体。除了张子选那种凝聚着哈萨克民族命运的语调外，还有桑子、阿信明亮舒展的草原语体，班果的藏味诗句，杨争光、屈塬的黄土色语言，还有牛八、时星原、唐燎原、马学功、王建民等都程度不等地呈现出属于自己的西部语言。

这仅仅是一些令人兴奋的开端，尽管我们还不能充分肯定他们成熟的程度，但至少我们有理由相信，西部诗人们所寻找的作为西部诗歌标志和内核的生命和语言具有广阔的前景，何况西部有着那么辽阔的草原和戈壁，那么高远墨蓝的天空，那么广博险峻的高原、雪峰、山脉，有着那么坚韧倔强的生命力，那么丰厚的种族无意识矿藏，和那么新美奇幻的大自然的语言！

附录

骚动的诗心
——西部诗人、诗评家调查报告

调查对于了解诗歌势态与诗歌心理来说无疑是一种拙劣的手段，诗与某些统计数据是无缘的，而且与用日常语言概括出来的心理内容也有很大距离。调查作为一种了解诗歌行情的途径貌似直接，其实是间接的，真正直接的途径是去读诗。因而，尽管调查力图去说明点什么，而实际上却说明不了什么。笔者仅仅是为了了解诗歌背后的一些情景，而且迫于仲夏这个城市近40℃的高温，才出此下策的，这张名叫《西部诗人诗评家创作与心理调查表》（其内容见后）的表格就是在那种高温中蒸发出来的。

当时有65张表格带着我的心愿迅速逃离酷暑投入到西部各地的凉爽之中，还有几张是为一些重要的西部诗人、诗评家准备的，却因一时地址不明而被迫留下来忍受暑患。迄至这个城市凉下来的时候，有50张表格纷纷回笼，我看见它们如春天回来的燕子，遗憾的是遗失了13只。另有两位诗人来信申明"弃权"，其中有诗人昌耀，他说："我觉得填写有困难，因为有些项目我还'吃不透'，而对于同一项目中各个并列词语在词义上的细微差异（或反义）不仅觉得取舍、判断的困难，而且不会有测试的准确，很可能那些问题是我不曾自觉思考过的，临时琢磨又岂能不感到茫然或陷于某种盲目？而且，我积于几十年穷于应付填表的经验已经到了见到表格就发愁的地步，因之我放弃了填表的权利。"于是他没有填，却拿出了一份最标准的答案，这一行为准确地呈现了诗人昌耀的诗歌心态和表格中主要栏目的内容，我意外地达到了调查的预期目的，而且事实上昌耀"却以回答问题的方式写了一篇漫谈式的文章，约六千字，……题目是《西部诗的热门话题》"。

这张表格除了对诗人、诗评家们的概况做一般性了解外，主要是从这样三个方面企图窥探西部诗人、诗评家们的心理状况：一是试图了解他们对西部的感性的与理性的认识以及与西部有关联的写作动机和对西部诗的追求程度；二是试图了解他们对西部诗的判断标准、现状与走向、面临的危机及理论批评的看法与要求；三是通过他们对"文化""死亡""性"的观念和"嗜好""游戏""色彩"等兴趣试图了解其个性与气质，并且企图从总体上作为我判断并预测西部诗潮审美标准的流变、发展前景及其可能性的一大依据。在此，我除了向各位填表的和没填表的西部诗人、诗评家们致以深切的谢意以外，便拟从上述三个方面对已收到的50份调查表进行综述和分析。顺便申明：笔者将在下面的评述中履行"填写说明"中"如实填写，调查者将负责保密"的诺言，对任何可能被视为"秘密"的内容，均不予披露填写者的尊姓大名。

一、调查概况暨西部诗的人口结构

在回收的50张表格的填写者中，土生土长的西部本土诗人占30%，西迁的域外西部诗人占70%，诗评家4位，女诗人5位。从表中所填的诗人、诗评家的一般情况可以看出西部诗大致的人口结构。

1. 年龄结构

在50人中，50岁（1940年以前出生）以上者占23%，35—50岁（1940—1955年间出生）者占49%，35岁（1955年以后出生）以下者占28%。如果我们将50岁以上作为老年线，35—50岁作为中年线，35岁以下作为青年线，则可看出西部实力诗人的主体力量是中年诗人。这批中年诗人在西部诗潮高涨期间曾是青年诗人，后起的一批青年诗人使他们成为中年。当然就诗歌而言，并不能按生物年龄来计算老中青的，同时就诗歌的影响力和实际价值而言，也不能按人数多寡来判别，这毕竟不是打仗。但这组数字却说明了：（1）西部诗歌人口开始老化；（2）西部诗歌亟待一批新的年轻的传人出现；（3）西部诗高潮之后并没有更大幅度的血液上的更换，因而使西部诗总体面貌与高潮期相比并没有大的改变。这种格局将对西部青年诗人形成强大的压力。

2. 性别结构

在 50 位被调查者中，女诗人仅有 5 位，这不是调查者的取舍所致，而是事实上西部诗歌人口在性别上是严重失衡的。这是由于：（1）更多的诗歌女性的诗歌天赋没有得到自觉的开掘和被开掘；（2）可能是受到了西部诗既成的本体观念与审美格调的限制，因为西部有不少女诗人并没有自觉地去写作西部诗，性别的特性使她们无心也无力去关注外部世界的巨大空间，尤其是西部深厚而宏大的文化空间，而且她们与西部诗歌的壮美、崇高感有着天然的隔膜。这一现象从负面提出了西部诗向多种审美格调发展和西部诗人以多种审美态度去发现西部的迫切要求。

3. 血统结构

50 人中地道的本土诗人只占 30%，而 50 年代以来迁入西部的内地诗人却占 70%，而且大部分重要的西部诗人是域外诗人，同时最具备西部特征（如豪放、雄性精神、悲壮等）的也是域外诗人，并且有些是来自岭南、江南水乡的诗人，如章德益、杨牧等。这一事实至少说明了：（1）西部诗及诗潮原发于某种文化心理的反差，只有在反差中和距离感中，诗人才可能真正认识西部、体验西部，才能具有更加明确、更加深刻的西部意识。他们中间已有 75% 的人在西部居住 30 年以上，在确立了反差的同时，也完成了与西部的相互认同。（2）本土诗人仅仅了解西部本身是不够的，还需要去获得更深远、更强大、更新的文化心理参照。同时表中还反映出一个现象：青年诗人中的实力西部诗人却多为本土诗人，而且他们大都受过大专以上文化教育，这便预示了西部诗的未来可能要控制在一批素质很高的本土青年诗人手中，并且出现全新的、更西部的局面。

4. 诗龄结构

如果我们以诗龄 15 年（这是个有意味的数字）为单位计，那么 50 人中竟有 68% 以上的诗人诗龄在 15 年以上，这就说明西部诗人中大部分是从 20 世纪 50 年代和"文革"十年中起步的，他们都程度不等地受到过那个年代的政治观念、运动和诗歌观念的滋养、影响或损害。这些诗人能够在 80 年代的西部诗潮中成为主力，一方面可以见出其个人素质之优秀和观念更新之迅速，另一方面也决定了西部诗保守于新诗潮的一面。因而西部诗的复兴必将寄希望于解冻后步入诗坛的那批约 32% 的新秀，因为他们起步于思想大解放的年月，具有较强的变革意识。

5. 教育与职业结构

在被调查的 50 位西部诗人中，大专以上学历者占 78% 左右，在作协、文联、文化部门从事专业创作与文学编辑的诗人竟达 80%，这两个数字充分表明了西部诗人的文化水准与专业化程度之高。但另一种现象却破坏了这个推论的逆定理：一批从未受过高等教育或半路出家上大学或一直从事别的职业的诗人却毫不逊色，而且素质高于前者，这说明了诗才与知识、职业化与创作成就不一定成正比。

另外，我们是否可以从统计数据的角度获得西部诗人创作情况的一些表层信息？在 50 位被调查者中，据不完全统计，总共出版个人诗集、论集大约为 125 部，人均诗集为 2.5 部，其中新时期以前出版的诗集占不足 8%，此外，散见于报刊的长诗、组诗、系列诗及单篇诗不计其数。从中可以看出：（1）西部诗人巨大的创作量和创作速度、密度（当然，其中有不少非西部诗）；（2）新时期以来诗坛、国家出版机构和诗歌、文学报刊对西部诗人及其作品的精心扶植、高度重视与大力推广；（3）出版、发表的数量在一定程度上是评价质量的一项标准，这个数字无疑隐含着对西部诗的质量的肯定。但是，只要我们推倒 2.5 这个人均数字，即可发现西部青年诗人出版诗集的状况极不景气，大部分很有实力的青年西部诗人有较大的创作量却至今无诗集问世。从表面的原因看，这可能与出版机构的经济状况、销路及这些诗人的知名度较小有关，但从实质上却向出版机构和文学报刊提出一个问题，即：调整对西部诗的既成期待，敏锐地发现西部诗的新走向和新兴的有实力的西部青年诗人，并为西部诗的发展与新人的脱颖而出开绿灯。因而，借此机会笔者向出版机构、文学报刊和全社会呼吁，关注西部新一代青年诗人的成长，并最大限度地为他们创造条件。

二、西部诗人与西部

似乎世界上任何一个区域的任何一片土地与它的歌者们的联系总是多维的、复杂的。记得克罗齐表达过这样的意思：当你去塑造这块土地的时候，这块土地同时也在塑造着你。是的，是西部孕育并塑造了自己众多的歌者，使他们千姿百态、栩栩如生，同时，西部又得到了歌者们千姿百态的塑造。在这50份调查表中可以发现，西部即以各种各样的姿态投影在西部诗人们感性的与理性的屏幕上。当被问及对西部的最强烈的感觉和印象时，其回答可谓千奇百怪，这些答案的大致相通之处表现在这样几个方面：

1. 审美直觉印象：裸露的自然之美

这是一个对西部来说最表层、对诗来说最基本的感觉。从这一角度回答对西部的印象，如："山川壮美""辽阔苍茫中有美的风光、美的世界""旷凉悲壮""无比荒凉""蓝天，让你要死的那种蓝天；黄风，让你要死的那种黄风。还有四季分明的气候以及所有的阳光和月光"。有的诗人直接用自然意象来回答，如"天空、草原、雪山、牧人"暗示出蓝、绿、白、黄的丰富色彩。一位诗人很机敏地概括为"裸露"。

2. 原始自然力印象："马依然残存在这片土地上"

这种印象抓住了西部文化繁衍过程中一直延续着的原始自然力的律动，这暗示了西部诗雄浑粗犷的野性张力之根源。表达这一印象的答案一般有："受文明的困扰较少，创世前的混沌面貌和毁灭后的死寂、寥落状态。大自然的非理性伟力""自然力的严酷和人的渺小，以及生命的伟大""苍茫而又壮阔，富饶而又贫瘠"等，这些印象都感觉出了原始自然力之强大。诗人周涛用一句极精辟的诗概括为："马依然残存在这片土地上。"

3. 社会文化印象与历史感

这一系列的回答如："雄浑与深厚的历史沉积""民情淳厚""神秘悠远、

令人向往、躁动不安且庄重感、使命感、骄傲感油然而生""异国情调、旅游胜地""历史苍茫感""沧桑感、博大感""荒凉、贫瘠、落后"等等。这些回答表明了西部诗人对西部文化历史的几种基本态度，即：自豪与赞美、新异与惊奇、忧患与不安等。

4. 人与自然的反差与对抗

大部分诗人、诗评家感受到在西部人与自然最贴近，人最容易意识到自然，并由自然再意识到自身生命，并且发现了人文与自然的二律背反现象，进而觉得"沉闷和压抑"。较能集中代表这种感受的答案有："天阔地广，视野宏大，善与恶在这里得以鲜明对比，爱与恨在这里表现得强烈充分。大自然与人类近而融为一体，现代人因现代文明所产生的压迫感在这里顷刻消失……""物质的贫穷与精神的富有并存""自然的荒凉与人的真诚""不奋斗无法生存""离开了人这世界才显得广大，在西部才能够让自己放在生命中进行审视——西部能够让人摆脱现实浅层的纠缠而进入实质。因为西部能真正与人对立"。青年诗人阿信的感觉道破了西部人在自然面前的无可奈何："人活着很洒脱，人活着很沉重。歌着舞着疼着爱着，有时候憋着忍着眼巴巴望着。"

以上四类占调查中回答总量的90%。此外，在对"西部精神"一栏的回答中，呈现出诗人们理性思索中的西部。诗人们认识的西部精神大致为：

1. 西部精神是一种"神性"的力量

这种"神性"力量或表现为"不畏艰苦，解救自己，受益自己"，或表现为"摆脱自身，归于自然"，或表现为"悲悯人类，向大自然认输，谋求神的垂怜"，等等。我们可以将这些意见归纳为征服自然力与被自然力征服。这种认识较切近西部精神的根本，它触及了作为西部精神之根基的自然观，触及了作为西部主体性神话的两个原型意象的自然神与主体神的形象。

2. 西部精神是一种"内在的独立精神"

与这种理解相一致的答案如："自由而散漫的个体精神""对存在与真实的高度认定，因之有对自然的客观态度"，还有"孤傲""坚忍""强悍"等等。这种理解强调了西部主体神征服自然神从而表现出的强大自主性，因而带有明显的理想与主观色彩。

3. 西部精神是一种奋发、不屈的开拓精神

被用于强调这一理解的词还有："拼搏""自强""抗争""强悍""雄浑""刚劲"等等。陈友胜表述为："开拓：从地域和思想两个方面足可以包容世界。"这种看法强调了西部主体性神话创造中主体神战胜自然神的艰辛，并突出了主体力量之强大。

4. 西部精神是一种雄性精神和母性精神的集合体

这方面表现为"粗犷而细腻"，表现为"情与义的统一，自卑与自大的交织"，表现为新疆青年诗人张侠所描述的"用你的右手去握紧猎刀，用你的左手去抚摸女人"，表现为"原始性与现代化的完美结合"（匡文留）。这种观点侧重于主体神与自然神、人的征服的一面与被征服的一面在西部文化个性中的两极共存状态，较为切合西部精神的实践形态。

诗人们的这些理解都角度不同、程度不等地切入了西部精神的实质，具有较大的理论价值与美学意义。

被调查者们基于对西部的这些感性的与理性的认识和理解，将西部诗的主体意识——西部意识主要阐发为一种地域的、文化的、精神的和审美的开拓意识。在这一点上须加一个说明：由于大部分被调查者将西部意识理解为与西部精神等同的客体精神，所以许多诗人或与西部精神合为一栏填写，或干脆不填，或写上"同上"，而少数几位按"主体意识"来理解"西部意识"的诗人则比较统一地将之解释为开拓意识。尽管这种理解在某种程度上对西部诗主体意识具有一定的概括意义，但这种观念上的偏差却使我们没有获得更丰富更有概括性的表述，我们仅仅获得一大遗憾。

我们从"在西部，您的创作动机与动力"一栏中获得了较多的西部诗人创作心态的信息。我们将这些"动机与动力"归纳为四种类型：

第一类是其创作动机和动力来源于对象，约占30%。具体表述如："挚爱这一方水土""为这块荒凉的土地产生精神偶像""为苦难而可爱的民族献出自己的赤诚""为普通劳动者而歌""把这块土地上的美好事物告诉人们，了解这块土地，热爱这块土地"等。

第二类是其创作动机与动力出自自身，约占37%。具体表述如："原始生命力""生命的张力""内心的呼喊""心灵的呼唤""自我表现""孤独与排遣孤独，渴望更温和的精神""动机无非是填补精神空虚；动力是孤独，大自然的陶醉，爱情的刺激，向上""全球观念与人文主义"等等。

第三类是其动机与动力出自诗歌目的，约占13%。具体表述如："真正表现几个民族，立足西部，和中国、世界诗坛竞争"，"以西部诗呈神奇粗犷炽烈之光照耀诗坛"，"说话的需要"（这是一种纯诗歌冲动），"创建西部新诗：后乡土诗（即后西部诗）"等。

第四类是出于别的一些功利目的，约占10%。如："为了生存""成名欲""为了追求不朽""为后人留下点什么""为自己建造墓碑"等。

以上四类占调查中回答总量的90%。此外，还有一些诗人干脆填"说不清"。我们认为每一位诗人都令人叹服地亮出了自己的真诚，而且他们的任何动机都是合理的、真实的。但是我们不能孤立地来确认他们所报出的动机与动力是唯一的，任何一个人的创作心态中所潜在的创作动机与动力都不是单一的，西部诗人们的创作动机与动力也不可能单纯出自自身或对象，不管他们是否有着明确的意识，他们的创作动机与动力都势必与自身和西部有着直接的或间接的关联，而且也必然要渗透一些别的目的。在这次调查中，有几位诗人较准确、较符合事实地概括出了在西部诗人中具有普遍意义的创作动机和动力，如："对现实的认同和超越；恢宏西部文化；通过诗的途径达到和宇宙沟通"（陈友胜）。阿信用一句绝妙的诗道出了西部诗人们的创作心态和现状："一个穷孩子想给星星造一座暖屋。"

当调查者问及"在何种情况下您将放弃西部诗追求"时，诗人、诗评家大致有四种回答，其中比较极端、绝对的回答有两种：一种是绝不放弃，如"生命热情燃烧将尽的时候""任何情况下我都不放弃对西部诗的追求""除非生命结束""拜见马克思时""生命的一部分，死而为止""从未放弃过对西部诗的追求，也未考虑过放弃这种追求""放弃文学创作的时候""江郎才尽的时候"等，这种回答约占40%；另一种绝对的回答是表明他已经放弃或必将放弃西部诗追求，如"在目前这种情况下我已放弃了西部诗""我已放弃西部诗追求""西部诗，这个名词已名存实亡"等，此类回答约占10%。大部分的诗人提供了相对性答案。有的诗人强调的条件是诗与西部的联系，如："如果西部诗和诗是一个意思的话，那我就不打算放弃""本质上说，无法放弃，实际上是西部让我校准了面对人与自然的角度，因而这是一种诗的生命，跨越了地域"及"西部诗如果是自足于西部的诗，我将出门在外，负笈远行，流浪于天地"等；有的诗人强调的条件则是自身与西部的关系，如："当西部不再吸引我的时候""西部诗人写西部诗将与生命同在，但也不必画地为牢""离开了这片土壤的时候"及"我不会放弃对西部诗的追求，但未必都来自西部的历史背景"等；有的诗人主张顺其自然，无所谓追求，也无所谓放弃；还有少数诗人不认为自己是西部诗人。

三、西部诗人、诗评家眼中的西部诗

调查者用了六个栏目来了解诗人、诗评家们对西部诗诸方面问题的意见，其目的绝非仅仅是想了解诗人、诗评家们对已低落的西部诗潮的评价，更主要的是试图了解他们对西部诗潮进一步推进的设想和建议，从中寻找正面临困境的西部诗潮的流向和出路，因为诗人、诗评家们势必是带着已有的经验和理想来发言的。

（1）在"西部诗的三种内在品格"一栏内，调查者列举了九种可供选择的说法并设置了一项可供任意补充的空格。调查结果表明，悲剧感、神秘感、深远感（以得票多少为序）三项最为集中，另外几项选择很分散而且被选择的几率都很小，依次排列为：崇高感、恢宏感、母性气质、雄性气质、浪漫精神。此外幽默感只被选择了一次。从这种选择情况我们至少可以获得以下信息：

① 诗人、诗评家们对西部诗内在精神品格的理解与西部诗高潮期相比，变动幅度甚微。选择悲剧感意味着社会、文化心理的冲突的延续；选择神秘感意味着诗人们对西部自然、文化的宗教性感受；选择深远感表明了西部诗主体意

识中地域意识与历史意识、文化意识的根深蒂固。

②一向被公认的西部诗最显著的品格——雄性气质只获得五次选择,而且与一向被极少数人认定的母性气质的选择几率相等。这一现象很值得注意,它意味着西部诗雄性精神的疲软,并蕴藏着一种美学性格的转机。有些诗人甚至直接在空白栏内填上"中和美"。

③上述情况暗示出了西部诗人、诗评家们在渴望以新的美学面貌出现的西部诗,却又苦于寻找崭新的西部诗主体意识。

(2)在"对您的西部诗创作影响最大的五项因素"的选择栏中,选择几率最多的依次为地域特征、生命冲动、内心孤独、苦难感、文化氛围和现代文明的冲击及宗教意识,别的项目选择几率均在六次以下,依次为西部人、博爱思想及个人奋斗(此二项并列)、压抑、民族自信心、时代精神、英雄主义、社会政治、成名欲、自卑感,另有些诗人补充使命感、回归意识、黄土地情结等。这种选择表明:

①影响诗人创作的属于自身的内在因素多于外在因素。生命冲动、内心孤独和苦难感三项极端内在的因素同时进入五项选择,这暗示了西部诗回归人自身的重要趋势。

②地域特征的得票遥遥领先很有意味,它与诗人自身的内在因素同时被强调,说明诗人们对地域特征的迷恋已不再是朴素的地域意识,而是把它当作与自己生命相对应的西部大自然,蕴含着某种生命意识和文化淡漠的意味。

③文化氛围、宗教意识、现代文明的冲击三项并列为第五项选择,表明影响诗人创作的外在因素主要是文化因素和文化冲突。但从选择中可以看出,这些因素对诗人们的影响正在锐减,因为他们普遍地表现出对生命意识的迷恋。

(3)调查者设置"最优秀的诗人、诗评家"一栏绝无给西部诗人、诗评家排名次的企图,其主要用意是了解诗人、诗评家们对西部诗的审美趣味及其变动趋势。这一栏的填写充分暴露了诗人们的直率与可爱、偏执与可憎,他们对这一栏的反应有这样几种情况:或先填自己,或填"不清楚",或干脆不填,当然也有不少诗人填了别的诗人名字。对诗评家的态度则表现出诗人们对西部诗歌批评的隔膜和不满。大部分诗人说"不清楚"或"西部缺少真正的诗评家"或干脆空缺。由于这种态度,这一栏中一次性出现的名字很多,很分散。出现频率高的诗人有昌耀、周涛、杨牧、张子选、章德益、林染等几位;诗评家有周政保、谢冕、孙克恒等。此外,被别的诗人、诗评家提到(而不是自荐)的诗人还有杨争光、李瑜、唐祈、李老乡、匡文留、梅绍静、魏志远、肖川等;诗评家有唐燎原、浩明、高戈、尹平等。

我们排除了一些调查方式的局限和填写者主观态度的影响,还是不难发现:①诗人、诗评家们的鉴赏力是敏锐而且公正的;②这种鉴赏力明显地偏重于"探索性"诗人、诗评家们的作品;③对已有的创造和熟悉的名字并不满足。这暗示出一种新的起点。

(4)"对西部诗的理论批评的看法与希望"是信息量最大的一个栏目。如果我们排除"不了解"或不表态两类情况,几乎找不到一份对西部诗评满意的答卷,而且意见十分尖锐。这除了暴露出诗人包括一些诗评家对理论批评的淡漠、隔膜和缺乏认识外,主要披露了西部诗评自身的萧条。这里将这些意见整理出来,供有志于西部诗批评者借鉴:

① 诗评家大多对诗本身和西部缺乏真切体悟,从而使西部诗的理论批评成为一种游离于诗的虚空玄理。一位青年诗人生动地指出:"理论把西部诗赶进了偏僻的羊圈。还没有出现一个真正的牧羊人,把羊群带到天地相接的地方。"

② 西部诗评缺乏自己的整体构架,因而显得"浅""窄""人云亦云"。

③ 已有的西部诗评不是把西部诗当作一个文学史范畴,而是当作一种诗歌模式来阐释,如所谓"雄性美"和"地域化"特征。

④ 缺乏对发展新趋势的分析、把握、引导,且缺乏自身的创造性和对创作的指导性。

⑤ 一些影响较小的和年轻的诗人抱怨:"只吹捧几个人,而忽视了西部诗的全部和新人。"而一些影响较大的诗人却呼吁:"真正吃透几个主要诗人。"

同时,诗人们对批评提出如下期望:

① 从西部诗特点和民族心理出发建立西部诗的理论批评构架,重振西部诗

之声势。

②能够有组织，有规划，多联系，办刊物，开创新局面。

③"恢宏大论之后，该探讨点西部诗的内核了。"有的还呼吁真正研究一些具体诗作。

④发现西部诗趋势、新人。

⑤"理论界应撇开具体的西部标示，着眼于引导表现西部精神，即表现人获得根本实现，反对庸俗的西部诗。"

如果我们忽略个别人对批评的生疏和观念上的偏差不计，如"批评即引导""批评即吹捧"等，我们觉得这些意见是极有见地和价值的，应引起西部批评界高度警觉。

（5）"困境"与"前景"两栏是诗人们关注的热门话题。

"困境"大致有这样几方面：

①缺乏表现人的本质而玩弄表层地域特征，因而浅薄。有的认为"西部诗在表现人的本质上有无法比拟的优势，但很少有这种诗"；有的认为缺乏历史纵深感；有的认为缺乏思想深度；有的认为西部诗太"超越"西部了，因而缺少对西部的深切体验等等，这些表现为"浅"和"外在"。

②卖弄西部名词，故弄玄虚，缺乏真正的新意，也缺乏真正的西部味，而且媚俗趋同，迎合模式化心理。

③模式化。表现为语言的程式化而缺少个性化语言、雄性精神的过分扩张成为心理定式。

④脱离时代，脱离人民，"短情"，"无病呻吟"。

⑤自我封闭。表现为"太西部化""画地为牢""知其大而不知其小，知其远而不知其近，知其深而不知其浅，知其厚而不知其薄，最终为一端所限，其空间无乃太小乎"。

⑥"爆发性探索不足。"

⑦"西部诗的困境就是当代诗的困境。"

西部诗人、诗评家们对西部诗的前景大致有三种预测：一种是西部诗潮已

"寿终正寝"成为历史，再难以为继。第二种是前途不可预测，也不必预测，顺其自然，不可强求。这两种意见各占 30% 左右。大约有 40% 的诗人、诗评家认为西部诗还有可能"东山再起"，并提出一系列建设性意见。持第三种意见者多为青年诗人和诗评家，他们认为西部诗要重振旗鼓必须：

① 升华其精神品位。一位青年诗人卓有见地地指出："西部诗有超越自身的可能。西部诗应戴着自己的镣铐（诸如神秘、旷远、崇高、悲剧等品质）飞扬于人类之上，成为人类精神中最纯粹与最绝对者。西部诗应以自己的偏执完成对现代诗莽撞的砍斫。"

② 诗人应真诚地深入西部内部，真诚地表达自己的体验，排除已有的理念的干扰。

③ 有组织、有规则地建立完备的理论体系，并不断发现、培养新的后继者。

笔者以为，这几种意见中失望者过分消极，顺其自然者过分逍遥，希望者亦过分乐观，西部诗能否"东山再起"绝非单纯地取决于时代氛围或艺术自身规律或人为的努力或理论的建树等等，而是这些因素的一种聚合。我们从目前一大批新涌现出的西部实验诗人和正在换季的中老年西部诗人的实力中，从他们诗歌艺术发展的势头中，从我们这个时代、民族仍没有完成它最后的飞跃的现状中，从一些立志组织、构建理论的努力中，仍然可以看到这些因素聚合的可能。故此，借诗人高平的话说：我们对第二条丝绸之路抱有希望！

四、灵魂的群雕：西部诗人、诗评家性格与气质类型测试

栖息在这片土地上的，不是歌喉呜啭的夜莺，不是自由翻飞的云雀，不是奔腾欢快的鹿群，而是驼群、牛群、马群般的灵魂的雕塑。他们集猎人、骑手、农夫和现代知识者于一身，从总体上呈现出世界上任何地方都不可能出现的诗人群体个性与气质。我们通过六个栏目的设置试图对这座灵魂的群塑获得一个初步的印象。这六个栏目分别为"您最激动的色彩""您最大的嗜好""您最喜欢的游戏""您对性的理解""您对死亡的理解""您对文化的理解"。

1. 色彩的测试是试图了解诗人、诗评家敏锐的直觉能力中潜藏的心理与性格因素

在"深红、黄、绿、黑、白、蓝、杂色或＿＿＿"等八项选择中，首先一个特点是：绝大多数人选择了单色，选杂色者人数最少，仅有两人。这一现象是富有象征意义的，单色意味着性格单一、鲜明、执着，且富有个性。这正是西部诗歌人口的性格基调。其次，在对单色的选择中约有 70% 的人选择了白色或黑色，或二者同选。这又是一个很重要的现象。黑白意味着朴素、朴实无华，白色是纯洁、善良的象征，黑色是深沉、刚烈的象征，而且在西部这两种色彩都有某种意味。对这两种色彩的选择大致廓出了西部诗歌公民性格和气质中的两个系列的因素：一是温情的——纯洁、善良、情爱、朴素、温顺、内倾型的女性气质，二是野性的——刚烈、深沉、勇敢、传奇、外露型的雄性气质，而且这两个系列的性格与气质常常在同一个人身上显示出来，这就是西部诗人式的两极性质与双重气质。此外还有不少人选择了西部湛蓝天空的颜色和充满着西部式的理想主义的绿色；还有一些诗人选择了属于自己人种和土地的黄色和西部少数民族普遍喜爱的凝重、热烈的深红色；另有极少数诗人补充了富有梦幻色彩的雪青色、桃红色、紫色等，也都富有一定的正面的和负面的含义。

2. 在"嗜好"和"游戏"两栏内反映出的性格与气质类型和"色彩"栏中十分相似

在这两栏的填写中出现的与填写者性格和气质有关的现象有：

（1）西部诗歌居民的个人嗜好不够广泛，而且很少有做游戏的兴趣。表中所反映出的"嗜好"和"游戏"有相互雷同的几种，而且至少有 10% 的填写者在这两栏内填上"无"；有的明确表示反感游戏，如"由于社会及人生的荒唐游戏我反感游戏"；还有的居然在"最喜欢的游戏"下面填上"看别人游戏"或"从不游戏"；有的填了一些非游戏行为如"闲聊""让自己在奔跑中停下来"等。一般说来，嗜好不广泛、不善游戏者有较强的现世生存意识、命运感和理性精神，虽生活较单调、沉重，却有严肃的生存态度和强烈的事业心。这种生存本身很崇高，而且具有一定的悲剧色彩，或许这正是西部诗美学风格的

来源之一。这种可能已为以下他们所填写的"嗜好"与"游戏"的具体品类所证实。

（2）西部诗人们最有意味的嗜好是"独处"，大约有65%的诗人爆出这种嗜好及与此类似的方式，如："面对黄土地沉思不语""独坐""一个人遐想"等等。值得注意的是有两种"独处"，一种是"独思"，一种是"无思"，它们代表了西部诗的两种境界，前者是"入乎其内"，后者是"出乎其外"，即入世态度与出世态度。这种"独处"的嗜好非常具有西部意味，它的根源在于西部独有的人在大自然中的孤独感、智慧在蒙昧面前的孤独感，加之有些诗人受老庄哲学中独立精神的启悟。或许可以认为与此相关的"阅读与写作"（出现频率很高）的嗜好也是出于此因，甚至西部许多诗人之所以迷恋诗歌也是由于这个原因。

（3）除"独处""阅读与写作"外，西部诗人的嗜好最突出的便是"烟""酒""茶"外加"吃粉蒸肉"。烟、酒、茶本是所有诗人共同的嗜好，尤其是中国历代诗人，但它们对西部诗人来说意义更大、更特殊，尤其是酒。在西部文化乃至整个中国文化面前，唯一能够与诗抗衡的便是酒文化了。酒不仅仅作为一种饮品，更是一种精神，一个别的世界。在这一点上酒与诗天生是相通的。西部诗在荒凉的自然和深厚的文化板结之中难免要以酒作为自己的生存支点之一，而且酒使他们具有更大的悲剧承受力、更狂悍的雄性气质。所以说这些嗜好不仅能说明西部诗人的性格与气质，而且可以把它们看作西部诗美学风格的一种生成性因素。

（4）"跳舞""音乐""旅游""交友"是许多西部青年诗人和女诗人的共同嗜好，这和中老年诗人喜欢"琴棋书画"一样，有一定的性别心理与年龄心理的因素，这使我们了解到西部诗人们躁动的一面和渴望"外面的世界"、渴望现代生存方式的一面。

此外，出现几率很小的"嗜好"和"游戏"还有"解梦""猜谜""智力竞赛""看排球赛""京剧""台球""同优秀异性交往"等等，也都能说明一些问题，但限于篇幅，不再赘述。

3. 文化、性、死亡：体验与超越

及此，我们对西部诗歌居民的考察与了解已到生存状态与价值观的层次了，我们的依据仍然是这三个询问对文化、性、死亡的态度的栏目内所填充的答案。

（1）文化："镣铐和路标"

这是一位青年西部诗人的回答，却成了所有回答的概括。人们正是从这样两个相反的向度上理解文化的，即"进化"与"异化"（实则导致人类精神之退化）。在表格中，除了一部分中性表述外，约70%的填写者强调文化作为人类精神进化的一面，单纯强调"异化"一面的较少，大部分是两方面都点到。持"进化"论者大致趋向于这样的表述："文化是人类为实现自身本质、满足自身需要而创造出来的生存方式和物质与精神成果""整个社会和族群的教养""人的社会化"等；持"异化"论者认为文化是一种"误会"、一个"误区"、"是一头狮子"等；持"进化"与"异化"同一说者称："人类的文化过程是自我精神的升华过程，同时也是生命的异化过程、软化过程，其轨迹是沿着一个圆回到出发点。"真正与既有西部诗的文化态度相吻合的则是"进化"论。后两种理解多是一些西部诗的变革者的声音。

（2）性："生命之生命"

从调查表可以看出，西部诗歌居民们的性观念强大而且健康，他们一方面强调性的"生物源"意义，另一方面又强调性的精神价值，但无论从生物性还是从精神上说，性均被看作"生命之生命"。比较优秀的表述如："复杂生命现象后的两个最本质的简单动力。""爱与欲的结合。"有的则强调"爱"与"欲"的矛盾："性是生命的本能，爱使性升华，也使性异化，性是生命在文明异化下保留的顽固堡垒，生命借以得到一次纯粹的回归。"此外，也有"泛性论"者："性最简单、最复杂、最普遍，它发生、发展、结束在所有事物之中。性就是老子说的道。""性是宇宙和谐这一理念的支撑点，因此谈论性首先得谈论责任心。""性是一切生命最完美的创造。"这些对性的阐释闪光而且健康。

（3）死亡："物的转场"与"自然的胜利"

死亡是生命之大限，它潜伏在人从生下来就开始的生存过程之中，却又不被人们明确意识到。大概除了战争之外，没有什么地方比在西部更容易意识到死亡了，自然力的强大使死亡变得极其多情，罗布泊、雪崩、青藏高原上空盘旋的鹰……死亡在西部偶然到了必然的程度。但西部人、西部的诗人们是怎样面对死亡的呢？

"生命发展之必然，泰然处之"——自然生存态度。

"悲壮的大超越""另一种形式的存在""物的转场"——哲学态度。

"死亡是没有的，天无涯，人亦无涯，死（肉体的今世毁灭）是生命向另一形式的转化，肉的解脱，灵的回归，与天的合一"——宗教态度。

"该死的时候——为了人生的完美与极致——就美丽而留有余味地去死""死亡可以使人获得直接的表现"——艺术态度。

正是这些不同的态度共同地使诗人们将死亡变作一个审美实体，也正是这些态度内在地奠定了西部诗人们基本的生存价值观：不断地超越，永恒地创造！

性是生的本能，死亡是死的本能，而文化则是连接生与死的一条长长的跑道。行走在这条漫长跑道上的西部诗人、诗评家们正在用生的激情与动势去点燃死的静止、黑暗与虚无，用发自生命深处的声音照亮这条崎岖的文化跑道。不拼搏无以生，不创造无以死。

"调查"虽不足以真正了解诗、进入诗，却使我对西部诗的未来重新获得了信心，这是意外的收获。谢谢，谢谢所有接受调查的和没能接受调查的诗人们、诗评家们、朋友们！

再版后记

这部稚拙的小书，是我平生出版的第一部著述。记得很清楚，写这部小书的时候，我 27 岁。而当我再次面对这部小书，并将其再版时，时间正好又过了 27 年。

那是 1990 年，我人生中一个值得牢记的年份。那一年，我告别了我的学生时代和校园生活，告别了激情与浪漫的 80 年代，也告别了那座诗意迷濛的城市——重庆。同时，那一年，我携带着几箱书，回到我熟悉而又陌生的城市——西安，开始了学术研究兼编辑的职业生涯，也开始了我艰难曲折、坎坎坷坷的 90 年代。

这部小书就写于告别与开始的交界处，写于我人生中最艰难的一段时光。具体地讲是 1990 年的 7 月初到 9 月中旬的那段时间。由于种种原因，我的生存突然面临危机，就业受阻，又无任何经济收入，被临时安置在一家招待所蛰居，白天要四处奔波，为生存寻找出路，晚间就在写作这部小书。当时正值酷暑，那家小招待所只有一台带着很大声响的吊扇，每晚写作时，都是光着膀子，只穿个大半裤。开了吊扇吵得不行，关了吊扇又热得不行，无奈之间，只有在吵和热交替袭扰的状态下写作，稿纸不是被汗水濡湿，就是被吊扇的风吹乱。更糟糕的是，当时除了平时积累的一点资料外，再没有更多的资料可以参阅。然而，不管环境与心境有多么困苦，我还是在写作中找到了言说的冲动和快乐，正是这种冲动与快乐支撑着我那一段的整个生存。

感谢这部书的总编肖云儒先生和青海人民出版社的责编李然先生！是他们

的辛劳和智慧使这部稚拙的小书得以在 1992 年正式出版。也感谢诗坛泰斗、北京大学教授谢冕先生赐序，以及长期以来对后学的关爱和扶持！

今天，这部小书得以再版，我除了要感谢肖云儒先生的再次统领和整合，以及西安曲江出版传媒股份有限公司的朋友们的倾力工作外，更要感谢我们这个时代。是丝绸之路经济带建设这一倡议，使这套曾经以"第一套西部文艺丛书"著称的书系得以复活。的确，包括本书在内的这套"中国西部文艺研究丛书"所讲述的正是这条古丝绸之路上发生的文艺现象。这些现象与 1000 多年前同样在这条古丝绸之路上发生的唐代边塞诗和西域乐舞遥相呼应，与 2000 多年前张骞从这里走过时经历的金戈铁马遥相呼应。

作为作者，我对本书再版的期望不是去弥补原版的缺憾，不是去完善当时资料的欠缺、论述和表述的稚拙，甚至不是去纠正引文注释的不规范，而是尽最大可能去保留原版的面貌。因为所有的缺憾和稚拙都是当时历史情景的真实记录，都是本人作为一个 27 岁学人的真实水平；而这一切都是无须回避和粉饰的。我所做的全部再版工作，就是处理了几处笔误，有的是我自己造成的，有的是出版时的校对错误，再就是写了这段"再版后记"，以作记念，也作为一种谢意的表达，感谢这部小书过去的和未来的读者，感谢长期关注我著述的朋友们。

李 震

2017 年 3 月于长安